위풍당당

# 위풍당당

성석제 장편소설

문학동네

# 차례

# 모래를 스치는 발소리

강.

강이다.

한반도의 남쪽, 동서와 남북을 가로지르는 두 개의 강이 갈라지는 분수령에서 이백여 킬로미터를 남으로 흘러내려오면서 수백의 봉우리와 수천의 계곡, 수만의 개울과 지류와 지천을 받아들이며 깊고 넓어진 강은 소리없이 흐르고 있다. 깊거나 얕거나 간에 강은 평시에 소리내는 법이 거의 없다. 강의 법도다.

하늘에 닿는다는 이름을 가졌으나 실제로는 강 수면에서 백여 미터 높이의 절벽인 지천벽至天壁 아래 용소龍沼의 검푸른 물도 여느 때와 마찬가지로 고요하다. 이십 년 전까지만 해도 봄가을에 지천벽 위 누대로 소풍 온 아이들은 용소 깊은 물속에 용이 산다고 믿었다. 용소를 오래도록 내려다보고 있으면 누천 년 동안 승천할 때만 기다리고 있던 용이 갑자기 몸을 솟구쳐올려 용소를 내려다보던 아이를 낚아채서 물속으로 사라져버린다는 전설이 있었다. 그럼에도 아이들은 용소를 내려 다볼 수밖에 없었다. 몰랐으면 몰라도 알고 난 다음에는 더더욱 그랬다. 그게 인간이고, 아이들은 어른들보다 훨씬 더 인간의 본원에 가까우니까. 이제 아이들은 전설을 믿지 않는다. 아이들이 지천벽으로 소풍을 오는 일도 거의 없다. 공교롭게도 지천벽이 국민관광지로 지정되고 국민학교가 초등학교로 이름이 바뀌었을 무렵부터 그렇게 되었다.

지천벽은 천 리 길이의 강이 만들어낸 최고의 승경으로 꼽힌다. 사백여 년 전 조선시대에는 중국 시인 소동파의 적벽강 뱃놀이를 본받아 선비들이 배를 타고 지천벽 아래 강을 오르내리며 시회를 열기도 했다. 인근의 몇몇 지방 관아에서 후원을 받아 음식과 술, 풍악과 가무에 기생까지 곁들인 풍류 넘치는 자리였으니 문장과 학식으로 이름난 선비들만 참석할 수 있었다. 배 위의 시회에서 쓰인 시는 반드시 책으로 엮어서 후세에 남기고 시회에 참석하지 못해 약이 오른 사람들의 엄중한 평가를 받게 되어 있었다. 시회는 이제 없다. 선비도 보이지 않는다.

그 지천벽 앞 용소에 오늘도 배가 하나 떠 있다. 나뭇잎처럼 길쭉한 일엽편주다. 그 위에는 삿갓 쓴 노인이 앉아 낚싯대를 드리우고 있다. 시회에 참석하던 선비의 후예라도 있다면 '산이란 산에 새 한 마리 날지 않고/길마다 사람 자취 또한 끊어졌구나/외로운 배에 도롱이 걸치고 삿갓 쓴 노인/눈 내리는 차가운 강에서 홀로 낚시질' 같은 중국 당나라 시인 유종원의 시라도 읊을 법하다. 하지만 지금은 눈 내리는 겨울이 아니라 하늘조차 지글지글 끓는 듯한 한여름이다. 노인은 낚시는 뒷전이고 있는 물고기를 쫓아버리고 싶기라도 한 양 노래를 불러대고 있다. 오페라 아리아 〈별은 빛나건만〉, 오전 열한시, 하늘에 별이 떠 있을 리도 없지만.

"엘 루쎄반 레 스뗄레…… 에 돌레짜발 라 떼라…… 스뜨리데아 루씨오 델로르또…… 에 운 빠쏘 스삐오라바 라 레나……"

모르는 사람이 보면 조용조용 욕을 하는 듯 읊조리던 어조는 서서히 솟구쳐오르기 시작한다. 노인의 주름진 목울대에서 땀방울이 떨어지고 있다. 얼굴 주변의 핏줄이 지도 위의 도로 표시선처럼 부풀어오른다. 검푸른 수면을 타고 노인의 노래는 퍼져나간다.

"……스바니 뻬르 셈쁘레 일 쏘뇨 미오 다모레! 롤라에 푸지타! 에 무오이오 디스뻬라또! 에 무오이오 디스뻬라또! 에 노노 아마또 마이 딴또 라 비따!"

수면 위에는 물론이고 절벽 위에도 강 건너편에도 인적이 보이지 않는다. '이 지역은 상수원 보호구역이므로 취사, 수영, 물놀이, 낚시, 보트 타기, 불법 어로 등 상수원을 오염시킬 수 있는 일체의 행위를 금합니다. 아울러 인근 관광지역에서 음주가무, 고성방가를 금합니다. 위반시 징역 일 년 이하 벌금 오백만원 이하의 형에 처해질 수 있습니다'라고 적힌 팻말이 강둑에 서 있다. 팻말에는 입이 없으니 말없이, 조용히 서 있을 뿐이다. 귀가 없으니 들을 수도 없다. 노인은 들어주는 이가 하나도 없는 건 아랑곳하지 않고 노래의 마지막에 이르러 두 손을 앞으로 뻗으며 "tanto la vita!"라고 울부짖듯 마지막 구절을 되풀이한다. "내 생애 전부"라고. 그러고는 "어우흐흐흐흐헝" 하는 울음소리를 낸다. 상심한 수말처럼, 혹은 애인을 잃어버린 용처럼. 그러고 나서 낚싯대를 휙 끌어당긴다. 그 낚싯대에 바보 같은 붕어가 한 마리 걸려든다.

물속의 물고기들은 사실 늘 배가 고픈 상태이다. 끊임없이 돌아다니며 별 영양가 없는 먹이라도 일단 먹어둬야 살아갈 수 있다. 낚싯바늘에 달린 지렁이가 무엇을 의미하는지 안다 하더라도 먹어야 산다는 절대명제의 명령을 거부하기는 쉽지 않다. 그러지 않고서야 노인 같은 초짜 낚시꾼에게 잡힐 리가 없다. 노인은 한 뼘 남짓한 붕어를 바늘에서 빼내 만족스럽게 양동이에 집어넣는다.

그때 용소 물속 이곳저곳에서 솟아오르던 공깃방울이 배 쪽으로 다가온다. 공깃방울은 점점 커져서 배 바로 아래쪽에서 부글거리며 파문을 만들어낸다. 노래를 마친 노인은 아무 일 없었다는 듯이 물을 굽어보고 있다. 노인은 아이가 아니고 소풍을 온 것도 아니니, 수면 아래의 용소에서 구백구십구 명의 아이를 먹어치운 천년 묵은 용인지 이무기인지가 몸을 일으켜 솟구쳐올라 자신의 목덜미를 낚아채갈지도 모른다는 불안 따위는 없다.

아침부터 덥더니 열시가 되기도 전에 삼십 도를 넘었다. 그 와중에 노래를 한답시고 고래고래 고함을 질러댄 노인의 이마며 얼굴 곳곳에서 땀이 흘러내린다. 좋아서 하는 일이 아니라면 사람이 할 짓이 아니다.

이렇게 더운 날, 좋아서 하면서도 시원한 일은 물에서 헤엄치는 일이겠다. 실제로 물속 깊은 곳과 얕은 곳, 지천벽 아래 기슭을 오가며 헤엄을 치는 사람이 있다. 더워서 수영을 하러 온 사람이라고 보기에는 차림이 요란하다. 흔히 잠수복이라고 부르는 슈트를 입고 물안경을 끼고 오리발이라고도 하는 핀을 발에 꿰었다. 살림망을 줄에 달아

허리에 차고 한 손에는 플래시, 또 한 손에는 활처럼 보이는 작살을 들었다. 바다 같으면 바닥을 훑어서 해삼이며 성게, 조개를 건질 수도 있지만 강에는 물고기 말고는 먹을 만한 게 거의 없다. 그는 주로 강과 육지가 맞닿은 어둡고 깊은 바위틈에 흔히 있는 육식성 대형 물고기를 노리고 있다.

어떻든 물속에서 물고기를 잡는 사람이니 바다 같으면 해녀라고 부를 수 있겠지만 이 사람은 남자다. '해부'라고 부를 수 있는지도 모르지만 여기는 또 강이다. 그래서 그의 직업은 '강부'가 되어야 하는데 고금을 통틀어 강부라는 단어, 직업은 없는 듯하다. 따질 것 없이 어부는 어떨까. 직접 만들어서 들고 다니는 석궁인지 작살인지가 꽤나 사나워 보이는 게 여느 어부와는 달라도 한참 다르다. 잠수부? 호흡이 길다고는 하지만 산소통 없이 들어가면 물속에서 버틸 수 있는 시간은 최대 삼사 분이다. 바다에서 에어컴프레서에서 내려보내는 공기를 호스로 전달받아 호흡하며 철투구와 철신, 납까지 차고 사십 미터까지 잠수해 몇 시간씩 작업하는 진짜 잠수부들이 듣는다면 웃지도 않을 것이다. 그냥 어민이라고 부르는 것은 어떨까. 그것도 합법적이 되려면 '내수면어업 허가'라는 걸 받아야 하는데 이 사내는 합법이나 관청하고는 담을 쌓고 살 수밖에 없는 처지다.

여름이면 하루의 절반은 물속에서 살면서도 물과 관련된 그럴싸한 직함이 없는 사내의 작살 끝에는 용소의 바위틈에서 몇 달 동안 왕 노릇을 해오던 월척급 쏘가리가 찍혀 있다. 쏘가리의 꿈틀거림이 손에 전해졌을 때 사내의 눈에도 미소가 돌았다. 몇 년 동안 강바닥을 훑어 왔지만 그만한 크기의 쏘가리는 보기가 쉽지 않았다. 그것만으로 일당은 번 셈이다. 일당에는 지천벽 아래 움푹 들어간 기슭에 쳐두었다 걸어올린 통발그물에 들어 있던 메기, 빠가사리, 누치도 포함된다.

"어이, 여산이. 아직 멀었어?"

노인이 물을 향해 소리친다. 말을 듣기라도 한 듯 김여산은 오리발로 물을 차며 물 위로 솟아오른다. 사오 미터밖에 안 되지만 물속과 물 바깥의 차이는 크다. 물속은 어둡고 물 밖은 밝다. 물속은 차고 물 밖은 덥다. 물속은 조용하고 물 밖은 시끄럽다. 그래도 물 밖이 사람 사는 곳이다. 사람이며 사람을 좋아하는 여산은 물 밖으로 가고 있다. 푸르르, 하고 물보라가 튀며 여산의 머리가 솟아오른다.

"아자씨!"

여산이 박영필을 부르며 하는 말은 한마디뿐이지만 그 안에는 '안 그래도 더운데 노래 부르면 더 덥지 않아요? 듣는 사람도 없는걸. 빨리 이거나 받으시우!'라는 의미가 함축되어 있음을 영필은 잘 알고 있다. 처음 만났을 때부터 한쪽은 아저씨라고 하고 한쪽은 이름을 부르고 대답하다보니 정다운 대로 굳어져버렸다.

"오호, 크다, 커! 이게 뭐라는 거야? 배스여? 가물치여?"

여산은 "프로 조수가" 하고는 입을 닫는다. 다음 말은 발음되지 않지만 영필은 무슨 말인지 충분히 안다.

'프로페셔널 어부를 쫓아다니는 조수생활이 얼만데 이때까지 쏘가리도 모르시오?'

영필은 여산에게서 쏘가리 등속을 받아 플라스틱 함지에 들어 있는 물고기와 한 식구를 만든다.

"이거 태강식당에 갖다주면 김성출이가 얼마나 쳐줄라나? 지난번에 장어 세 마리에 십오만원은 너무했지. 백 퍼센트 자연산에 무게만 해도 오 킬로가 넘었는데. 암만 생각해도 우리가 헛장사 하는 거야. 이러니까 생산자가 직접 가공을 해서 소비자한테 직판을 해야 한다 말이지. 그게 부가가치를 높이고 우리 농어민들이 살 수 있는 유일한 길이라고."

배에 올라온 여산은 천천히 물안경을 벗는다. 영필이 뒤로 돌아가서 등쪽의 지퍼를 내려주자 허물을 벗듯 잠수복에서 빠져나와 1.5리터 페트병에 든 물을 단숨에 반 가까이 들이켠다. 여산은 여름에는 인생에 보탬이 안 되는 턱수염을 잡아당기며 무성한 잡목숲으로 사시사철 그늘이 져 있는 지천벽을 올려다본다. 절벽의 나무와 풀이 미동도 하지 않는 게 바람 한 점 불지 않는다는 증거다.

"덥소."

"아, 그러게 말야. 이놈의 날씨가 무슨 개지랄을 하는지 6월부터 낮에 삼십 도더만 7월이 되니까네 해 뜨면 삼십 도라는 거 아냐. 이러다가 우리 깨꼴랑 하기 전에 이 나라가 열대 되는 거 보겠어. 한국남자 평균수명이 일흔여섯 살이라는데, 사실 병들고 굶어 죽고 교통사고 나고 골프 치다가 벼락 맞아 죽은 놈 다 합해서 만든 숫자니까 살아 있는 사람들은 큰 실수 안 하면 기본이 아흔, 백 살까지 간다고. 허면 앞으로 나도 삼십 년이나 남은 인생이여. 그새 무슨 일이 안 생기겠느냐고. 난 뭔 일이 터져도 절대 안 놀랄 거야."

여산은 눈을 가늘게 뜨고 뱃전에 기대앉아서 영필의 너스레를 듣고 있다. 귀찮지 않다는 표정이다. 영필은 사슬을 감아 닻을 끄집어올린 뒤 배의 엔진 시동을 걸지 않고 노를 젓기 시작한다. 의아해하는 여산의 표정을 본 영필이 설명한다.

"아까 모타가 갤갤거려서 고장난 줄 알았거든. 자세히 보니까 기름이 거의 다 떨어졌더라고. 어차피 아래쪽으로 갈 거니까 기름 없어도 되지 뭐."

돛은 없지만 순풍이 불어오고 물길 따라 아래로 내려가니 배는 제법 빠르게 나아간다. 노래가 없을 리 없다.

"두둥실 두리둥실 배 떠나가아안드아아. 물 므맑은 봄브아다에 배 떠나아간드아아. 이 부애는 달 맞으러 강르웅 가는 부애! 어기여 디여 어라츠아 노르으을 저어라으아하!"

여산은 영필의 노래를 좋아한다. 아니 노래 자체를 좋아한다. 본인이 부를 줄 아는 노래는 거의 없지만 듣는 게 좋다. 그의 미소는 이런 말을 하고 있다.

'아자씨, 오늘 노래 잘되시네요. 실컷 더 하시오.'

여산의 독려에 영필은 싱글벙글 2절을 노래한다.

"순풍에 돛 달고서 어서 떠나자. 서산에 해 지면은 달 떠온단다. 두둥실 두리둥실 배 떠나가네. 물 맑은 봄바다에 배 떠나간다."

노랫말에 그들의 배에 해당되는 건 전혀 없다. 그들이 떠가고 있는 곳은 바다가 아니고 강이며 돛도 없는 배에 때는 낮이니까. 상관없다. 영필은 노래하고 여산은 느긋하게 뱃전에 기대 누워서 눈을 감고 듣고 있다.

멀리서 보면 배와 두 사람의 모습은 평화롭기 그지없는 강변의 풍경을 완성한다. 하지만 아침부터 그들이 한 모든 일이 불법이다. 상수원 보호구역에 엔진에서 기름이 뚝뚝 떨어지는 배를 띄운 것부터, 불법 제작한 불법 도구인 작살을 가지고 물속에 들어가 물고기를 잡은 것, 운반하는 것, 파는 것 그 모든 것이. 배 안에 상비하고 있는 불법 장비로는 자동차 배터리를 이용한 전기충격기(두 사람은 '빠떼까리'라고 부른다)가 있고 집에는 한 번도 써본 적이 없긴 하지만 다이너마이트(물속에 던져 터뜨릴 때 나는 소리를 빌려 와 '꽝'이라 부른다)까지 있다. 그들의 행동이 불법임을 지적하고 법을 집행할 사람은 보이지 않는다. 월요일이니 지천벽 공원관리사무소 직원들 대부분은 전날 근무하고 쉬고 있을 것이다. 도합 열 명도 안 되는 직원들이 오백여 미터 떨어진 관리사무소에서 고개를 넘어와야 하는 지천벽 꼭대기까지 와 있을 턱이 없다. 그렇다고 상수원을 관리하는 공무원들이 나와 있겠는가, 수질에 예민한 용이 뭐라고 하겠는가.

배의 바닥에 고인 물이 햇볕에 데워져 미지근하다. 여산의 발이 물고기 꼬리처럼 뱃전에서 흔들거린다. 크고 길쭉한 발바닥은 물에 불어 허옇다. 발가락들은 영필의 발가락 두 배는 돼 보이게 길다. 물속에서 잠수함 프로펠러처럼 오래도록 작동하며 여산의 몸을 추진했던 발은 지쳐 늘어진 소 혓바닥처럼 보인다.

노 젓는 배로 이십여 분 내려가서 깊은 곳을 벗어나면 강은 일 킬로미터 너비로 더욱더 넓어지면서 하중도를 사이에 두고 물길이 둘로 나뉜다. 서쪽 방향의 물길은 사오백 미터쯤 더 흘러가다가 모래밭 아래로 슬그머니 스며들며 복류한다. 그 위의 흙에 자라난 풀과 나무가 숲을 이뤘다.

강 오른쪽 언덕바지에 널찍한 터가 있고 거기에 웬만한 집 네댓 배 규모의 기와집들이 모여 있는 게 보인다. 조선시대에 세워진 서원이다. 기와지붕을 한 담장, 솟을대문, 마사토가 깔린 드넓은 마당에 여름철에 강학을 하고 담소를 나누는 정자가 우뚝 솟아 있다. 제일 높은 곳에 있는 사당은 서원에서 모시고 있는 선현들에게 제사를 지내는 공간이다. 그 아래에 있는 본당은 널찍한 대청을 거느리고 있고 본당 양쪽에 시립하듯 웬만한 집 안채 크기의 기와집이 두 채 더 있다. 맨 아래쪽에 있는 화장실마저 기와지붕에 회칠까지 했다. 그러나 서원에는 평소에 기거하는 사람이 없다.

서원 남쪽 담 너머에 작은 기와집이 있다. 서원을 관리하고 제사가 있을 때 음식을 준비하는 원지기의 집이다. 그는 서원에 부속된 약간의 논과 밭에서 곡식과 야채를 심고 거둬먹긴 하지만, 집은 거기서 이 킬로미터쯤 떨어진 마을에 있고 필요할 때만 다녀갈 뿐이다.

서원은 강 상류에 살던 조선 중기의 학자와 그의 제자들, 제자의 제자를 합쳐 여섯 명을 추앙하기 위해 세워진 것이다. 학자의 제자는 대체로 학자보다 강 하류에 살았고 제자의 제자들은 그 스승보다 하류에 살았다. 그렇게 하나의 흐름을 이룬 학맥이 되어 제자의 제자의 제자의 제자에 이르러 큰 강이 되어 바다로 흘러갔다. 학자가 죽은 뒤 이주갑二周甲. 120년이 지나 이곳저곳에 서원이 생겨나던 시절, 그들의 후예들이 십시일반으로 돈을 모아 서원을 세웠다. 그로부터 서원은 해마다 제사를 지내고 일이 있을 때마다 모여 공론을 만들며 후손을 교육하는 공간이 되었다.

서원이 세워진 언덕 맞은편, 약 일 킬로미터 너비의 강을 사이에 두고 있는 절벽의 경치는 실상 국민관광지로 지정된 지천벽보다 훨씬 더 뛰어나다. 지천벽이 아기자기한 맛을 풍긴다면 이름도 없는 그 절벽은 훨씬 더 크고 남성적이다. 특히 서원에서 제사를 지내는 음력 9월 마지막 정일丁日, 산이 붉게 물들고 바위는 검고 강물은 푸르며 모래는 눈부시게 흰 채로 높고 낮고 눕고 흐르고 솟아 무지개처럼 대조를 이룰 때에는 숨이 막힐 정도의 절경을 자랑했다. 아는 사람들끼리 숨겨두고 자기들끼리만 보자는 충동을 자아낼 정도였다. 서원이 속세에서 멀리 떨어진 궁벽한 곳에 있는데도 장소 때문에 불평이 나온 적이 없는 것은 이 때문이었다.

먼 뒷날 양반계층의 특권과 이익을 대변하게 된 서원들이 구한말 대원군의 명령으로 폐쇄되면서 이 서원 역시 문을 닫을 수밖에 없었다. 그로부터 백여 년 이상 쑥대밭에 들쥐 소굴이 된 채로 있다가 근년에 지방자치단체에서 복원했다. 돈을 들여 원래의 건물보다 훨씬 더 크고 웅장하게 지은 서원은 아직 자리를 잡지 못해 주변과 조화를 이루지 못하고 생경했다.

바로 이곳에서였다. 팔 년 전 여산이 강 건너편, 마을 같지 않은 마을을 본 것, 집 같지 않은 집에 들어가서 살기로 결심한 것은.

영필이 왕년의 가을맞이 가곡의 밤 단독 리사이틀이라도 하듯 예닐곱 곡의 노래를 부르고 나서야 배가 강마을의 나루터에 닿는다. 마을에 있는 유일한 나루터이자 나루터 같지 않은 나루터이기도 하다. 또 강마을과 강이 닿는 곳에 배를 댈 만한 데가 널려 있어서 굳이 거기에만 배를 댈 이유도 없다. 어떻든 나루터에는 길이 오 미터쯤 되는 나무 다리를 놓았다. 다리의 한쪽 끝은 육지에 닿아 있지만 반대편은 말 그대로 끝(영필과 여산은 '땡'이라고 부른다). 떨어지면 바로 강으로 들어갈 수 있다. 다리에 밧줄을 달아 배를 타고 온 사람이 그 밧줄을 잡아당겨 배를 접안시킬 수 있도록 해놓았다. 다리의 다리, 교각은 물때와 이끼가 끼고 별다른 대책 없이 썩어가고 있기도 하다. 언제 홍수가 들이닥쳐 다리를 휩쓸어갈지 알 수도 없다. 사라져버린다 한들 다시 지으면 그만이다. 홍수는 다리를 휩쓸어가기도 하지만 다리를 새로 지을 자재를 실어다 친절하게도 모래톱에 올려주기까지 한다.

영필이 배를 다리에 비끄러매고 다리에 매달아둔 대형 살림망을 끙끙거리며 추켜든다. 며칠 동안 잡은 물고기들이 그득하다. 오늘의 수확물까지 합쳐 가져다주면 자연산 민물고기 전문 식당 주인이 십만원짜리 수표 네댓 장은 안 내놓을 수 없을 것이다. 영필에게서 저절로 노래가 흘러나온다.

"에헤라디여라 에헤라디여……"

부러 온 마을에 다 들리라고 목과 배에 잔뜩 힘을 주고 불러젖히는 영필의 노래에, 챙이 큰 모자 밑에 수건을 둘러쓰고 밭에서 내려오던 정소희의 얼굴이 잔뜩 찌푸려진다. 영필이란 사람이 질이 나쁜 것 같아서도 아니고 노래를 싫어해서도 아니다. 하지만 두 가지가 합쳐지면 싫다. 싫다고 해도 줄창 노래를 불러대는 무지막지한 태도는 더욱 싫다. 속으로는 좋으면서 왜 그러느냐고, 자신이 부르는 노래를 싫어하는 사람은 수준 낮은 사람으로 치부하는 영필의 언행이 가소롭기까지 하다. 싫다는데도 일방적으로 불러대는 노랫소리를 듣다보면 영필의 얼굴이 청개구리로 보일 때가 있다. 아무리 자신에게 호감을 가지고 있다 해도 마찬가지다.

소희는 세이지와 들깻잎, 상추가 들어 있는 바구니를 들고 잰걸음으로 마을로 내려간다. 소희가 가지고 있는 허브백과에는 세이지를

'정신을 맑게 하고 기억력을 향상시키고 감성을 활성화하며 억눌린 기분을 좋게 해주는가 하면 게으름을 쫓고 남성 강장제로 기능하고 우울증, 불안감, 두려움, 편두통, 불면증, 신경성 피로에 유익하고 회복기 환자나 노환을 앓는 노인들에게 처방되기도 하는' 만능의 약재로 정의해놓았다. 오죽하면 '세이지를 정원에 심어놓은 집에서는 죽음을 맞는 사람이 없다'는 말이 있을까보냐고. 하지만 소희가 오늘 세이지 잎을 딴 것은 장황한 설명 때문에 오히려 믿음이 가지 않는 만병통치의 약효 때문이 아니다. 세이지에는 생리통을 완화시키는 효과가 확실히 있다.

물론 이제 생리통과는 인연이 멀어진, 환갑을 넘은 자신을 위해서가 아니라 스무 살짜리 김새미 때문이다. 찰떡처럼 붙어다니는 남동생 준호조차 새미의 생리 때는 뚝 떨어져서 슬슬 눈치를 볼 정도로 새미의 생리통은 유난하다. 새미의 입에서 평소와는 너무도 다르게 가슴에 못을 박는 험구와 욕설이 쏟아져나오는 것을, 진짜 혈육이라면 견디지 못했을 것이다. 하지만 두 사람 사이에 아무런 혈연이 없고, 서로를 돌봐주는 것이 집착이나 의무, 조건에 따르는 것이 아닌 자발적인 것이어서 상처를 크게 입지 않는다.

"어, 어머이."

오른쪽 어깨에는 오리발, 왼쪽 어깨에는 작살, 목에는 물안경을 걸고 슈트를 손에 든 채 철벅철벅 소리를 내며 걸어오던 여산이 소희를 향해 몸을 좌우로 흔들어 보이며 부른다. 소희는 더 빠른 걸음으로 여산을 향해 걸어간다. 강마을 한 가족 여섯 구성원 가운데 유일하게 여산이 가족의 호칭으로 부르는 사람이 소희다. 또한 소희를 어머니라고 부르는 사람은 여산뿐이다. 처음 만났을 때 무심코 어머니라고 불렀던 것이 같이 살게 되면서 그대로 굳어져버렸다. 실상 나이 차이는 열두 살밖에 나지 않는다. 세이지를 한 손에 꺼내든 소희가 여산을 향해 미소를 지어 보인다.

"이거 가지고 돼지고기라도 구워먹을까. 세이지가 고기 누린내를 싹 없애주거든. 고기 잘 못 먹는 사람들은 세이지 넣고 돼지고기 구워주면 소고기인 줄 알기도 해요. 쏘세지라는 말이 세이지에서 나왔대. 세이지를 넣으면 돼지고기같이 흔한 것이라도 참 고상한 맛이 된단 말이지. 어때요?"

여산이 "좋지, 좋고요" 한다. 물고기를 잡는 게 일인 여산이 정작 좋아하는 건 돼지고기다. 물고기를 팔아 돈이 생기면 반드시 돼지고기를 사오는 게 불문율이 된 것은 강마을 집안의 가장인 여산 때문이다. 가장의 입맛에 맞춰서 먹다보니 또 다들 좋아하게 됐다.

"그럼 나 먼저 올라가겠어요."

소희는 영필이 속이 느물거리게 하는 웃음을 머금고 다가오는 걸 보며 재빨리 집으로 향한다. 소희의 뒷모습은 환갑이 넘은 시골 여자라기보다는 도시에 살면서 몸 관리를 잘한 사십대 여성에 가깝다. 영필이 시도 때도 없이 노래를 바쳐 소희의 환심을 사려는 것이 몸매 때문만은 아니지만.

"아흐윽, 저 고상한 자태여! 그래, 여사께서 뭐라고 하시던가?"

영필이 여산에게 고개를 들이민다. 검붉게 탄 이마 위 머리 군데군데 색소가 사라진 흰 부분이 여산에게 새삼 영필의 나이를 의식하게 한다.

"오늘, 간단히 먹고. 내일, 돼지."

길에는 닭들이 꼬로록꼬오 하는 소리를 내면서 모이를 쪼고 있다. 백이령이 마중하듯 오고 있다. 고추를 따러 나온 것이지만 언제나 그렇듯 여산을 보고는 금방 기울어질 듯한 모습이 된다.

"해를 따르는 해바라기가 저럴까. 우리 집에는 해바라기가 두 종류 있지. 저 좋아하는 남자한테 속을 다 꺼내서 보여줘버린 여자 하나, 그리고 내가 심은 진짜 해바라기."

소희가 이령을 두고 그렇게 논평한 적이 있다.

"사실 해바라기는 해를 따라 돌지 않지. 그렇게 보이는 것뿐이라고."

영원한 사랑, 숭배, 기다림이라는 해바라기의 꽃말처럼 이령은 여산을 영원한 사랑으로 숭배하고 기다리고 있는 것처럼 보인다. 여산의 반응은 특별할 게 없었다. 그의 표정이나 태도를 굳이 말로 하자면, "거 사람을 잘못 알고 무슨 오해를 한 거 아닙니까? 난 댁이 생각하는 그런 사람이 절대 아닌데" 하고 눈을 껌벅거리다가 고개를 돌리며 "그러거나 말거나 그건 댁 일이고 나는 내 일이 있으니까 댁 좋도록 하쇼"라고 한 정도이다. 여산은 고개를 돌린 채 지나가고 이령은 여산의 앞에서 걸음을 잠시 멈추고 눈을 깔았다가 고추를 씻으러 간다. 영필은 이령과 여산 사이에 잠깐 생겨난 긴장에 간지럼을 타 "이히히히힛" 하는 말 울음소리를 내며 여산을 따라간다.

# 머리에는 꽃을

"아오, 빡쳐. 따라오지 쫌 마, 제발!"

새미는 수십 번째 외치고 있다. 속으로만. 아침에 준호에게 했던 말과 똑같지만 그때는 짜증을 내며 있는 힘껏 소리를 쳤었다.

"븅신아, 따라오지 말라구, 제발. 나한테서 쫌 떨어져서 살아줄 수 없니? 난 정말 네가 졸라 지겹거든? 나한테서 뭘 알고 싶은 건데, 도대체 왜 그러는 거임? 네가 병아리고 내가 어미닭이라도 돼? 넌 언제까지 이럴 거야? 아씨, 부탁이니까 나한테 신경 쫌 꺼달라고."

매몰차게 잘라냈다. 세상에 단 하나밖에 없는, 말도 잘 못하는 동생한테는 그렇게 말해놓고 낯선 사내들에게는 단 한마디 말조차 입 밖에 꺼내지 못하고 있다. 말을 한다 해도 알아들을 리 없고 알아듣는다 해도 그 말대로 할 리 없는 그들은 계속 따라오고 있다.

혼자 나온 길이었다. 누구와 같이 가자고 하기도 싫고 하필 떨어져버린 생리대 사는 게 같이 가자고 할 일도 아니어서 혼자만 나선 길,

내키지 않는 걸음으로 산마루 고개를 넘으려는 순간 어느새 준호가 따라붙었다. 나이는 열여덟 살이지만 정신연령은 한 자리 숫자인 준호를 논리적으로 납득시키는 데는 미운 일곱 살짜리보다 몇 배는 더 힘이 들고, 억지로 떼어놓자니 웬만한 어른보다 더 큰 덩치 때문에 당해낼 수가 없다. 나가는 말이 고울 리 없다.

산길 포함 한 시간 넘게 열심히 걸어야 하는 거리에 태강면 면소재지와 면에서 유일한 것들, 그러니까 약국, 보건소, 우체국, 파출소, 다방, 마트가 모여 있다. 산을 넘어 내려와 왕복 이차선의 지방도까지 나와야 하루에 네 번 다니는 버스를 만날 수 있고 지나가는 트럭이나 경운기라도 얻어 탈 수 있다. 이제까지 이령과 같이 나온 길에서는 모두 그랬다. 버스 운전기사는 물론이고 트럭운전사, 경운기 모는 농부까지 그들을 언제나 선선하게 태워주었다.

인구 이천 명이 될까 말까 한 면이라 아무리 구석구석에 박혀 산다고 해도 한두 사람 건너면 모두 연결되는 사이였다. 태강면 사람들은 낯선 사람이라도 친근하게 말을 붙이는 게 관습이었다.

"어째 이리 이쁘게 딸을 키웠소. 제 엄마를 쏙 빼닮았구랴."

경운기에 같이 탔던, 깨를 심으러 간다던 노인이 그랬다. 새미는 그때 경운기에서 뛰어내리고 싶었다. 길가 은행나무 줄기에 등을 박박 문질러 등에 솟은 소름을 뭉개버리고 싶었다. 이령은 호호호, 하고 은방울이 울리는 것 같은 웃음소리를 냈다.

"요새 비가 안 오다 와서 농사일이 많으시죠, 할머니?"

노인의 질문에 대답 대신 한 말이었지만 노인의 말에 수긍한다는 뜻이 분명했다. 위선녀, 악녀, 마녀. 어쩌면 그럴 수가 있을까. 새미는

눈이 찢어져라 노인과 이령을 노려보았다. 털털거리는 경운기에 달려
드는 봄바람 때문에 눈을 오래 뜨고 있기가 힘들었지만. 그때 이후로
는 더더욱 이령과 함께 다니고 싶지 않았다. 새미는 진작에 이령에게
백여우라는 별명을 붙여두었더랬다. 그래도 백여우와 다닐 때는 크게
위험한 줄을 몰랐다. 백여우 자체가 가장 위험하게 느껴졌으니까, 또
백여우에 대한 증오로 활활 타오르고 있는 새미가 사람들에겐 범접하
기 힘든 아가씨로 보였을 수도 있었으니까.

　하지만 이번에는 혼자였다. 갈 때는 버스를 만나 타고 갔지만 올 때
가 되자 트럭, 버스, 승용차, 경운기가 단체로 해외유람이라도 떠났는
지 보이지를 않았다. 한여름 뙤약볕이 겁나지는 않았다. 차라리 뜨거
운 햇빛 속을 걷다보면 속이 후련해질 것 같기도 했다. 모자를 눌러
쓰고 무조건 걷기 시작했다. 가다보면 뭐라도 하나 얻어걸릴 줄 알았
다. 운이 없었는지 삼십 분 가까이 걸어가는 동안 차는 한 대도 지나
가지 않았다.

　그런데 따라오고 있다. 검정색 벤츠에 탄 사내들. 우리에서 뛰쳐나
온 맹수, 끈 풀린 미친 개 같은 인간들. 시속 오 킬로미터로 걷는 새미
를 시속 오 킬로미터의 속도로 따라오는, 짙은 선팅으로 시커먼 유리
속, 선글라스를 끼고 있는 세 인간들.

　"아오, 제발 그만 쳐따라오라구우!" 새미는 홱 돌아서서 외친다.
아니 그건 생각뿐이다. "우리가 언제?"라고 하면서 그걸 빌미로 본
격적으로 시비를 걸지도 모른다. 차에 태우고, 혹은 트렁크에 싣고
어디론가 끌고 갈 수도 있다. 혼자 다니는 게 아니었다. 아무리 시골
이라고 해도 여자, 그것도 자신처럼 천상의 외모를 가진 존재는 혼자

다니는 게 아니다, 라는 법이 어딘가에 있을 것 같은데 그걸 지금 어기는 것이다.

이제 선택을 해야 한다. 곧 강마을 주소와 김여산의 가명인 '김영선'이라는 이름이 적힌 우편함이 나온다. 우체부나 택배기사 들이 산 넘어 강마을까지 배달을 하려고 하지 않으니까, 할 턱이 없으니까 거기에 넣고 가도록 만들어둔 것이다.

거기서 강마을로 가는 산길로 꺾어들어가면 벤츠가 그냥 가버릴 수도 있다. 산길은 고급 승용차가 드나들기는 불가능해 보일 정도로 험한 길이니까. 그렇지만 강마을의 우편함을 눈여겨보고 관심을 가지게 된다면 문제는 더욱 커질 수 있다. 강마을의 존재를 알게 되고 찾아오게 되면 안 된다. 그건 절대로 안 된다.

우편함과 아무런 관계가 없는 척 계속 간다면 차는 계속 따라올 것이다. 지나가는 다른 차나 경운기 운전자 들에게 도움을 청할 기회가 생기게 될 수도 있다. 그게 가장 좋은 방법 같긴 하다. 하지만 길을 계속 가는 동안 아무 일이 없으리란 보장도 없고, 일단 이 긴장을 견디기가 너무 힘들다. 어쩌면 좋을까. 휴대폰을 가지고 있다면 112든 119든 간에 비상전화를 걸어 도움을 청할 수 있을 테지만 일 년 반 전 강마을에 살게 되면서 없앴다. 만에 하나 있을지도 모르는 휴대전화 위치추적을 피할 생각에 그런 것이지만, 강마을은 어차피 휴대폰이 잘 되지도 않는 곳이다. 벤츠에 탄 사내들은 새미에게 휴대폰이 없다는 걸 모르고 있을 것이다. 그러니까 여태 조심스럽게 따라오고만 있을 것이다.

새미는 걸음을 멈추고는 주머니에서 휴대폰을 찾는 척한다. 고개를 숙인 채 눈을 돌려 차 안에 앉은 인간들의 반응이 어떤지 살핀다. 차가 멈춘다. 아무런 반응이 없다. 차 전체가 속이 들여다보이지 않는 시커먼 선글라스 속처럼 느껴진다.

선글라스 같은 차 안, 선글라스를 낀 사내들이 셋 앉아 있다. 운전석과 조수석의 사내들은 똑같은 레이밴 선글라스를 끼고 있다. 두꺼운 검은색 테에 크고 검은 렌즈의 안경이라 정면에서는 사내들의 눈을 볼 수 없다. 같은 선글라스를 낀 두 사내는 같은 회사에서 만든 양복을 입고 있기도 하다. 구두 역시 같은 부대에 근무하는 군인들처럼 같은 회사에서 제작한 검은 구두이다. 그들은 건달이다. 간달, 달건이, 달봉이, 깡패, 조폭, 양아치, 뭐로 부르든 간에.

뒷좌석에 앉아 있는 양정묵이 그들 조직의 우두머리이다. 검찰이 흔히 붙이는 '두목', 정작 그 두목들이 좋아하는 단어인 '보스', 이제는 잘 쓰지 않지만 그 나름의 느낌을 갖고 있는 '오야붕', 무난한 '큰형님' 중에서 뭐라고 부르든 간에. 정묵은 은회색 양복을 입고 연갈색 페라가모 구두를 신고 있다. 색깔에서도 머리부터 발끝까지 온통 시커먼 부하들과 선명하게 구별된다. 선글라스는 베르사체이다. 가느다란 은빛 테에 반사물질이 입혀져 있어 단순히 검은 빛깔의 선글라스보다 더 속을 알 수 없게 되어 있다. 그의 입에는 안경테만큼이나 가늘고 긴 담배가 물려 있다. 그는 카르티에 금장시계를 찬 손으로 던힐 라이터를 든 채 담배에 불을 붙이려던 참이다. 간단한 그 동작이 꽤 오랫동안 유예되고 있다. 꽃사슴 같은 여자아이 때문에.

"요새는 시골에서도 자연산 보기가 쉽지 않은데 말임다."

운전대를 잡고 있는 최명철이 정묵의 기색을 댓바람에 알아채고 말했다. 합숙소에 있는 아이들에게 체력훈련을 지시해놓고 두부를 잘한다는 할머니가 하는 식당—간판이 없지만 식당으로 알고 찾아오는 사람들만 상대하는—을 찾아나섰다가 두부를 먹으려면 콩을 수확한 다음에나 오라는 말을 듣고 허허 웃다 돌아가는 길이었다. 몇십 분 동안 오가는 차 한 대 보기 힘든 시골 중의 시골, 왕복 이차선 지방도에서 손두부보다 훨씬 입맛이 당기는 여자아이를 발견했다. 눈요기 삼아 최대한 천천히 차를 몰게 하며 따라가던 참이다.

정묵이 운전을 전담시킬 정도로 신뢰를 하고 있는 최측근 명철은 서울 강남에서 텐프로 룸살롱보다는 아랫급이지만 웬만한 지방도시 '원프로'보다 낫다고 자부하는 강남 '쩜오' 룸살롱 마담이 여자친구이다. 명철은 텐프로든 원프로든 그쪽 애들은 수술로 외모를 뜯어고친 '성형미인'이 대부분이라고 했다.

그런데 평소에 길을 걸어가는 여자라야 평균연령 일흔에 오십 년 이상 농사만 지어온 할머니들이 대부분인 태강면에서, 젊은 여자라야 조선시대에 젊어 죽은 남편 따라 죽어 열녀각이 세워진 귀신밖에 없다고 생각해온 생솔리 길가에서, 보기 드문 최고 수준의 '자연미인'을 만난 것이다.

여자는 갸름한 얼굴에 턱이 약간 짧고 피부는 희다. 시골처럼 넓고 산만한 환경에서는 눈썹이 제일 안 보이는 법인데, 여자의 눈썹은 손을 댄 흔적이 전혀 없이 희미하지도 짙지도 않게 적당히 잘 보였다. 코는 약간 짧지만 끝이 도톰해 귀여워 보였으며 입술은 알맞은 크기에 붉은 빛깔이 선명했다. 가슴은 크지도 작지도 않았고 엉덩이는 탄탄하게 올라붙었다. 적당한 키이면서도 부분부분이 다 흠잡을 데 없고 전체적으로도 조화를 이루고 있다. 어디선가 많이 본 것 같기도 하지만 TV나 잡지에서는 본 적이 없는 인상이기도 했다. 어떻든 예뻤다. 기가 막히게.

장바구니를 든 여자는 회색 모자를 쓰고 회색 운동복을 입고 있었다. 가슴에는 'SANFRANCISCO'라는 글자가, 등에는 '1849'라는 숫자가 새겨져 있었다. 팔목과 발목을 덮는 긴 옷이어서 한여름에는 실내 스케이트장 외에는 어디다 데려다놓아도 남들 눈에 띄게 되어 있었다. 공교롭게도 정묵은 흘러간 팝송 〈샌프란시스코〉를 좋아한 적이 있었다. 소년원에서 독학으로 영어를 배운 터라 가사 내용은 잘 모르지만 '샌프란시스코'란 단어는 충분히 알 수 있었던 게, 노래 솜씨가 별로인 듯한 남자 가수가 틈만 나면 "샌프란시스코, 샌프란시스코" 하고 죽어라 내질러댔기 때문이었다. 그 노래를 듣고 있다보면 한때 건달 중의 건달로 일컬어지다 은퇴해서 캐나다 록키산맥 깊숙한 곳으로 이민 간 선배 박철도가 생각났다. 그리고 자신의 말년은 어떻게 될 것인지 약간, 아주 약간 비감해지기도 했다. 그런데 이 신성한 노래가 십여 년 전 웬 불륜커플이 나오는 TV드라마의 주제가로 등장하는 바람에 개떡이 돼버렸다. 개나 소나 다 이 노래만 나오면 심각한 표정으로 저희들이 무슨 불륜의 주인공이라도 되는 것처럼 노는 꼴이 너무 지겨워 한동안은 아예 듣고 싶지도 않았다. 세월이 지났다. 세월은 유수다. 이제는 지겨운 것도 잊을 때가 되었다. 조수석에 앉은 이세동이 물었다.

"홀랑 벗겨가 새하얀 접시에 살짝 올려놓고 자세히 음미해보실 생각 있으심까, 형님? 데리고 와볼까요, 형님?"

그는 세동이 앉은 조수석을 가볍게 발로 찬다.

"너는 길가에 야생화 피어 있으면 죄다 꺾어다가 네 방에 갖다 꽂냐?"

그 정도로 충분하다. 그냥 피어 있는 그대로 두고 보는 게 훨씬 좋은 거 모르느냐, 지나가는 다른 사람은 개눈깔이냐, 이런 말까지 할 필요는 없다. 침묵은 금이며 특히 조직의 보스에게는 절대적인 덕목이다.

"제 방에는 꽃 같은 거 안 키웁니다, 형님."

세동이 대답한다. 그는 대꾸하지 않는다. 명철이 돌아보며 말한다.

"세동이 방에 제 손바닥만한 거미 있습니다, 형님."

"무슨 거미가 손바닥만하다니?"

역시 잘못 반응했다. 세동이 고개를 돌리고는 침을 튀기기 시작한다.

"전에는 거북이 새끼를 키웠는데 말입다, 형님. 처음부터 손바닥만 한데 말입니다, 형님. 그 거북이가 아무리 먹을 걸 줘도 안 먹고 하더니 일주일도 안 돼서 뒤졌습다, 형님. 열받아가 거북이 판 데 가서 물어보이까네 거북이가 눈병이 온 거람다, 형님. 눈병 오면 거북이가 지 대 당달봉사 돼가 먹을 걸 줘도 못 먹는담다, 형님. 그러니까 그 거북이 새끼가 굶어 죽은 검다, 형님."

눈치 빠른 명철이 제지한다.

"크어, 눈물 나서 못 듣겠다. 고마해라."

"어? 기집애가 없어졌습다, 형님."

잠시 이야기를 하는 사이 여자애가 감쪽같이 사라져버린 곳에는 조선시대 열녀 머리 가르마 같은 산길만 남아 있다. 간간이 경운기나 다니는 듯 너비 삼사 미터쯤 되는 길 가운데 풀이 우북하게 자라 있는 것이, 승용차는 바닥이 닿아 운행이 힘들 듯하다. 그의 차는 스위치 하나만 누르면 차체가 SUV 정도로 높아지기는 하지만, 그는 차 바닥이 긁히는 것을 좋아하지 않는다.

"오줌 누러 간 거 아니냐?"

너희들 제대로 보고 있던 거 맞아? 아가리질에 신이 나면 제정신 못 차리지? 생략.

"갑자기 사라진 검다, 형님. 귀신이 하품하겠슴다, 형님. 저기는 사람 숨을 자리도 없는데 말임다, 형님."

자세히 길 안쪽을 살피던 그의 눈이 번쩍 떠진다. 심봉사가 인당수에 뛰어든 심청을 다시 만나기나 한 것처럼.

"저기 길옆하고 안쪽에 서 있는 풀, 아니 나무 같은 거, 저거 뭐나?"

"잡초 같습니다, 형님."

"그거 말고 옆에 있는 풀도 아니고 나무도 아닌 거, 저거 대마 아니냐?"

"형님, 잡초가 어째서 나무맨쿠로 쭉쭉 뻗어 있습니까? 겁도 없습니다, 형님. 대마가 뭡니까, 형님?"

"대마가 대마초 엄마고 대마초 삼촌이 마리화나다. 내려서 뽑아와 봐라. 그 기집애, 밑으로 떨어져 굴렀는지도 좀 보고."

그는 차를 길 안쪽으로 들이밀게 한 뒤 비로소 담배에 불을 붙인다. 명철과 세동이 차에서 내려 안쪽으로 들어가는 것을 보며 그는 차창을 내린다. 대마를 알아볼 수 있었던 것은 순전히 십대 어린 시절부터 모셨던 형님들 덕분이다. 형님들은 막내인 그에게 철로변에 자생하는 대마를 잘라오게 해서 피우곤 했다. 그때는 참 먹을 게 없었다. 대신 콩 한 쪽도 나눠먹는 의리가 있었다. 주먹을 썼지 연장 들고 설치는 인간들은 우습게 알았다. 마약 같은 것도 잘 몰랐다. 얻어걸리면 맛만 보자는 식이었다. 대마초나 히로뽕을 만들어 사고 팔고 수입하는 인간들은 조폭이 아니라 저질 장사꾼 취급을 했다. 곧 굶어 죽어도 자존심 하나는 셌던 시절이었다. 그래도 그는 무식하지 않았다. 중학교 중퇴로 정규교육은 끝이었지만 소년원에서 검정고시로 중졸, 고졸 학력은 착실하게 따두었다.

길게 담배연기를 뿜는 그의 눈에 좌우가 오로지 산, 논, 밭, 잡초, 잡목으로 이어지는 도로변 위를 날고 있는 잠자리떼가 보인다. 수륙곤충 먹이사슬의 최상층에 자리잡고 있는 잠자리들은, 유충 때는 모기, 깔따구, 하루살이의 유충은 물론 올챙이나 물고기의 치어까지 먹는다. 성충이 되어 날개를 달면 최상의 시야와 기동력으로 모기, 깔따구, 하루살이 성충을 잡아먹는다. 하지만 그 잠자리들도 언젠가는 앉을 것이다.

'자리 자리 앉자, 앉을 자리 앉자.' 그의 뇌리에 유년 시절 잠자리를 잡기 위해 잠자리떼 앞에서 부르던 노래가 떠오른다. 강아지풀 위, 빨랫줄 위처럼 앉을 자리에 앉은 잠자리는 아이들에게 잡혀 죽게 되어 있다. 포충망이 덮치고 날개가 무자비한 손가락에 의해 접히고 방부제인 알코올 주사가 몸통에 놓아지고 감을 수도 없는 눈을 뜬 채 곤충채집함에 꽂혀 있게 된다. 앉으면 죽는다.

정묵은 잠자리를 잡지 못했다. 잡을 수가 없었다. 꽉 잡으면 날개나 몸통이 부서져버릴 것 같았고, 그렇게 죽은 잠자리는 그가 잡으려던 잠자리가 아니었다. 잡지 못한다는 것을 알게 된 이후 잡지 않았다. 잠자리는 가질 수 있었다. 잠자리를 잘 잡는 아이들에게 빼앗으면 되니까. 주먹을 꽉 쥐어 보이고 잠자코 눈을 흘겨뜨는 것만으로도 얼마든지 잠자리를 뺏어낼 수 있는 능력이 정묵에게는 있었다. 그 사실을 알게 된 이후 잠자리를 잡으려고 애쓸 필요가 없었다. 잠자리는 다른 것으로 바뀌었다. 딱지, 공, 권투글러브…… 아니 야구글러브가 먼저였나. 구슬, 딱지, 잠자리, 공, 야구글러브, 야구배트, 권투글러브…… 마지막으로 돈. 야구배트와 권투글러브가 정묵의 소유가 된 후부터는 다른 아이들의 소유물이 정묵의 소유물로 바뀌는 속도가 훨씬 빨라졌다. 또한 아이들의 범위도 엄청나게 넓어졌다.

정묵은 잠자리는 아니지만 건달이 된 이후 한 군데 오래 머문 적이 없다. 일생이 동가식서가숙이었다. 집을 가진 적이 없는 건 물론이고 결혼도 하지 않았다. 집이 필요하면 빌리거나 빼앗았다가 팔아버렸다. 여자 역시 집과 마찬가지였다. 잠깐씩 같이 살긴 했지만 싫증이 나면 곧 떠나보냈다. 자식은 그렇게 한 적이 없다. 없어서였다. 가족은 있었다. 그와 함께 다니는 아이들이 가족이었다. 그는 다른 건달들이 그러는 것처럼 한 지역, 한 분야, 한 시대를 함께 지배하는 남자들을 '식구'라고 불렀다.

"아, 이 기집애가 어딜 간 기야? 아까 잠깐 핸드폰 때리는 거 같더만도 어디로 개방구맨추로 실금 샜나. 아, 이 촌동네 날씨 정말 조질라게 덥네."

세동은 보스의 시야에서 벗어났다 싶은 자리에 도착하자 엄습하는 더위에 진저리를 치며 두리번거린다.

"하여튼 우리 형님은 이쁜 거, 맛있는 거 있으면 기가 막히게 알아본다. 그냥 지나치는 법이 없으시구만. 정말 천재라니까. 노벨상에 노벨식사상이 있으면 무조건 형님 거야."

"야 쉬바라, 노벨상 같은 그런 거는 전 세계 전국구 큰형님들끼리 주고받고 하는 긴데, 그딴 거 우리가 신경써서 뭐하노? 기집애나 대마나 걸리는 대로 빨리 찾아가지고 갖다드리마 임무 끝이지."

"나는 이런 자연산들은 그냥 깨끗하게 씻기만 해가지고 오드득오드득 깨물어먹는 식이 좋더라. 전에 용국이새끼 델고 온 기집애같이 뽕 같은 거 들이대지 말고 말이야."

"무슨 소리. 갸는 첫 뽕 맞고 약발이 끝내줬으니까 그캤지. 한 이박 삼일은 계속 덤비들게 만들었잖아. 사람마다 다르다고."

"그렇게 한 번에 뽕빨 내면 애들이 완전히 맛이 간다 말이야. 맛탱이가 확 떨어지는데 일회용 할 거면 몰라도 쬐씩 살짝살짝 빨아먹는 게 훨 낫지."

명철과 세동은 말을 주고받으면서 산길에 접어들어 십여 미터 남짓 되는 시멘트 포장도로를 지나 풀이 발목을 넘게 자란 길을 따라 올라가고 있다. 이미 두 사람은 알고 있다. 여자아이가 자신을 따라오는 차를 의식하고 숨어버렸다는 것을. 길 양쪽에서 오뉴월 개 혓바닥처럼 잎사귀를 늘어뜨리고 있는 나무와 웬만한 풀조차 키 높이까지 자라 장벽을 이루다시피 한 곳을 뚫고, 구두 신고 양복 입은 채 절대 들어가고 싶지 않은 숲으로 들어가지 않는 한 여자아이를 찾을 수가 없다는 것을. 한 일이십 분 찾는 시늉을 하다가 돌아가서 못 찾겠다고 하면 형님이 그냥 가자고 할 것이라는 것까지. 그리고 세동에게는 또 다른 급한 볼일이 있다. 그 급한 일의 전조로 세동의 거대한 궁둥이 틈에서 연신 뿌우욱 뿌욱 하는 소리가 나고 있다.

새미는 산길과 절벽 사이의 우묵한 잡목숲에 숨어 있다. 뱀이나 벌, 벌레, 가시에 물리고 찔리는 것을 감수하고 길 아래로 뛰어내려 물길을 따라 꿩처럼 수십 미터를 기어온 것에 대해 정말 잘한 일이라고 스스로를 칭찬한다. 가슴이 뛴다. 가슴이 쿵쾅거릴 만한 죄를 지은 것도 아닌데 자신의 가슴이 쿵쾅거리는 게 화가 난다.

남자들이 증오스럽다. 여자만 보면 달려들어 어떻게 해보려는 그들의 본능이 혐오스럽다. 아까시나무 잎이 뺨을 간지럽힌다. 새미는 바닥에 앉아 손에 닿는 나뭇잎들을 따서 떨어뜨린다. 눕는다. 편안하다. 나뭇잎을 더 따서 얼굴 위를 덮는다. 몸을 덮는다. 더 많이 따서 덮으면 지나가다 보더라도 그냥 지나칠 것이다. 하지만 그렇게 하려면 소리가 나기라도 할 것 같아 그냥 다시 눕는다. 이제 그들이 가버리기를 기다리면 된다. 눈을 감는다. 눈을 감았다. 십 분이면 갈 것이다. 아무리 오래 걸려도 삼십 분이면 충분할 것이다. 잠이라도 자고 나면 아무 일 없었던 것처럼 자신은 다시 강마을로, 집으로 향할 것이다. 그 와중에 정말 잠이 든 것처럼 잠깐 의식이 사라졌다. 그런데.

"어어라, 이런 쓰이브럴…… 너 거기 숨어 있었냐?"

용변을 보고 나서 바지를 올리던 세동이 길 아래쪽 우묵한 곳에 누워 있는 새미를 발견한다. 말을 하고 나서 세동은 전혀 당황하지 않고 천천히 휴지를 버린 뒤 허리띠를 맨다. 명철을 부르려다보니 어떻게 발견하게 됐는지 경위를 설명하기가 조금 민망하다. 또 자신에게 닥친 행운을 먼저, 아니 혼자 맛보고 싶다. 특별한 건 아니고 그냥 그렇게도 예뻐 보이던 물건이니 남보다 먼저 가까이서 보고 슬쩍 만져보기나 하자는 것이다. 차창을 통해 멀리서 보던 것과 실물이 같은지 다른지 알고 싶은 것이다. 명철은 바쁠 것이다. 형님이 가져오라는 대마라는 잡초인지 나무를 낑낑거리며 뽑고 있을 것이다.

"야, 니 알아서 기올라올래? 아이마 이 오빠가 니리가서 끌고 와야 할까?"

선글라스를 벗어 윗주머니에 넣은 세동은 양복 안쪽의 가죽띠에 걸린 칼집에서 회칼을 꺼내 대마인지 해바라기인지 쑥부쟁이인지 모를 식물의 윗부분을 자르면서 묻는다. 새미는 떨고 있다. 가슴이 떨리니 몸이 떨고 몸이 떠니 목소리도 떨린다. 총체적으로 떤다.

"오빠, 나 쫌 못 본 걸로 하면 안 돼요? 그러면 내가 오빠 하라는 대로 다 할게요."

"야, 우리가 언제 봤다고 내가 니를 봐주나, 가시나야. 그리고 니가 뭘? 뭘 해줄 긴데?"

"내려와요, 오빠. 오세요, 여기 우리 둘만 있잖아요."

새미는 입술을 떨면서 자신도 모르게, 배운 적이 없는 마법의 주문을 덧붙인다.

"제발 쫌. 오빠."

세동은 겨드랑이에 털이 나기 시작한 사춘기 이후에는 친구들하고든 조직에 들어와서든 소년원에서든 혼자인 적이 거의 없었다. 건달이 된 후에는 항상 두 명 이상이 같이 가서 대상물을 앞에 두고 자기

들끼리 끊임없이 대화를 주고받으면서 일을 처리해왔다.

"얘가 지금 우리한테 뭐라는 거야? 웃기잖아?""우리를 뭐라고 생각하는 거 같으냐?""우리가 지금 뭐하는지 너 알아?" 하는 식으로. 그런데 지금은 늘 그렇게 해오던 동료가 없다. 아주 잠깐만 먼저 맛을 보고 싶다. 나중에 동료와 같이 먹을 아이스크림을 먼저 살짝 핥아보고 싶은 것이다. 세동은 뒤를 돌아보고 옆을 보고 아래를 보고 쓸데없이 하늘을 보고 나서는 "내가 거길 왜 가냐? 네가 올라오라니까" 하면서도 다리를 아래로 뻗는다.

"빨리 오세요, 오빠. 시간 없어요."

새미는 '하나로마트'라는 글자가 쓰여 있는 장바구니를 내려놓고 트레이닝복 윗도리 지퍼를 내리며 말한다. 연분홍색의 반팔 티가 드러나고 가슴 윗부분이 드러난다. 세동이 처음에는 망설이는 척하다가 미끄럼을 타며 내려온다. 그도 시간이 없다는 걸 안다. 인적 없는 산길 아래서 두 남녀가 마주 선다. 그들의 발 아래쪽은 검붉은 황철석으로 덮인 비탈이 있고 잎사귀가 큰 오동나무들이 짙은 그늘을 드리우고 있다. 매미 소리가 난다. 쓰애름 쓰애름 하기도 하고 쓰왜애애애 하기도 한다. 흔한 광경은 아니다. 한여름, 산속, 모자를 쓴 운동복 차림의 여자, 검은 양복을 입은 건달, 짙은 그늘, 그리고 작열하는 태양.

"눈 감아요, 오빠."

"아, 이 뭐꼬. 갑자기."

말은 그렇게 하면서도 세동은 선뜻 눈을 감는다. 대단한 일을 애써 노력해서 성취한 건 아니다. 인체기관 중 가장 힘을 덜 들이고 움직일 수 있는 눈꺼풀을 아래로 내렸을 뿐이다.

"꼭 감아요."

세동은 히벌쭉 웃으며 눈을 꼭 감는다. 그의 트렁크팬티는 이미 일각수를 가둔 자루라도 되는 듯 가운데가 불쑥 일어서 있다. 새미의 손이 조금의 망설임도 없이 팬티의 가운데를 붙든다. 추켜올리는 세동의 힘과 누르는 새미의 손힘 사이에 잠시 실랑이가 벌어진다. 세동은 침을 삼킨다. 좀 이상하긴 하지만, 살다보면 이상한 일도 있는 법이다. 이윽고 새미의 손가락이 세동의 바지 앞 지퍼 고리를 잡는다. 세동은 눈꺼풀에 꿀이라도 바른 듯 뜰 수가 없다. 새미의 손이 팬티의 앞자락을 통과한다.

세동의 성기는 세동 자신의 의지와는 상관없이 새미의 손가락을 마중이라도 나가려는 듯 끄떡댄다. 거기에 선뜩한 무엇인가 닿는가 싶더니 갑자기 세동의 뒤통수에서 큰 종이 울릴 때나 날 법한 "뚜왕!" 하는 소리가 난다. 아니 "쁘왁!" 하고 낙랑공주가 북을 찢을 때나 날 법한 소리다. 두꺼운 이불 홑청 찢어지는 소리라고 할 사람도 있겠지만 세동은 북 찢어지는 소리고 낙랑공주고 이불 홑청이 뭔지도 모르고 그런 비유를 생각할 겨를도 없다. 넋을 놓고 있다가 뒤통수를 제대로 맞은 것이다. 뒤통수를 후려친 사람은 준호다.

준호는 세동의 뒤에서 막 야구배트를 휘두르고 난 타자의 자세로 서 있다. 2루타쯤으로 기록될 타구를 날려보낸 타자의 팔로스윙에 해당하는 깨끗한 모습이다. 준호의 손에 들려 있는 건 야구배트가 아니라 지름 십 센티미터, 길이 일 미터쯤 되는 박달나무 몽둥이다. 조선시대 때 포졸들이 들고 다니던 육모방망이의 재료이기도 한 박달나무, 그 박달나무 몽둥이가 왜 준호의 손에 들려 있는가 하면, 아침에 장작을 팰 때 도낏자루였던 그것이 부러졌기 때문이고, 그와 비슷한 나무를 구하기 위해 원래의 자루를 들고 나왔기 때문이다. 원래 세동과 준호는 키 차이가 별로 없다. 몸무게는 세동이 두 배쯤 더 나간다. 준호는 다시 도낏자루를 휘둘러 세동의 머리를 내리친다.

"뻐직!"

겨냥이 잘못되어 머리 대신 세동의 어깨에서 그런 소리가 난다. 사람의 어깨에서 나는 소리라기보다는 바위에 나무가 부딪칠 때 날 법한 소리이지만 어쨌든 세동의 몸뚱이가 휘청하고 새미 쪽으로 기울어진다. 하지만 치명적인 타격을 입은 것은 아니다. 무슨 일이 일어났는지 몰라 어리둥절해하고 있을 뿐이다. 새미는 몸을 재빨리 비켜서 세동을 피한다. 세동 같은 싸움 전문가가 완전히 허물어지게 만들기에 어린 준호는 너무 흥분해 있고 경험도 없다. 누군가, 무엇인가가 도와주지 않는다면 금방 반격을 받을 것이다.

그 누군가가 왔다. 참혹한 비명소리가 터진다. 눈에서 뇌까지 칼로 길게 긋는 듯한 날카로운 통증이 세동을 강타했기 때문이다. 가는 철삿줄이 혈관 속을 긁으며 지나가는 것 같다.

"아, 아아, 이 쉬발 게, 아, 아, 아, 아, 아!"

종전에 새미와 이야기를 할 때의 굵은 목소리와는 전혀 다른, 아이처럼 새된 비명이 세동의 입에서 터져나온다. 그는 손으로 눈을 막는다. 눈알이 있던 자리에서 무엇인가 줄줄 흘러내린다. 통증의 근원이 되는 곳을 볼 수조차 없다. 믿기 싫다. 하지만 얼굴을 덮으며 줄줄 흘러내리는 피와 피비린내와 불타듯 뜨거운 아픔은 현실이다.

새미가 몸을 피하는 바람에 세동이 휘청대며 손을 뻗은 방향에 야생딸기덤불이 있었다. 손에 걸린 가지 하나가 탄력 있게 세동의 얼굴과 눈을 훑으며 가시로 쓸고 지나가버렸다. 새미는 "준호야!" 하고 소리를 지르려던 자신의 입을 틀어막다 말고 "내 눈, 눈!" 하고 울부짖는 세동을 돌너덜 아래로 힘껏 밀어버린다. 세동이 벼랑 아래로 굴러 떨어지며 잔돌 구르는 소리와 함께 턱, 턱 하고 무거운 물건이 부딪치는 소리가 난다. 새미는 준호를 잡아끌며 풀숲이 된 길 위로 뛴다. 뛴다. 최고 속력으로. 사슴 남매처럼 빠르다.

## 사랑은 꿀보다 달콤하고 쓸개보다 쓴 것

봉래산은 강원도 금강산의 다른 이름이다. 봄철에 쑥蓬이며 명아주茉가 산등성이 곳곳에 생기 있게 쑥쑥 돋아나는 모양을 형용한 말이다. 태강면에도 봉래산이 있다. 정상이 해발 사백여 미터인 이 산은 봉鳳이 와來 날개를 편 형상이라는 뜻에서 지어진 이름이다. 아니, 아직은 모양이 별로지만 나중에 봉이 와주면 괜찮아질 것이다, 봉이여 어서 오라는 뜻에서 지어진 이름이라고도 한다. 이렇거나 저렇거나 금강산과는 아무 상관도 없다. 금강산은 봄에만 봉래산이지만 이 봉래산은 사시사철 봉래산이다. 하지만 이 산의 이름에 담긴 의미까지 제대로 알고 있는 사람은 드물다. 전 세계를 통틀어 열 명도 되지 않는다. 그중 한 사람이 봉래산 서쪽 아득한 절벽 위에 암자를 세우고 한산암寒山庵이라는 현판을 갖다붙였다. 처음 왔을 때 봉래산이 어지간히 추워서 한산이라고 한 것인지, 중국 당나라의 시승 한산습득寒山拾得과 상관이 있어서 그런 것인지는 이름 지은 사람만 안다.

'뉘라서 저 아득한 천애의 벼랑 위에 혼자만의 작은 집 짓고서, 망설임 없이 사다리를 치워버렸느뇨.'

현판에 함께 적힌 이런 시구를 한산이 썼는지도 알 수 없다. 어떻든 한산암은 자신의 존재를 알리듯 아침저녁으로 종소리를 낸다. 덩, 하고 범종과 나무망치가 만나 나는 소리가 벼랑을 휘돌아내리고 작은 골짜기와 골짜기를 건너서 마침내 산 아래에 이르러 세상 가장 낮은 곳을 흐르는 강 위를 스쳐갈 때 주변에서는 잠시 소리를 낼 권리를 양보하는 것 같다. 마을과 강이 만나는 곳에 서 있는 버드나무 위 까치집의 까치들조차 조용하다.

한산암에서 종을 치는 사람은 스스로의 이름조차 버린 스님이다. 예닐곱 살에 절에 맡겨져 육십여 년의 세월을 보낸 이후 절에서 맡은 모든 소임, 명성과 눈물을 닦는 제자들을 뒤로하고 봉래산으로 들어왔다. 강이 내려다보이는 아득한 낭떠러지에 신라시대에 세워진 옛 절터가 있었다. 나무를 헤치고 돌을 고르며 샘을 찾던 스님은 산의 정상부에서 뻗은 거대한 바위 중간에 동굴이 있는 것을 발견했다. 그때부터 동굴에서 일체 불을 피우지 않고 생식으로 생활하며 암자의 터를 닦고 하나하나 흙벽돌을 만들어 집을 지었다. 벽돌 하나하나에 갈대 한 잎을 타고 강을 건넌 달마의 법法이 들어 있다는 심정으로, 대장부라면 죽기 전 그 법을 깨치고 웃으며 죽자는 심정으로, 수삼 년 동안 몸과 마음의 힘을 다해 암자를 이루었다.

암자에 현판을 걸고 나서 인연이라도 되는 듯 근처에서 자신의 몸 반토막쯤 되는 길쭉한 돌을 발견했다. 어찌 보면 세월에 얼굴이 뭉개진 작은 돌장승 같기도 했다. 스님은 그 돌을 안아와서 점안點眼을 한 뒤에 법당에 안치했다. 그 앞에 종을 달아 치기 시작하자 인연이 닿는 생명과 영혼이 모여들었다.

인연이 있으면 머무르고, 없는 자는 떠나갔다. 가장 견디지 못하는 족속은 인간이었다. 그들은 오고가는 것을 존재의 속성으로 삼고 있기라도 한 듯 멋대로 오고 멋대로 갔다. 스님은 그들이 올 때에 환영회를 연 적도 없지만 가는 사람을 잡을 생각도 하지 않았다.

십여 년 전에 요란한 중장비 소리가 들리면서 산등성이를 뚫고 길이 나더니 강변에 텔레비전 드라마를 촬영하는 세트장이 만들어졌다. 〈왕도〉라는 사극이었으니만큼 주변은 궁벽할수록 좋았고 현대문명을 상징하는 건 전선, 비행기, 자동차고 간에 아무것도 없는 편이 좋았다. 지방자치단체에서 지역에서도 가장 후미지고 조용한 장소를 찾아 토목공사까지 마친 뒤 방송국 측에 제공했고, 방송국에서는 거기다 세트를 짓고 촬영을 했다. 촬영 이후에는 다시 지방자치단체에서 시설을 인수해서 드라마 촬영지라는 명목으로 관광객을 유치하는 게 자연스러운 절차였다.

하지만 스님은 〈왕도〉를 본 적이 한 번도 없었다. 텔레비전이 없었으니까. 전기도 들어오지 않던 것을 공무원들이 세트장 주변을 정비하면서 다른 사람이 보기 민망하다며 거저, 다소간 억지로 들여놓아주었다. 필요 없다는데도.

이따금 연기자와 스태프 들이 종소리를 듣고는 한가한 시간에 암자로 올라온 적이 있었다. 하지만 바위와 덩굴로 얽혀 있는 길을 헤치고 발견한 곳이 보통 절과는 전혀 다른 쑥대머리 꼴인 것을 보고는 허파에 차오른 숨을 가다듬을 생각조차 하지 않고 내려가버렸다. 한동안

드라마 촬영장에 온 관광객들 중 일부가 암자로 들어가는 비밀스러운 소로에 관심을 나타냈다. 그들 중 몇 사람은 애써 찾아와 돌부처 앞에 지폐를 놓고 가기도 했다.

어느 날 스님은 나무를 몇 짐 해다가 절로 들어오는 길을 막아버렸다. 주변에 다른 길이 있는 것처럼 교묘하게 위장을 해놓으니 그 길로 들어갔다가 속아서 길을 잃고 죽을 고생을 한 사람들은 다시는 종소리의 근원을 찾아오지 않게 되었다. 그로부터 스님은 발 뻗고 잠을 자게 되었다. 아는 사람만 옛길을 찾아 드나들 수 있었다.

세트장이 지어지고 난 뒤 반년 만에 사극 촬영이 끝나면서 찾아오는 관광객은 급감했다. 세상 어디선가 다른 사극, 다른 드라마, 다른 영화가 촬영되고 또 방영되고 있었으니 돈과 호기심, 인생의 길이가 제한되어 있는 관광객 입장에서는 그런 곳을 찾아가는 편이 더 경제적이었을 것이다. 결국 세트장은 썩지 않는, 곧 불후不朽의 폐허로 변했다.

수십 채의 초가집이 있었지만 무너진 건 없었다. 플라스틱, 스티로폼, 우레탄, 시멘트, 값싼 목재로 만들고 페인트와 스프레이 등으로 흉내만 냈기 때문에, 버림받고 찾는 이 없어 썩고 싶다 한들 썩지를 않았다. 집에는 초가지붕이 있고 들창이 있고 마루가 있고 방이 있었다. 부엌도 있어 조선시대라면 한 가족이 살 만하게 만들어져 있었다. 하지만 초가지붕 아래쪽에는 석유화학제품 판재가 들어 있고 그 아래에는 싸구려 나무판자가 받쳐져 있어 풀씨조차 자라지 않았다. 대부분의 아궁이에는 불을 지필 수 없었다. 구들장도 연통도 없이 막혀 있었기 때문이었다. 마을의 골목, 길은 흙과 시멘트를 섞어 단단하게 다

져놓아 비가 온 후에도 사람의 발자국이 남지 않는 것은 물론 풀도 잘 자라지 못했다. 조경회사에서 심어놓은 소나무는 지나치게 소나무 같고 배롱나무는 배롱나무 국가대표 같았다. 강가에 절로 자란 미루나무들만이 늠름하고 아름다웠으나 사극을 찍을 때 방해가 된다고 하여 밑동이 베어져나가고 말았다. 그 가짜투성이, 불모성, 엉터리를 정말 마음에 쏙 들어하는 사람도 있었으니 그게 바로 여산이었다.

팔 년 전, 여산이 암자에 모습을 드러냈을 때 그는 여느 사람들처럼 봉래산을 넘어오지 않고 강으로 왔다. 강물이 복류하는 곳은 걸어서, 강 중간 섬에서는 숲을 헤치며 길을 개척하고, 깊은 곳은 헤엄쳐 건너 채 마르지 않은 옷을 입고서였다. 그래서 산길로 온 여느 사람들처럼 스님이 만들어놓은 가짜 길에 속지 않았고 강에서 내처 종소리의 근원을 역추적해서 절벽 위 암자로 정확하게 찾아왔다.

스님이 보기에 여산의 멧돼지털 같은 봉두난발은 봉래산의 쑥대머리 잡목과 덤불에 잘 어울렸다. 햇빛에 그을린 거친 피부에 짙은 눈썹과 우뚝 선 코를 보면 사내답게 잘생긴 듯도 했다. 이따금 번쩍이는 안광 때문에 심상찮은 기미가 느껴지기도 하다가 어느 때는 하염없이 우울한 표정으로 넋을 놓고 있는 적도 있었다.

"스님 아자씨, 밥!"

여산이 암자에 와서 가장 먼저 한 말이 그거였다. 그때 스님은 사정없이 그의 머리를 후려갈겼다.

"이 무식한 놈아, 스님이면 스님이지 아저씨가 도대체 뭐여? 절에서는 밥이라는 말도 쓰질 않는 법이다."

여산은 알밤 맞은 곳을 문지르며 반문했다.

"밥 아니면 맘마?"

"맘마고 떡이고 간에 나는 불로 익힌 공양을 하지 않으니 너나 열심히 해처먹어라."

어느 날 여산은 밥상을 걷어차는 스님을 향해 눈을 끔벅거렸다. 물고기가 입을 뻐끔거리듯이.

"이건 밥 아니고 괴, 괴긴데. 내 잡아서 한 빠가사리매운탕."

스님은 냄비 뚜껑으로 여산의 머리를 내리치고는 등을 돌렸다.

"중한테 오신채 넣은 물고기 매운탕 먹였다가는 네 애비 네놈 새끼해서 삼대가 무간지옥에 갈 거다."

스님의 얼굴은 오랜 생식 때문에 원래의 모습을 알아보기 어려울 정도로 주름이 깊게 패었고, 검버섯이 빼곡히 핀 손은 갈퀴처럼 거칠었다. 형형한 눈빛을 보지 못한 사람들은 말기암 환자로 오인할 법했다.

여산은 먹는 것을 찾아내고 모아들이는 데 선천적으로 뛰어난 감각이 있었다. 봄이면 칡을 캐고 두릅순, 다래순을 따고 취나물과 고사리를 모으고 여름이면 머루, 다래를 찾아냈으며 버섯을 땄다. 가을이면 고욤과 멧대추를 따오고 도토리와 밤을 줍는가 하면 어디서 송이를 캐오기도 했다. 송이는 내다 팔면 양식거리로 바꿀 수도 있으련만 여산은 그것을 불전에 바치는 시늉만 하고는 제가 먹어버렸다. 능이, 영지버섯처럼 양기에 좋다는 건 스님에게 먹어보라는 말조차 하지 않았다. 계곡에서는 가재와 개구리를 잡아서 튀겨 먹었다. 여산이 암자 주변에 있는 동안 근처에서는 고기 비린내가 가시지 않았다. 산초, 초피 열매까지 따가지고 와서 기름 만들어 전을 부쳐 먹고 발라 먹었다. 겨울에는 굴 앞에 불을 피워 산토끼를 잡는다고 소동을 벌이는가 하면 먹이가 부족해진 고라니들이 암자로 온 것을 그냥 놔뒀다가는 다 굶어 죽는다면서 잡아먹겠다고 설쳐댔다가 스님에게 죽도록 맞았다.

물론 가장 큰 식량공급원은 강이었다. 그는 강에서 나는 대부분의 물고기를 알았고 성질을 파악하고 있었다. 낚시로도 잡고 맨손으로도 잡고 그물로도 잡았다. 언제부터인가 스킨스쿠버 장비까지 갖추고 배를 타고 다니면서 물고기를 잡아댔다. 하지만 씨를 말리는 법은 없었다. 그저 제가 먹을 만큼, 필요한 만큼만 잡았다.

산 아래 사는 사람들이 암자 앞에 쌀자루며 된장, 간장을 놓고 가는 일은 십 년 넘게 계속되어온 일이었다. 스님은 생쌀을 주식으로 씹어 먹고 반찬으로 솔잎과 된장을 먹었다. 때로 눈이 쌓여 사람이 오갈 수 없게 되어 곡식 자루가 빌 때면 여산이 잡아온 물고기, 토끼 구이가 상에 오르기도 했다. 그럴 때마다 고기를 권하는 여산과 스님 사이에는 허물없는 대거리가 오갔다. 그것은 스승과 제자 사이의 법거량法擧量과 비슷했다.

강가의 드라마 세트장에 사람의 발길이 완전히 끊기자 여산은 마을 아닌 그 마을에서 대부분을 기거하게 되었다. 그로부터 몇 년 사이 마을에 사람이 하나둘 늘어나더니 여산이 스님을 찾는 날은 사흘에 한 번, 일주일에 한 번에서 보름에 한 번이나 될까 말까 하게 뜸해졌다. 스님은 아무런 말도 하지 않았다. 원래 혼자 있는 것을 더 편하게 여기는데다 아무리 추워도 불을 때지 않은 곳에서 자고 불로 조리한 것은 먹지 않는 스님이니 여산이 아예 가버린다 해도 크게 달라질 것은 없었다. 게다가 마을은 종소리가 가장 가까이 닿는 사람 사는 곳이었고, 보기로 마음만 먹으면 언제든 볼 수 있는 거리였다. 아주 크게 소리쳐 부르면 들을 수도 있었다. 서로가 한 번도 그런 적은 없었지만.

스님의 토굴 앞에 새미가 서 있다. 말을 못 하니 말이 없는 준호가 새미의 뒤에 서 있다. 표정이라는 게 삼 년 가뭄에 갈라진 논바닥 같은 형상밖에 없는 스님조차 평소보다 눈을 약간 크게 뜨고 새미를 보고 있다. 새미의 가슴팍이며 준호의 손에 묻어 있는 피에서 무엇이든 유추해내려고 하지만 세속 떠난 지 오래인 스님의 상상력으로는 무리다.

새미의 가슴이 오르락내리락하는 게 진정되기까지는 얼마간의 시간이 걸리게 되어 있다. 경사가 급한 길을 뛰어왔으니 그럴 법도 하다.

"할부지, 할아부지. 나 오늘 사고 크게 친 거 같음."

스님의 목소리가 근 사흘 만에 그의 성대를 울린다. 나뭇가지가 서로 스치는 듯 거칠다.

"절 안에서는 할부지라고 하지 말고 스님이라고 부르라고 했었다. 또 뭐니, 너희들?"

스님이 기억하는바, 새미가 친 사고는 열 손가락으로는 헤아리기가 어렵다. 그중에는 여산이 시키는 대로 쌀을 동굴 앞에 가져다놓고는 가지 않고 숨어 있다가 스님이 근 한 달 만에 개울에 용변을 보는 것을 끝까지 지켜보고 나서 손뼉 치고 깔깔 웃으며 뛰어나온 것도 있다. 천진무구한 것 같기도 하고, 궁금한 것은 끝까지 파고들어 사람 속을 뒤집어놓을 때가 허다하니 잔악하게도 보인다. 그게 자연스럽다. 자연은 착한 것도 순진한 것도 잔인한 것도 아니고 그저 그럴 뿐이다.

"나 말야, 면에 갔다가 웬 깡패새끼들이 끝까지 쫓아오길래 말야. 왜 재섭게 유리 새까맣게 썬팅한 차로 길가로 가는 여자를 슬슬 쫓아오는 밥맛 없는 인간들 있잖음? 그중 한 놈한테 그러면 안 된다고 교훈을 좀 내려줬다능. 그런데 그 자식이 죽지 않고 살아나면 보나마나 제 친구들 데리고 올 거 같음. 우리 마을서 알면 나한테 뭐라고 그러겠지? 아오, 요새는 별 개거지 같은 일이 다 생긴다니까."

"어떻게 교훈을 줬다는 거냐?"

"그 새끼 거, 그거, 사내새끼들만 달고 있는 거, 내가 짤라버릴라다가 열라 많이 봐줘서 눈깔만 빼고 말았음."

"으흐응? 그걸 어떻게 자른다?"

스님이 젊던 시절, 그러니까 반세기 전에 스승인 큰스님을 모시고 동안거를 하던 중 자신의 성기를 잘라버린 도반이 있었다. 그때 가위로 잘랐던가, 칼로, 아니면 낫? 작심하고 작두? 하여튼 큰스님으로부터 엄중한 질책을 받고 용맹정진의 대열에서 떨려나게 되었다. 동정을 받기는 했을지언정 결국 헛고생만 한 셈이었다. 세속으로 돌아갈 수도 없게 된 그는 결국 수행자들의 뒷바라지를 하는 심부름꾼이 되었다.

'욕념을 맞는 것도 공부요, 이기는 것도 공부다. 삿된 생각이 깨달음으로 가는 방편이 되느니라. 그걸 잘라버리면 문제가 사라지기라도 한다더냐. 현실 도피이고 외면일 뿐이다.'

현삼을 먹으면 정욕이 끊어진다는 말에 그걸 장복한 어느 스님은 생전에 이미 극락왕생한 사람처럼 보기가 좋았다. 그 역시 큰스님으로부터 꾸중을 들었고 도반들로부터도 존경을 받지 못했다. 하지만 어떤 경우도 젊은 아가씨가 남자의 성기를 잘랐다는 이야기는 들어보지 못했다.

"사내새끼들, 다 그렇잖음? 여자가 조금만 좋게 해주면 정신 못 차리고 헬렐레하는 거. 가위 있으면 깨끗하게 잘라버리겠는데 없어서 있는 눈깔 한쪽만 빼버렸어욤. 그런데 나중에 나 여기 사는 거 알고 쫓아오면 어떡하냐능?"

"난들 아나."

나이 차이로 보면 증손녀뻘인 새미의 입에서 나오는 말, 그 의미를 스님은 알 수 없을 때가 많다. 스님이 알 수 있는 건 새미가 장난처럼 말하고 있지만 실은 몹시 흥분해 있다는 것이다. 같은 말을 두 번 세 번 반복하고 있다는 게 증거다. 무슨 장한 일이라고.

"할아부지는 옛날에 무술 같은 거 안 배웠음?"

"스님이라고 부르랬지!"

"중국영화 보면 스님들이 장풍도 날리고 권법도 쓰고 그러잖음? 소림사 같은 거 말야. 그런 거 모름?"

"그거야 옛날 스님들이나 그랬지. 산중에 호랑이도 있고 늑대도 있었으니까."

"할부지 스님도 옛날 스님 같은뎅."

"내 나이 이제 겨우 팔땡인데 뭐가 옛날 스님이야. 우리는 소싯적에 체조밖에 안 배웠어."

"그래도 깡패놈들 몇 정도는 해치울 수 있잖음? 무슨 체조임?"

"국군 도수체조."

준호가 푸흐흐 하고 웃는다. 말은 못 해도 대충 알아듣기는 하니까. 그런데 군대도 안 갔다 온 녀석이 국군 도수체조는 어떻게 아나.

## 따뜻하고 사랑스러운 마법의 빛에 둘러싸여

소희가 보기에 한산암의 노스님은 진작에 극락에 가고도 남았다. 처음 벽곡을 하면서 바위굴 속에서 기거하는 스님이 있다는 말을 듣고는 전설 같은 이야기라며 웃어버렸다. 하지만 자신보다 약간 더 큰 키에 몸무게가 삼십오 킬로그램밖에 안 되는 체구로 사뿐사뿐 리듬을 타면서 걸어오는 스님을 봤을 때, "오 마이 갓네스, 아버지 하나님"을 부르며 합장을 하고 말았다.

실은 소희가 가지고 있는 능력을 안다면 스님 쪽에서 "나무아미타불 지장보살 관세음보살 부처님"을 외쳐 부를지도 모른다. 소희에게는 어린 시절부터 상처입고 병들고 시들어가는 생명을 되살려내는 남다른 능력이 있었다. 죽어가던 화초는 그녀의 손이 닿으면 살아났다. 앓던 고양이가 그녀의 품에 안기고 나면 기운을 차렸다. 콩나물조차 그녀가 물을 주면 유독 빨리 잘 자랐다. 그녀는 생명이 가진 생기에 민감하게 감응했다. 말이 없는 생명의 말을 알아듣는 능력이 있었다.

꽃집을 운영하게 된 것도 그 때문이었다. 국화나 장미꽃이 달린 가지처럼 생기가 남아 있는 것이라면 다른 꽃집보다 몇십 배는 더 오래 가게 할 수 있었다. 그녀의 능력을 알게 된 주인은 꽃집을 넘기면서 돈을 한 푼도 받지 않는 대신, 자식과 같은 꽃나무들과 화분의 식물들을 잘 돌봐달라고 부탁했다. 그 때문에 소희는 혼기를 놓쳤다. 자신의 손길로 살아나게 된 것들을 쉽게 팔려고 하지 않아서 꽃집은 언제나 빚에 쪼들렸다. 꽃집 그 자체는 생명이 있는 존재가 아니어서 망해가는 것을 어찌할 수 없었다. 어쨌든 인연이 닿아서 소희는 혼수로 꽃가게 주인이 남기고 간 꽃과 나무, 자신과 함께 살아온 생명체들을 가지고 서른 살 가까운 나이에 결혼을 하게 되었다.

중매로 만난 남편은 전 부인과 사별했고 이미 일남이녀의 자식이 있었다. 남편이 소희와 결혼하고 나서 몇 년 안 되어 사립중학교의 교장이 된 것은 자기 아버지가 재단 설립자이기 때문이었다. 학교에는 남편 말고도 집안 사람들이 많이 근무했다.

그녀는 아이를 낳지 않았다. 남편의 아이들을 자신의 아이처럼 생각하고 잘 키워보겠다는 다짐을 하기도 했지만, 교장선생님이 젊은 후취를 맞아 아기를 낳는다는 게 자연스러운 일로 보이지 않을 당시의 분위기 때문이기도 했다. 그 대신 그녀에게는 넓은 집과, 마당에 마음껏 심고 가꿀 꽃과 나무가 있었다. 그녀의 눈과 손길이 닿는 곳에 있는 모든 생명은 싱싱하게 피어났고 무럭무럭 자랐다. 그녀의 집은 인근에 아름다운 정원으로 널리 알려졌다.

그녀의 능력을 알게 된 남편은 학교에 있는 꽃과 나무를 가꾸어볼 것을 권했다. 그녀는 시멘트 담장을 측백나무 울타리로 바꾸는 일부터 시작했다. 연못에는 수련을 심고 둘레에는 수선화와 수국, 튤립을 심었다. 원예부 학생들과 수백 그루의 나무를 심었다. 사철나무, 현사시나무, 왕버들, 단풍나무, 돌배나무와 후박나무, 그리고 그녀가 가장 좋아하는 목련나무. 그 모든 나무의 생김새를 그녀는 여전히 기억하고 있다.

식물과 관련된 책을 찾으러 갔던 학교 도서관에서 그녀는 허브를 만났다. 그리고 허브에 빠져들기 시작했다. 남편 덕분에 씨와 모종을 구하는 일은 크게 어렵지 않았다. 제대로 잘 가꾸는 게 훨씬 더 어려웠다. 어떤 허브는 씨로 키우는 것보다 줄기를 잘라 물에서 뿌리를 내린 후 흙에 묻든가, 꺾꽂이를 하는 편이 낫다. 어떤 씨는 햇빛을 차단해야 싹이 트고 어떤 씨는 햇빛 속에서 싹이 튼다. 어떤 허브는 그늘진 곳에서 잘 자라고 어떤 건 양지바른 곳이라야만 잘 자란다. 어느 곳도 상관없이 잘 자라는 것도 있다. 반그늘에 심을 것을 햇볕이 강한 곳에 심으면 힘겨워한다. 반대로 하면 힘이 없다.

잎을 먹는 허브는 대체로 꽃도 먹을 수 있었다. 꽃은 잎보다 향이 강하지 않고 쓴맛도 없어 먹기에는 더 나았다. 허브는 향과 꽃을 즐기고 보는 것은 물론 차, 음식으로 빠짐없이 활용할 수 있었다. 관상용, 약용은 기본이었다. 이를테면 잠이 안 오면 캐모마일이나 라벤더를 마시면 되고 고기요리에는 로즈메리, 타임, 오레가노, 파슬리, 차이브, 후추와 머스터드 씨를 넣어서 잡냄새를 없앨 수 있다.

거의 매일 그녀는 자신이 심은 나무가 숲을 이루고 허브가 밭을 이룬 연못가에서 시간을 보냈다. 그녀는 연못과 허브와 꽃과 나무와 새와 벌레, 그 안에 고여 있는 시간과 흘러가는 시간, 바람을 모두 사랑했다. 학교의 빈터는 남김없이 나무가 자라나 울창한 숲을 이루었고 꽃과 풀이 교사를 둘러쌌다. 새소리가 울려퍼지는 '숲속의 학교'의 이름은 널리 알려지고 다른 지역의 학교에서 견학 올 정도가 되었다.

그렇게 세월이 흘렀고 아이들은 자라서 대도시로 유학을 갔으며 아들은 군대를 다녀오고 딸들은 차례로 출가했다. 남편은 교장을 세 번 역임하고 재단 이사장이 되었다. 아들은 재단의 이사로 재직하면서 아버지의 자리를 물려받을 것으로 보였다. 그녀가 결혼하고 난 후 친정부모가 죽었고 하나뿐인 남동생은 이민을 가버렸다. 돌봐야 할 가족이 없다는 게 홀가분하긴 했지만 외롭기도 적적하기도 했다.

그녀는 지역사회 유력자의 부인이라는 위치에 어울리는 자원봉사를 시작했다. 가장 힘들다는 자원봉사가 요양병원에서 중풍, 치매, 암 같은 소모성 질환으로 앓고 있는 노인들을 돌보는 일이었다. 여름에 요양병원 병실에 들어서면 공기는 무겁고 습했다. 어두운 병실에서는 음식 냄새와 대소변 냄새가 섞인 세상의 끝 같은 악취가 풍겨났다. 그녀가 가지고 있는 시들어가는 생명을 되살리는 능력, 치유의 힘도 거기서는 아무런 소용이 없는 것처럼 느껴졌다.

하지만 배변한 노인 환자를 씻겨주는 첫번째 봉사에서 그녀는 큰 용기를 얻었다. 식물과 달리 사람을 씻겨주고 닦아주고 옷을 갈아입히고 말을 건네고 어루만지며 안아주는 과정에서 그녀 자신이 오히려 보살핌을 받고 있다는 느낌을 받았다. 누군가를 행복하게 해줄 수 있다는 것이 스스로를 행복하게 만들었다. 그 실감은 그녀를 봉사에 몰두하게 했다.

소희가 병실에 들어서면 환자들 사이에는 활기가 돌았다. 그녀에게 죽어가는 사람도 만지기만 하면 살릴 수 있는 초능력이 있다는 소문이 퍼지기 시작했다. 그녀가 무당이라느니 사이비종교를 전파하고 있다느니 하는 악소문이 지역사회의 상류층에 곰팡이처럼 퍼져갔다.

어느 겨울날 소희를 요양병원에 바래다주던 남편이 차 안에서 쓰러졌다. 남편이 쓰러지면서 운전대가 돌아갔고 맞은편에서 오던 트럭이 중앙선을 넘은 남편 차의 운전석을 쳐버렸다. 선행사인은 뇌졸중이지만 어떻든 교통사고였다. 그녀 자신이 요양병원에서 수없이 봐온 뇌졸중이었으나 막상 남편에게 그 일이 일어나자 손쓸 틈이 없었다. 그녀는 졸지에 노인 환자들에게 신격화된 스스로의 명성을 유지하기 위해 남편을 철저하게 부려먹은 죄인, 무책임한 아내로 지목되었다. 그녀의 편은 어디에도 없었다.

사후에 남편의 유언장이 공개되었다. 남편의 육성과 필적으로 기록되어 남편의 친구인 변호사에게 보관되어왔던 유언장에는 아들을 비롯한 자식에게 상속하는 재산을 제외한, 그녀가 남편과 함께 살아온 집과 드넓은 정원은 모두 학교 재단에 기증하도록 되어 있었다. 그녀의 이름은 유언장 어디에도 나타나지 않았다. 유언장을 작성할 때 남편의 머릿속에 그녀의 존재는 없었다. 아니면 의붓자식들이 그녀를 돌볼 거라고 생각했던 것일까. 아무리 생각해도 그녀는 남편 인생의 조화造花에 지나지 않았다.

그녀는 뼛속까지 적셔오는 외로움에 몸을 떨었다. 요양병원 봉사에 전념하느라 한동안 등한시했던 나무와 풀조차 그녀에게 쌀쌀맞은 듯 느껴졌다. 남편이 죽고 난 뒤 학교에 남아 있던 그녀의 흔적은 금방 사라져갔다. 수십 년 동안 숲을 이루었던 나무들이 뽑혀나간 자리는 콘크리트로 포장되고, 측백나무 울타리는 벽돌담으로 바뀌었다. 요양·병원에서는 그녀를 더이상 오지 못하게 했다. 올 때마다 죽은 남편이 떠오르지 않겠느냐고 위로하는 척했지만 그녀와 요양환자와의 접촉을 막고 그녀의 영향력이 커지는 것을 방관하지 않겠다는 뜻이었다. 지역에서 힘있는 사람들이 모두 그녀에게 등을 돌렸다.

그녀에게 돌아올 재산, 수입은 사회환원이라는 이름으로 포장되어 그녀의 앞에서 돌아나갔다. 재단의 직원이 갖가지 명목으로 집에 와서 그녀를 괴롭혔다. 점검이 끝나고 간 뒤 멀쩡하던 지하수 공급이 끊기고 대문의 잠금장치가 고장나기도 했다. 왜 아무런 인연도 없는 곳에서 떠나가지 않느냐는 뜻 같았다. 그녀는 깊은 무력감과 절연감, 고독에 사로잡혔다. 결혼할 때 가져온 꽃과 나무 들은 늙고 병들고 죽어갔다. 그녀는 자신의 능력이 사라져버린 것을 깨달았다.

친정도 꽃집도 없으니 돌아갈 곳이 없었다. 아무런 애정 없이 자신을 데려다 인생을 허비하게 한 남편이 원망스러웠다. 남편의 관 같은 오래된 집에서 버티기를 삼 년, 마침내 그녀는 그 집을 떠났다. 남편의 사진과 옷가지, 책을 태워버리려다가 그런 것들이 너무 많은 데 비해 자신의 소유물이 너무도 적다는 불공평함에 대한 분노가 아예 집을 불태우게 만들었다.

현주건조물방화. 그녀에게 씌워진 죄목이었다. 집에서 수백 리 떨어진 관광지 지천벽에서 관광객을 상대로 특산물과 산채를 파는 노점상이 된 그녀가 중국산 나물을 국산으로 속여서 판다는 이유로 합동단속에 적발되었을 때, 그녀의 주민등록번호를 조회해본 경찰관은 그렇게 말했다. 내가 살던 집인데 내가 불을 싸지르든 바람벽에 똥을 처

'바르든 무슨 상관이냐. 몇 달 동안 보아오며 낯이 익은 그녀의 울음에 경찰관은 난처한 듯 자세한 이야기는 모르겠노라며, 다른 경찰관의 눈을 피해 달아나는 것을 묵인해주었다. 일 년 가까이 기거해온 관광 안내소 앞 마을회관을 지나 깎아지른 벼랑, 용이 승천한 자국을 지나 강둑에 서서 하염없이 강물을 바라보고 서 있을 때 아래에서 물고기를 잡고 있던 사람이 있어 그녀를 한참 바라보다 더듬거리며 물었다.

"아, 어머이, 어머이. 왜 혼자서 우심까?"

그녀는 눈물을 흘리며 대답했다.

"이 넓고 깊은 천지간에 이 내 한 몸 갈 데가 없소. 나는 지금 죽고 싶소."

남자는 더이상 아무 말을 하지 않고 그녀를 배에 태워 자신이 사는 마을로 데려갔다. 겉보기로는 초가집 스무 채가량으로 이루어진 마을처럼 보였다. 또 겉보기로는 뜰과 마당과 나무와 풀이 있었지만 그게 가짜라는 걸 그녀는 금방 알아보았다. 그 불모성이 오히려 그녀에게 진짜 생명의 활기가 넘치는 공간으로 바꿔보자는 의욕을 샘솟게 했다.

"나도 여기서 살아도 되겠소?"

여산은 아무런 대답도 하지 않고 웃었다. 소희는 그날부터 산 아래 평평한 곳의 흙을 파고 돌을 고른 뒤에 갖가지 나물과 꽃, 허브를 심었다. 이번에는 식물 가운데서도 사람이 먹을 수 있는 야채와 곡물을 중요 작물로 삼았다. 옥수수, 완두콩, 강낭콩, 배추, 양배추, 무, 생강, 당근, 수수, 마늘, 토마토, 양파 등등을 심었다. 섬유질을 주로 이용하는 아마와 대마도 많이 가꾸었다. 직물을 짤 것까지는 아니라도 그냥 보고 있기로도 좋았고 여러모로 약성이 있고 소용이 되는 작물이었다. 양귀비는 그저 예뻐서 심었는데 작은 씨가 무섭게 퍼져 독자적인 영역을 이루었다.

그녀가 씨 뿌려 가꾼 네틀이 사람 허리 높이까지 자라 있는 마을 입구에 남녀, 노소, 승속으로 분류할 수 있는 두 사람이 닿는다. 사람을 알아보듯 펜넬이 흔들린다. 딜이 춤춘다. 두 사람은 서로의 오른손을 얽히게 하여 엄지손가락으로 다른 사람의 엄지를 제압하는 놀이를 하고 있다. 새미의 희고 긴 매끄러운 손가락이 스님의 뼈만 남은 짧은 손가락을 먼저 누르는 듯싶지만 거칠거칠한 손가락이 뱀처럼 빠르게 움직이며 이빨로 박아넣듯 새미의 손가락을 눌러버린다.

"아야, 아파!"

새미가 왼손으로 스님의 옆구리를 내지르고 스님은 허리를 틀며 새미의 오른쪽 다리 오금을 차서 주저앉게 한다.

"와, 할아부지, 장난 아니넹?"

새미는 손가락을 빼고 스님의 어깨를 잡는다. 곧 팔로 목을 조일 태세인데 스님의 얼굴이 겨드랑이 밑으로 빠져나가버린다. 그리고 탁, 하고 등을 밀치자 새미는 앞으로 구르듯 달려간다.

"여기까지!"

사람들이 오는 기척을 알고 이령이 손의 물기를 털며 주막 밖으로 나오다 놀라 소리친다.

"어머, 쟤들 피 좀 봐."

배에서 망치질을 하던 영필도 마을로 올라온다. 약속한 것도 아닌데 여산을 제외한 마을의 모든 구성원이 마을 가운데의 주막집 앞 마루에 모인다. 부엌에 아궁이, 솥까지 제대로 갖춰진 주막집은 평소에 식당

겸 회의장, 휴게소로 쓰고 있다. 새미가 면소재지에 다녀오면서 겪은 일을 이야기하자 좌중은 벼락이라도 맞은 듯하다. 낮이니까 날벼락이라고 일러주는 듯 마침 지나가던 거대한 구름덩이가 해를 가린다.

"도대체 거기 있는 것들은 도대체 뭐하던 놈들이고. 경찰한테 갈 처지도 아닌 건 피차 마찬가지다만도."

영필이 탄식한다. 그는 팔도를 돌아다니면서 배우게 된 사투리를 써먹는 게 취미다.

"영감님이 이 동네 사람들을 얼마나 안다고?"

소희가 어떤 자리든 별 보탬이 되지 않는 말을 하는, 하고야 마는 영필에게 쏘아붙인다.

"내가 왜 몰러유? 내가 여기 사람 하나 보고 들어와서 여기서 일 년 살면서 밖에서 십 년 싸운 거만큼 많어. 역전의 용사여. 산전, 수전, 강전, 야전, 주전 다 겪고 있는데."

"아이고, 술주전자 주전?"

소희는 어느 때부터인가 자신보다 나이든 남자라면 그냥 잘 살고 놀다 죽는 걸 두고 볼 수 없게 되었다. 영필의 말은 소희가 파고들면 금방 무너질 만큼 허술하기도 하다. 또 소희에게 속절없이 당하는 게 영필의 만년운수로 정해져 있는 것 같다.

준호가 이를 사리물고 주먹을 쥔다. 덩치만 컸지 아직 채 여물지도 않은 주먹이다. 관자놀이에 핏대가 서 있다. 입가에 허옇게 게거품이 인 자국이 남아 있다. 누나를 마중하러 갔다가 곤경에 빠진 누나를 위해 몸을 던진 소년이다. 반바지와 반팔 차림이다 보니 팔다리 곳곳이 가시에 긁혀 피투성이다.

"걔들은 진짜 깡패야. 괜히 나서지 말어."

이령이 여산이 누워 있는 쪽을 돌아보며 근심스럽게 준호에게 말한다. 깡패, 그것도 조직폭력배의 상대가 될 사람은 마을에 아무도 없다. 그들이 쳐들어온다면 뭉쳐서 어디로 갈 것이냐, 뿔뿔이 흩어져 도망갈 것이냐. 모든 것을 결정하고 주재할 수 있는 사람이 여산이다. 하지만 여산이 있는 쪽에서는 "크르르쿡 크르르" 하고 코고는 소리만 요란하다.

"사람이 귀하다. 천상천하 유아독존이라, 마주 보이는 내가, 네가 가장 귀하다. 사람 많은 곳에서는 사람 귀한 줄 모른다. 사람들끼리 싸우고 상처를 입히고 죽인다. 몇 명 안 사는 여기서는 그래서는 안 된다. 무슨 일이 있어도 서로를 위해주고 서로를 보호해야 제가 산다. 잘 산다. 짐승도 새끼 때는 이쁘다. 아무리 큰 세상도 줄여놓으면 이쁘다. 여기 세상 끝은 아득히 큰 세상의 축소판이다. 이쁘다. 이 이쁜 세상 지켜야 한다. 서로 믿어라. 내 몸처럼 사랑하여라. 서로가 서로를 지켜라. 지켜라. 오로지 그게 옳다. 지켜라."

스님이 이제까지 들어보지 못한 길고 긴 이야기를 한다. 또 여산이 자고 있는 곳을 돌아보고는 한마디 덧붙인다.

"전장에는 장수가 있다. 장수로는 용맹한 장수, 지략이 많은 장수, 덕이 많은 장수가 있다. 그런데 전쟁에서 가장 많이 이기는 장수는 누구일까……요?"

영필이 대답한다.

"거야 백 번 덕장이겠지요잉."

스님은 웃지도 않고 말한다.

"운이 좋은 장수다. 노름판에서도 운 좋은 놈은 당할 자가 없는 거라."

모두 어처구니가 없어, 혹은 무슨 대단한 진리의 말씀인지 헤아리느라 그런지 조용한 가운데 소희가 눈을 가늘게 뜨고 중얼거린다.

"곤줄박이, 딱새, 동고비…… 많이도 왔다 가네."

# 나는 무덤 속에 누워서 기다리리,
## 대포와 말발굽 소리가 땅을 울릴 때까지

"내가 꺾어 백 년 살 동안 이렇게 황당한 적은 처음이다."

정묵의 입에서 그런 말이 나온 것은 건달이 된 이후 처음이다. 보스는 원래 그런 말을 쉽게 하는 법이 아니다. 그래도 말이 입술을 비집고 나오는 것을 억제할 수가 없었다. 인간의 신체에서 가장 여리면서 다루기 쉬운 입술, 작은 힘으로도 얼마든지 조종할 수 있을 법하면서도 제멋대로 놀아날 때는 주인도 어쩌지 못하는 기관이 황당하다는 말을 토해내고 저도 황당해하고 있다.

차에서 기다리던 정묵이 담배를 세 대째 피우고 나서 "그만 가자!" 하고 두 사람을 부르려는 찰나 "형님, 형님!" 하고 명철이 산길에서 달려나왔다. 뭔가 일이 꼬였다는 것을 알 수 있었다.

"세동이가 죽은 것 같습니다."

정묵은 이를 물고 욕설이 튀어나가려는 걸 억제했다. 그 대신 최대한 목소리를 깔았다.

"무슨 소리야?"

"세동이가 하도 안 와서 찾다보니까 절벽 밑에 엎어져 있었습니다. 불러도 대답을 안 합니다."

"자세히 얘기해봐."

"산길 따라 한 오 분쯤 올라가면 길 아래쪽에 바위가 여러 개 쌓인 절벽이 있는데요, 세동이가 거기서 뛰어내린 것 같습니다."

"걔가 우울증이라도 걸렸냐. 왜 벌건 대낮에 절벽서 뛰어내려?"

정묵의 사전에 조직원, 조폭, 건달, 깡패에게는 우울증이 없다. 세동이 진짜 절벽에서 자발적으로 뛰어내렸다면 건달이 아니고 딴 종류의 동물이라는 뜻이 된다. 예컨대 양아치 같은 것.

"앞장서라."

더웠다. 정말 황당했던 것은 세동이 엎어져 있다는 절벽에 가던 중 정묵이 똥을 밟은 것이었다. 구둣바닥이 반쯤 하늘을 볼 정도로 제대로 미끄러지는 바람에 똥 싼 자리에 코를 박을 뻔했다. 바깥은 색깔이 검게 변했지만 구두에 의해 드러난 속이 누런 빛깔인 걸로 보아 눈 지 얼마 되지 않은 새 똥이었다. 양으로 봐서 세동의 것이 틀림없었다.

"쉬발라 새퀴."

그 와중에 똥을 싸고 죽은 놈에게 왜 욕이 나오는지 모를 일이었다. 구두를 땅에 연신 문질러 겨우 똥을 닦아냈다.

"내려가."

머뭇거리는 명철을 향해 명령했다. 이럴 때는 말이 짧고 분명할수록 좋다. 명철은 양복저고리를 벗어 걸어놓고 돌더미와 나무 사이를 헤치며 내려갔다. 절벽이 그리 높지는 않았다. 떨어지면서 머리를 부딪친 것 같았다. 그러지 않고서는 뜨거운 땅바닥에 얼굴을 대고 엎어져 있을 리 없었다.

"형님, 살았습니다! 세동이가 살아 있습니다!"

명철의 외침을 듣자 반가우면서도 욕설이 튀어나왔다.

"쉬부랄 개 족발 같은 멍청한 쉐키."

명철이 계속 소리를 질렀다.

"형님, 119에 전화 때릴까요?"

그는 고개를 흔들었다.

"그쪽에서 알면 좋을 거 없다. 애들한테 오라고 전화해."

그는 다시 담배를 입에 물다 라이터를 차에 두고 왔다는 것을 깨달았다. 그는 명철에게 라이터를 달라고 할까 하다가, 명철이 담배를 피우지 않는다는 것을 생각해냈고, 세동이가 당장은 안 죽으니까 놔두고 차에 가서 자신의 라이터를 가지고 오라고 하려다가 담배를 입술 사이에서 빼내 부러뜨려버렸다. 이 와중에 그런 생각을 했던 자신에게 화가 나서 담배를 갑째 비틀어 던져버렸다.

"형님, 휴대폰 안 터집니다! 죄송합니다만 혹시 형님 폰……"

그는 평소에 두 대의 휴대전화를 가지고 다녔다. 공적인 걸로 하나, 사적인 걸로 하나. 통신사가 달랐다. 바로 이런 비상사태에 대비해서였다. 그런데 주머니를 더듬어보니 전화기도 몽땅 다 차에 두고 온 것이었다. 스스로도 꽤나 당황했다는 뜻이었다.

"정말 황당하네. 뭐 이런 깡시골이 다 있냐."

그는 차로 가서 전화를 하고 오겠다고 손으로 신호한 뒤 공룡알만한 크기의 똥을 피해서 산길로 돌아왔다. 실상은 휴대전화도 잘 안 터질 정도인 시골의 은밀한 장소에 별장 겸 조직원 합숙훈련소를 장만한 것은 자신의 결정이었다. 그건 이런 황당한 사건이 일어날 일이 없다는 걸 전제로 한 것이었다.

차에 있는 전화기 역시 신호가 잡히지 않았다. 운전을 해서 나가면 곧 전화가 되는 곳이 나올 것 같기는 했지만 직접 운전을 해본 지 십년이 넘었다는 게 문제였다. 그는 차에 걸터앉아서 어떻게 해야 할지를 고민했다. 그러고 보니 머리에 쥐가 나도록 고민을 해본 것도 또 한참 만이지 싶었다. 어떻게 고민할지를 잊어버린 것은 아닌가. 멍청히 앉아 있는 사이 차에 세동의 똥냄새가 배고 있었다.

"아 쉬버릴, 더럽게 황당하네."

그는 전화기 두 개를 다 들고 절벽 위로 돌아갔다. 그새 세동이 깨어나 있었다. 상황은 더 나빠졌다. 세동은 명철의 바짓가랑이를 붙잡고 살려달라고 울부짖고 있었다. 정묵은 피가 거꾸로 솟았다.

"저 개새끼가."

조직의 건강성을 유지하려면 평균능력에 미달하는 조직원은 도태시키거나 평균에 도달할 때까지 혹독하게 훈련을 시켜야 한다. 훈련을 하는 데는 시간과 비용이 들므로 그럴 만한 가치가 있는지 잘 생각해야 한다. 도태시키기는 쉽다. 조직원 한가운데 던져놓기만 하면 된다. 이지메가 시작된다. 둥지 속에서 좀 모자란 형제를 죽이든가 둥지 바깥으로 떠밀어내버리는 어린 새들처럼 조직에는 강한 자만 살아남는다. 세동은 원래 강한 새끼였지만 지금은 아니다.

"형님, 저 좀 살려주십시오! 형님, 저 버리지 마십시오!"

정묵의 생각을 어떻게 알았는지 세동은 정묵이 있는 곳을 향해 외치기 시작한다.

정묵과 세동은 나이 차이가 열두어 살밖에 나지 않는다. 감옥에서 나온 뒤 만나 그때부터 십수 년 넘게 고락을 같이했다. 함께한 세월이 길었던 만큼 약점을 잘 알고 있다. 세동은 충동적이고 머리가 나쁘다. 생각할 능력이 부족하다. 즉흥적이고 대충대충 이리저리 휩쓸리며 살아왔다. 그래서 몇 번 사고를 쳤고 그 때문에 버림받을 뻔했다. 세동이 도태를 면한 결정적인 이유는 맹목적인 충성심 때문이었다. 형님이 시키면 무조건 한다. 묻지도 않고 이유를 알려고 하지도 않는다.

그는 낭떠러지 아래로 내려가기 시작했다. 130수 최고 원단으로 만든 양복에, 아르마니 넥타이를 매고 페라가모 구두를 신은 채. 베르사체 선글라스 끼고 카르티에 시계 차고 봐줄 사람 하나 없는 개떡 같은 절벽을 바보 같은 부하 한 놈 때문에 땀을 흘리며 내려간다. 구두에 그놈의 똥을 묻히고.

너덜길 옆으로 새콩 줄기가 땅을 덮고 있다. 경계선으로 가니 한결 덜 미끄러웠다. 구두 속으로 흙이 들어올 걱정을 하지 않아도 되었다.

가까이 가서 보자 세동의 몰골은 생각보다 더 참혹했다. 주먹만큼 부어오른 오른쪽 눈 아래쪽에 핏자국과 함께 잉크처럼 검은 빛깔이 물들어 있었다. 더운 날씨에도 부들부들 떨고 있는 걸 보니 버림받을지 모른다는 공포가 얼마나 큰지 알 수 있었다.

"형님, 죄송합니다."

명철이 기회를 놓치지 않고 머리를 숙였다. 개새끼. 너도 두고 보자.

"팔 잡아."

일을 한다고 몸을 써보는 게 얼마 만인지 모른다. 온몸에서 땀이 흘러내렸다. 처음에는 한번 해보다 안 되면 말자는 생각이었는데 웬만한 돼지보다 더 무거운 세동을 끌어올리자니 공사판 일용노동자나 비정규직의 고단함을 이해할 수 있을 것 같았다. 세 걸음 올라가고 쉬고 두 걸음 올라가고 쉬고 한 걸음 올라가고 또 쉬었다. 사십여 분 가까운 사투 끝에 겨우 세동을 길 위에 올려놓자 팔이 개다리라도 된 듯 부들부들 떨렸다.

세동의 바지 지퍼가 열려 있었고 그 속에 무방비 상태로 노출된 성기가 보였다. 이미 벗겨져 있던 속옷이 절벽 위로 올라오면서 완전히 흘러내린 것 같았다. 고환이 시커멓게 부어 있었다. 부어 있는 부분이 너무 커서 성기 자체는 애기 고추처럼 작고 천진하게 보였다. 쉬발새끼, 똥 누다가 도대체 뭔 짓을 한 거야. 다시 짜증이 솟았다.

"아, 정말 황당하네."

# 내 얼굴은 내가 쓴 문장으로 가득하니, 시간은 나의 펜

바람이 분다. 배롱나무 잎들이 간지럼을 타는 것처럼 흔들린다. 소리만으로도 시원하다. 바람이 강해진다. 수양버들 가지가 허공을 빗질한다. 영필은 밑동만 남고 잘려나간 미루나무에 앉아 바람이 그려내는 모빌을 구경한다. 바람에 흔들리는 나무를 아름답다고 느껴본 적이 언제였던가. 있기는 했던가. 지금이라도 느낄 수 있으니 다행이다. 죽을 때가 되면 그때 그 나무에 불던 바람처럼 시원하고, 아름다웠던 건 없었다고 기억하게 될 것이다.

이상하다. 정말 아름다운 건 가질 수가 없다. 모든 사람을 압도하는 아름다움, 그 자체를 소유할 수 있는 사람은 없다. 가진 게 많았던 생의 한때, 그는 소유할 수 없는 것을 좋아하지 않았다. 그런데 이제 가진 게 아무것도 없다보니 소유할 수 없는 것도 마음껏 좋아할 수 있게 되었다. 가령, 아름다운 소희씨. 사랑스러운 정소희 여사.

바람과 어울려 춤을 추던 저 젊은 버드나무도 언젠가는 늙고 썩고 부러질 것이다. 생명은 유한해서 더 아름답다. 황금이나 보석처럼 영원히 오래갈 것이라면 눈부실 따름, 마음 깊은 곳을 흔드는 아름다움과 슬픔을 줄 수는 없다. 영필은 존재의 유한성이 주는 아릿한 슬픔에 취해 있다.

영필은 계속 볼펜을 놀린다. 강마을에 들어오면서 쓰기 시작한 수첩이 벌써 세 권째다. 강마을에서의 삶이 생애 마지막으로 정주하는 삶이라는 생각이 들었을 때 그는 매일 단 한 줄이라도 좋으니 일기를 써보자고 마음먹었다. 아무도 기억하지 않는 삶이라도 한 생명의 기록이니 그 자체로 의미가 있다. 아무런 의미가 없는 삶도 기록이 되면 의미가 된다. 동네축구도 축구다.

수첩의 맨 앞장에는 생활수칙이 기록되어 있다.

잠을 잘 때 외에는 눕지 않는다. 식사를 할 때만 밥상 앞에 앉는다. 음식과 잠, 과용 금지.

예전에는 자발적으로 뭘 쓰게 되리라고는 상상도 할 수 없었다. 어린 시절 학교 다닐 때 숙제로 제출해야 하는 일기조차 남들이 써주었다. 그의 할아버지, 어머니가 고용한 사람들은 서로 그 일을 하기 위해 경쟁을 벌였다. 영필을 위해 일하는 사람에게는 고용한 사람이 돈을 더 주었으니까. 지속적으로 영필을 돌볼 수 있는 자리를 차지하기 위해 삼촌, 사촌, 오촌 들이 치열한 경쟁을 벌였다. 영필 자신이 돈을 직접 만질 일도 없었다. 그의 할아버지나 아버지가 돈을 만지는 사람에게 영필이 돈을 쓸 일이 있으면 대신 내주게 했으니까. 영필은 부잣집의 적장자로 태어났다는 단순한 우연으로 돈의 가치가 얼마나 되는지, 에누리가 뭔지도 모르는 채 소년 시절을 보냈다. 그의 주변에는 언제나 심부름꾼이 있었다. 그가 가진 돈의 지시에 따라 그를 대신해서 모든 일을 했다.

그는 지금 배고프다. 그 감각이 아직도 신기하다. 스무 살 이전에는 한 번도 배가 고파본 적이 없었다. 어린 시절 각인되지 않은 감각을 나이가 들어서 처음 느끼게 되면 자신의 몸이 남의 것처럼 신기하게 느껴진다. 배고픔이 존재를 위협하는 기아를 경고하는 심각한 신호라는 걸 모르는 영필 같은 사람에게 배고픔은 생소하고 재미있는 놀이 같다는 느낌을 주었다. 그 신호를 경험한 지 오십 년, 여전히 이상하다. 여전히 이상하다는 것, 자신이 모르는 게 많은 세상이 있다는 것, 몸으로 겪고 살아나갈 일이 많다는 사실이 기쁘다.

만석꾼으로 자수성가한 영필의 조부는 아들에게 한문을 가르치는 독선생을 붙였다가 일본에 유학을 보냈을 정도로 교육에 신경을 썼고 며느리도 고녀를 나온 재원을 골랐다. 영필이 마루를 기어다닐 때 축음기에서 엔리코 카루소나 베니아미노 질리가 오페라 아리아를 토해내기도 했다. 공부를 잘해야 한다는 압박도 없었다. 부모는 그가 사랑스러운 청년으로 자라주기만 하면 좋다는 식의 자유스러운 생각을 가지고 있었다. 영필에게는 입시과목을 가르치는 과외선생은 없어도 성악, 피아노, 미술 과외선생은 늘 있었다. 대학을 간다면 외국의 예술대학으로 유학갈 것이었다. 황금궁전의 황태자 같은 시간이었다.

이십대에 들어서자마자 그의 인생은 드라마를 찍는 카메라처럼 바삐 돌아가기 시작했다. 부모가 당시엔 흔치 않은 강변도로 자가용 추락사고로 한꺼번에 죽었다. 그 소식을 들은 조부마저 말에서 떨어져 세상을 떴다. 그는 교양 있고 예술에 대한 감각이 남다른 청년에서 조부와 부모가 남겨준 재산을 떠안고 관리하는 사업가로 변신해야 했다. 그는 별다른 고민을 하지 않았다. 군대에 가야 했기 때문이었다.

군대에 다녀오자 세상은 바뀌어 있었다. 만석꾼의 땅은 부계 팔촌까지의 친인척들이 평균 백분의 일씩 나눠 가졌다. 그의 명의로 된 땅은 조부의 고향에 있는, 조부모와 부모의 무덤 네 곳 외에는 아무 쓸데 없는 악산뿐이었다. 그를 대신해서 조부의 유언을 집행할 변호사가 재당숙이었다. 그에게 모든 처분을 일임한 채 영필은 군악대에서 우렁차게 군가를 부르며 나라를 지키는 일에 매진했다.

삶에 필요한 기술이라고는 군대에서 배운 게 전부였던 그는 이십대 중반부터 퇴역 상이군인의 행색으로 살아가기 시작했다. 전쟁 때문에 생긴 회복될 수 없는 상흔은 그의 신체가 아니라 내면에 있었고 전쟁은 국가 간에 벌어진 게 아니라 친족 간에 벌어진 것이었다. 그런 상처에 대해서까지 국가나 정부에서 보상해줄 리 없었다.

그는 조부가 남긴 산으로 가서 무덤 아래 땅에 움막을 지었다. 먹고 살기 위해 품팔이를 시작했다. 아무리 손에 낫 한 번 잡아본 적 없는 부잣집 도련님이었다 해도 농촌 출신이라는 게 그나마 농어촌에서 살아가는 데는 도움이 되었다. 당시 정부의 공업진흥정책으로 농촌의 인력이 썰물처럼 도시로 빠져나간 탓에 일감은 늘 있었다. 그럭저럭 끼니를 해결하게 되고 마음의 상처도 주저앉으면서 그는 이웃마을에 사는 처녀와 결혼했다. 장인의 도움으로 버섯이며 담배 같은 특수작물을 재배할 수 있게 되었고 제대로 된 집도 지었다. 그 집이 비좁을 정도로 이남이녀가 태어나 자랐다.

그런데 세월이 흘러 삶의 터전이 잡히자 그에게 다시 분노가 솟아

올랐다. 황금숟가락을 물고 태어난 자신이 왜 이런 비좁은 곳에서 남들처럼 평범한 인생을 살아야 하는가에 대해, 그렇게 만든 친인척들에 대해 치솟는 울화 때문에 잠 못 이루는 날이 많아졌다. 그는 집을 뛰쳐나가 백여 명의 친인척 사이를 돌아다니며 재산을 돌려달라고 했다. 몇몇은 약간의 돈을 내놓으며 그것으로 참아달라고 했다. 하지만 그것도 잠시, 이미 공고한 체제를 갖춘 대부분의 친인척들은 호락호락하지 않았다. 그는 십수 명으로부터 협박과 공갈, 무고, 명예훼손죄로 고발과 고소를 당했고 삼 년 뒤에야 집으로 돌아갈 수 있었다.

다시 남들처럼 일상인으로 살아가기를 삼 년, 삶이 안정되었다 싶고 권태가 찾아오면 그는 집을 나가 친인척들의 평온한 일상을 깨뜨렸다. 약간의 돈을 빼앗기도 했으나 이번에는 광인 취급을 당해 정신병원에 강제 입원당했다. 그동안의 생계는 그의 아내가 도맡다시피 하고 있었다. 아이들을 낳고 기르고 교육시키는 일은 물론이고 가사까지 책임졌다. 게다가 미치지도 않았으면서 폐쇄병동에 들어가 있는 가장의 뒷바라지도 해야 했다. 그는 삼 년 뒤 돌아왔고 또 삼 년 뒤에는 집을 나갔다. 친인척 사이에서는 잠시 소란이 일었고 또 삼 년간의 수감, 정신병동 입원을 거쳐 집으로 돌아갔다.

그의 아내는 대부분의 자식이 장성하고 출가한 뒤인 오십대 중반에 홀로 죽었다. 시체는 아무도 없는 집에서 일주일가량 방치되다가 이웃집 여자에게 발견되었다. 사랑해서 결혼한 것도 아니고 정 때문에 살아온 것도 아니었지만 그는 조부, 부모의 죽음 이래 가장 큰 충격을 받았고 회의에 빠졌다.

이런 게 인생인가? 아닌가? 나는 누구의 인생을 위해 무엇을 했는

가. 내 인생에 나는 무슨 의미를 부여하고 있는가. 그는 생각하고 생각했다.

그에게는 여전히 조부와 부모의 재산을 횡령한 친인척들이 있었다. 그들을 찾아가면 매월 일정액의 용돈을 수금할 수 있었다. 하지만 그는 끝이 보이는 노름판에 남은 노름꾼처럼 그 일에 흥미를 잃었다. 돈이 돈 같지 않았다. 그는 지역 문화센터에서 어린 시절처럼 한문을 공부하고 아리아를 들었다. 어린 시절과 달리 직접 한시를 써보기도 하고 민요와 흘러간 유행가, 가곡, 팝송을 불러보기도 했다. 세월이 좋아져서 그런지 동사무소든 문화회관이든 백화점이든 간에 무료, 혹은 싼값으로 가르쳐주는 사람들이 있었다. 그것도 최고 수준으로, 최고의 속성으로.

그는 중고 오토바이를 한 대 사서 국토를 떠돌기 시작했다. 전국 여러 도시에 흩어져 사는 자식들을 찾아갔다가 문전박대를 당한 뒤로는 가지 않았다. 친인척들에게 가서는 웃는 낯으로 용돈을 벌었다. 안 주면 그만이었다. 생을 탕진하게 했던 분노는 사그라지고 남아 있는 시간이 많지 않다는 생각에 조바심이 나기 시작했다. 자신의 이름으로 한 번도 세금을 낸 적이 없는 그에게 국가는 아무런 혜택도 주지 않았다. 그는 익명이었고 무명이었고 탈존재적 존재였다.

주머니에 수첩을 넣고 귀에는 이어폰을 끼고 떠돌던 끝에 마침내 그는 머물고 싶은 곳을 만났다. 사랑하는 사람을 찾았다. 그 사람은 소희였고 그녀가 머무는 곳이 그가 죽고 싶은 곳이 되었다. 소희가 사라지자 종적을 추적하다 여산을 만났고 다시 소희와 합류한 이후에는 무슨 일이 있어도 떠나지 않겠다고 결심했다. 무슨 말을 들어도 모욕을 당해도 마찬가지였다.

사람과 얼굴을 마주 보며 대화하고 냄새를 맡고 음식 씹는 소리를 들으며 함께 밥을 먹는 것. 노래하고 듣는 것. 영필은 강마을에 사는 사람들이 자신처럼 헛된 것을 좇다가 인생을 허비하지 않기를 바랐지만 간섭하지는 않았다. 강마을의 자질구레한 일을 맡아 처리했지만 알아서 하는 것까지 말리지는 않았다. 그들 각자가 스스로에게 책임을 지고 알아서 할 존재들이니까. 소희가 유일한 사랑이고 구원이었지만 그녀가 응답하지 않는다고 해서 강요하지는 않았다. 그런다고 될 일이 아니니까.

그는 마을 모든 곳을 알았고 모든 일에 끼어들었다. 모든 순간이 다 귀하고 아까웠다. 시한부 인생을 사는 것처럼. 어차피 우리 모두는 시한부 인생이다. 좀 길든, 아주 짧든 간에.

여산이 망루 아래를 지나 웃으며 걸어왔다.

"아자씨, 문학 쓰시네."

영필은 수첩을 접었다.

"난 하루 중에 이 시간이 제일로 좋아. 덥지도 춥지도 않고 밝지도 어둡지도 않고 낮도 아니고 밤도 아니고, 그래도 어느 한쪽으로는 조금 더 기울어져 있는 시간."

여산은 바람에 흔들리는 나뭇잎처럼 츠츠츠츠 소리를 내며 웃었다. 그의 표정은 이런 말을 하고 있었다.

"이것도 저것도 아니라서 좋다? 아자씨는 박쥐 띠요?"

부드럽게 부는 바람에 회색빛 나뭇가지들이 천천히 흔들린다. 구름이 거대한 선단처럼 서쪽에서 동쪽으로 움직이고 있다. 구름을 바라보는 영필의 눈이 가늘어진다.

"저게 솜사탕이면 우리 식구들 앞으로 평생 솜사탕만 먹고 살아도 될 텐데."

여산은 여전히 말이 없었다. 하지만 영필이 본 바로는 구름을 지켜 보는 표정에는 이런 말이 지나갔다.

'우리 식구들이 솜사탕 먹고 살쪄서 솜사탕만해지고 나면 그때부턴 누가 먹여살리나. 아자씨 이도 몽땅 다 빠지는 거 아뇨?'

영필은 자문자답을 계속한다.

"솜사탕은 이 없이도 먹지."

"먹는 타령 자꾸 하시네. 우리 이번에는 저거 털어 먹을까?"

여산의 손가락이 가리키는 전망대 처마 아래, 사람으로 치면 겨드랑 이에 해당하는 곳에는 토종 땅벌의 벌집이 있다. 벌집을 따서 안에 든 애벌레를 볶아먹자는 것인데, 프라이팬에 기름을 두를 것도 없이 기름 이 잘잘 흐르는 그 애벌레볶음의 맛은 세상에 비할 바 없고 정력에도 대단히 도움이 된다는 주장을 하고 있다. 강마을의 수렵, 채취, 어로에 어지간히 단련된 영필조차 그것만은 아직 먹어보지 못한 참이다.

"글쎄, 스님 아시면 또 뭐라고 하실 텐데. 벌 잡아먹다가 큰 벌 받 는다고. 그것보다는 자꾸 마음에 걸리는 일이 있어서 배가 고프네."

무슨 말인지 해석하느라 바쁘던 여산이 조금 느지막하게 입을 뗀다.

"뭐요, 아자씨?"

"새미하고 준호, 그애들이 사고를 쳤다네. 진짜 깡패들한테 제대로 걸린 거 같은데, 깡패들이 쳐들어오면 어떻게 해야 하나. 애들이 알아 서 피해줬으면 좋겠는데 말야. 깡패들이 와서 따지면 우리는 원래 모

74

르는 사이라고 하면 되잖나."

여산은 눈썹을 잔뜩 찌푸린다. 미간에 주름이 잡히며 날카로운 눈빛으로 가까운 곳을 쏘아본다. 그것뿐인데도 두 사람 사이의 공기가 순식간에 긴장된다. 평소에 보기 힘든 표정이다. 영필의 실력으로도 번역이 잘 되지 않는다. 누구를 못마땅해하는 건지도 알 수 없다.

"얘기 들어보니까 애들이 잘못한 거는 아니지만 잘한 거도 아니거든. 애들이 온 지 얼마나 됐지? 우리 마을에 제일 늦게 왔으니까 한 일 년하고 두어 달쯤? 그애들 때문에 우리 마을 전체가 시끄러워지면 사실 부담스럽잖나."

여산은 묵묵히 듣고 있다. 수양버들이 슬며시 가지를 늘어뜨리는 게, 듣고 싶은 것이 있는 모양이다.

"그러니까 여기 모여서 사는 우리들, 피를 나눈 사이는 아니지만 가족같이, 식구처럼 정답게 살아왔잖아. 서로 화합하고 좋게 해주고, 응? 사랑하고 말이야. 그런데 나중에 온 애들이, 정말 애들이 어려서 철도 없고 한 것도 사실이지. 나는 그애들 오고 나서 편한 적이 별로 없었어. 묘하게 애들이 어른한테 눈치를 보게 만들어. 뭐 하나 잘하는 것도 없고 잘해주는 것도 아닌데 그렇다고. 요새 젊은 애들이 다 그런지는 모르지만 말이야. 아이들이 배려가 별로 없어."

영필은 쓰읍, 하고 침을 삼키며 입가에 묻은 버캐를 닦는다. 며칠 깎지 않은 수염이 꺼칠해 보인다.

"그애들도 생각이 있으면 알아서 조용히 떠나줄 수도 있잖나, 뭐 이런 거지. 조용해진 뒤에 와도 되고. 그런데 그애들이 여기 있다가 전체가 피해를 입으면 나중에 돌아오고 싶어도 못 돌아와. 그애들이 지금처럼 몸이 성할 거라는 보장도 없고. 누이 좋고 매부 좋은 거라고."

영필은 자신이 이제까지 몇 사람의 친인척을 설득했는지 생각해본다. 당신들이 훔쳐간 땅의 십분의 일만 돌려주면 괴롭히지 않겠다. 당신들은 그 십분의 일이 없더라도 살아가는 데 전혀 지장이 없다. 그 십분의 일을 줌으로써 양심의 가책에서 벗어나고 법적으로도 완벽해진다. 누이 좋고 매부 좋다. 당신은 진짜 매부 아니냐. 그때도 이렇게 열심이었는가. 아니다. 생각을 하느라 잠시 영필의 말이 끊기자 여산은 팔짱을 끼며 강마을을 향해 돌아선다. 오랜만에 그의 입에서 심각한 말이 흘러나온다.

"가족이 뭐냐요, 아자씨?"

내가 진실하지 못했다면
네게 그러려고 한 건 아니란 걸 알아줘




"김양구, 너 식구가 뭔지 아나?"

양구가 고개를 젓는다. 안다고 해도 모른다고 해야 하기 때문이다. 형님이 원할 때는.

"식구란 거는 같이 밥을 벌어오고 같이 밥을 먹고 같이 방귀 뀌고 똥 싸는 데 전혀, 전혀 켕길 게 없는 사이를 말한다. 네가 지금 애들한테 하는 걸 보니까 애들은 식구가 아니야. 네가 심심할 때 씹는 껌, 장난감이지. 우리는 한식구냐 아니냐?"

양구는 주먹을 쥔 채 고개를 숙인다. 무식해도 충성심은 강하다. 덩치는 크지만 행동이 빠르다. 애꾸가 되어버린 세동의 뒤를 이을 행동대장 재목은 틀림없다. 그런데 꽉 막힌 성격이 문제다.

정묵이 세동을 병원에 데려다놓고 돌아왔을 때 숙소 분위기가 살벌했다. 옷을 갈아입기 위해 방으로 들어가며 명철에게 상황파악을 지시했다. 샤워를 끝내고 나오자 명철이 아이들끼리 족구시합을 하다가

사단이 벌어졌다고 보고했다.

매일처럼 하는 족구였다. 정묵이 서른 살을 기준으로 OB팀과 YB팀으로 편을 나누어둔 대로 OB대 YB의 시합, 15점 한 세트의 단판 승부였다. 실상 말 그대로의 OB(old boys;남자 학교 졸업생)의 '학교'가 교도소를 의미한다면 YB(young boys;남자 학교 재학생)는 없는 셈이다. 서른 살 이하 젊은 '애들' 중에서 YB 대표가, OB로는 재두, 수철, 경준, 양구가 대표로 나섰다. YB 애들은 반바지 차림에 모두 웃통을 벗었다. OB는 트레이닝복 바지로 통일했다. 심판은 이제까지 해온 대로 양구.

"쉐발아, 일루 차, 차!"

"헷딩, 헷딩! 민준이 저 씨파가 다 조져놓네!"

"구멍, 헤이, 구멍! 야, 개대가리! 멍! 멍! 멍충아!"

족구를 할 때면 OB들은 쉬지 않고 입을 놀리고 YB들은 입을 다문 채 공을 차곤 했다. 일주일 넘게 햇빛 아래에서 운동을 하고 훈련을 한 탓에 몸통이 모두 구릿빛이었다.

경기가 한창 열이 올랐다. 원래는 운동 관련 학과 출신이 많고 체력이 좋은 YB가 압도적으로 유리할 수밖에 없다. 그런데 OB 또한 운동을 하라면 게으름을 부리다가도 게임이라면 눈에 불을 켜는 성격이다. 결정적으로는 심판이 OB였기 때문에 게임은 균형을 이루면서 점수를 높여갔다. 5대 5, 10대 10으로 승부는 어떻게 될지 몰랐다. 열세 번째 득점 찬스에서 YB의 전위가 강력하게 찬 공이 OB 진영 후방 모서리 경계선에 떨어졌다. OB로서는 도저히 잡을 수가 없는 공이었다. 그런데 경계선 언저리라는 게 문제였다. 중계를 하는 것도 아니니

슬로비디오로 판독을 할 수 있는 것도 아니다. 호각을 입에 문 사람은 양구이니 양구의 마음대로였다. 그래서 14대 13, OB가 리드하기 시작했다.

정묵은 무엇에든 이기고자 하는 양구의 승부욕이 짜증스러웠다. 그것을 지적하는 것이 양구를 제어할 때 쓰는 도구가 되기도 하지만, 언젠가는 제어를 이탈해서 제멋대로 할 수도 있다. 정묵은 꿇어앉은 양구의 뒤편, 흘러가는 강을 바라본다. 별장의 전 주인에게서 공짜로 물려받은, 아니 빼앗은 고물 모터보트가 매어져 있다.

14대 13에서 YB가 득점했다. YB 진영에서 환호와 하이파이브가 터졌다. 이번에는 경계선 안쪽이 명백했다.

"네타치! 파울! 15대 13! 껨 끝!"

공이 물웅덩이로 튀어나가고 난 뒤 양구가 호각을 불며 YB의 반칙을 선언했다. YB의 맏이인 민수가 공격을 하면서 올린 발이 네트에 닿았다는 게 양구의 판정이었다.

"그런 게 어딨습니까, 형님!"

"발이 안 넘어갔습니다, 형님!"

사실 네트터치 반칙은 한 번도 적용된 적이 없었다. 반칙을 했다면 OB 쪽에서 훨씬 더 많이 했으니까. YB는 자칫 시빗거리가 될까 조심하느라 OB의 공격을 네트 앞에서 막으려고도 하지 않았다.

"뭐야, 이 쉽새들."

양구가 어이없어하며 웃었다. 양구는 흥분하면 입꼬리가 떨린다. 하극상으로 받아들인 것이다. 그다음은 뻔하다. 흥분한 민수는 양구의 입꼬리를 보지 못했고 몸을 앞으로 내밀며 가슴을 쳤다.

"말도 안 됩니다, 형님. 네트터치는 형님들 쪽이 더 했잖습니까."

"이 쉽싸리가 더위 처먹었나? 돌았냐? 야, 말대가리, 너 개기는 거야?"

"아닙니다, 형님."

"개쉬발아, 꿇어. 껨이라고 위아래가 없는 거야? 야, 이민수, 그런 거야?"

그제야 상황을 눈치챈 다른 애들은 일제히 물웅덩이로 뛰어들어 수초 사이에서 공을 찾는 척했다. 민수는 고개를 숙였다.

"잘못했습니다, 형님."

"다 죽여버릴라, 개쉽새들. 어디서 겨올라."

다행히 야구방망이까지 휘두르지는 않았지만 민수는 수십 대를 맞고 차인 탓에 방에 누워 있다. 아직 어린 아이들이다. 흥분하기 쉬운 나이다. 제어를 할 수 있도록 해야 한다.

"어이 김양구. 식구가 뭐냐고? 네가 진짜 후배들을 식구로 생각하면 그렇게 민수 같은 어린 애를 개 패듯 팰 수 있어?"

양구가 주먹을 쥐었다 풀었다 하며 어쩔 줄을 모른다. 손등에 있는 긴 흉터는 칠 년 전 강하파와의 전쟁에서 생긴 것이다. 정묵은 삼 미터 앞에서 양구가 당하는 걸 봤다. 양구가 맨주먹으로 칼을 막아준 덕분에 정묵은 기습현장을 빠져나갈 수 있었고 나중에 강하파 행동대원 셋과 양구를 맞바꾸었다.

"죄송합니다, 형님. 제가 생각을 못 했습니다."

"네가 열받는 거 이해한다. 요새 애들이 열심히 안 하는 거, 개기는 거 못마땅하겠지. 그런데 말야, 너 요새 우리 조직에 젊은 애들이 왜 많은지 이유를 아냐?"

양구는 여전히 차렷자세로 대답한다.

"큰형님이 훌륭하시니까 젊은 애들이 모이고 그렇습니다."

"너 아부하는 거야, 인마? 집어치워. 내가 아주 간단하게 설명해주지. 요새 애들이 부모하고 집에서 대화하냐? 학교에서 선생하고 대화해? 안 하지? 그런데 사람이라는 거는 부모와 선생이 귀찮다, 싫다고 하면서도 사실은 없으면 못 사는 거야. 나는 애들한테 식구가 돼주겠다고 하지. 식구라고 부르기만 하는 게 아니고 엄마, 아니 엄마 노릇은 간지러워서 못 해도 아빠, 큰아버지, 존경하고 싶은 선생님, 할아버지 바로 그런 역할을 해줘. 너도 말안마, 앞으로 엄마, 아빠, 큰아빠, 할배 돼야 할 거 아냐. 맨날 그딴 식으로 애들 괴롭히다가 밤길에 뒷다마 조심해야 돼. 우리가 돈이 있어, 잘 먹이고 잘 입히고 여자를 안겨주기를 해, 뭐 잘해주는 거 있냐마. 근데도 애들이 우리한테 붙어 있는 게, 강남 강서 부산 대구 광주 안 가고 우리한테 죽어라 하고 붙어 있는 게 이유가 뭐겠어?"

양구가 "큰형님, 제 생각이 짧았습니다" 하고 고개를 숙인다. 양구의 뒷덜미를 수도로 가볍게 치며 정묵은 눈을 가늘게 뜬다. 하기야 펄펄 끓는 젊은 놈들이 어디 나가지도 못하고 한솥 안에 있으니 저희들끼리 삶기밖에 더 하겠나.

"반성을 했으면 됐다. 너도 반성하면서 크는 거야. 자세 풀어라."

양구가 고개를 구십 도로 숙였다가 천천히 든다. 제 딴에는 최대한의 경의를 표현하는 것이다. 커다란 눈알이 조금은 순진해 보인다. 정묵은 양구에게 족구시합에서 내기로 걸었던 아이스크림을 골고루 나

뉘주게 하고 자신도 하나를 받아들었다.

"넓은 데를 좀 찾아봐야겠다. 여기는 다 모여 있기에는 좁아."

고릴라가 사탕을 받아먹듯이 아이스크림을 빨던 양구가 고개를 들었다.

"이제 밖으로 돌아갑니까, 형님?"

양구는 조직 내 제 또래에 비해 사교성이 떨어지고 고지식해서 바깥에 나가려고도 하지 않았다. 만홧가게에 가서 만화를 빌려올 때도 밑의 애들을 보냈다. 애들이 건달을 '간달' '달봉'이라고 희화화하는 만화를 보며 낄낄거릴 때 양구는 바벨을 들며 땀을 흘렸다. 이처럼 곧이곧대로인 양구가 있어서 조직의 기강과 건강성이 어느 정도 유지된다는 것쯤은 정묵도 알고 있다. 지나칠 때가 문제이다.

반면 양구와 같은 나이인 경준은 다루기가 수월하다. 춤도 잘 추고 노래도 잘해서 분위기를 띄우는 데 알맞다. 이기적인 데가 있어서 믿음성은 떨어지지만 그 역시 조직생활의 건강성과 즐거움을 위해 반드시 필요한 인물이다.

재두는 대외용으로 키운 '인간 돼지'다. 밀린 빚을 받아내거나 경매 현장에 갈 때처럼 바깥일을 할 때에는 누가 봐도 겁을 먹을 덩치가 필요하다. 일본의 스모선수가 몸무게를 급속하게 불릴 때와 마찬가지로 사료와 비계를 섞어서 솥에 푹 끓인 음식을, 화학조미료와 설탕을 듬뿍 쳐서 하루 다섯 끼씩 먹이고 계속 자게 한다. 두어 달쯤만 지나면 몸무게 백이십 킬로그램 이상의 돼지로 만들 수 있다. 실상 돼지를 실전에서는 써먹기가 힘들다. 근육이 아닌 물살이어서 힘이 없고 느린데다가 덩치가 커서 데리고 다니면 과녁이 된다. 한마디로 소모품이다.

그리고 세동이 있었다. 애꾸가 되기 전부터 성격이 포악하고 물불을 가리지 않았다. 어디서 들이닥칠지 모르는 기습에 대비해 경호원으로 데리고 다니기에는 적당한 싸움 능력과 단순함이 장점이다.

정묵이 내심 가장 경계하는 인물은 그의 오른팔이자 운전사인 명철이다. 명철은 그의 후계자가 될 가능성이 가장 크다. 빠른 눈치에 잘 돌아가는 머리, 본능적으로 위험을 피하는 재주까지 갖추고 있다. 정묵이 그의 됨됨이를 파악하고 전폭적으로 신뢰하지 않고 있다는 게 약점이다.

정작 가장 큰 문제는 정묵 자신에게 있다. 뭘 물려주는 것은 먼 훗날의 일이고 당장 현상유지를 할 수 있느냐가 관건이다. 조직을 먹여 살릴 이렇다 할 일은 적고 경쟁은 치열해지니 수입이 줄어들 수밖에 없다. 전통적으로 사업을 벌여온 유흥업소는 사양길이고 그나마 퇴직경찰들이 틈새를 파고들고 있다. 한때 성행했던 건설 쪽의 프로젝트 파이낸싱이나 부동산 분야는 경기가 나빠지면서 자칫하면 수렁이 될 수 있었다. 용케 빠져나오면서 안도의 한숨을 내쉰 게 얼마 되지 않았다. 불법 도박장 쪽은 단속이 워낙 심해서 고정수입을 기대할 수가 없다. 마약은 예나 지금이나 정묵과 그의 식구들 같은 검경의 요주의 대상이 할 수 있는 사업이 아니다. 경매나 건설현장에 직접 뛰어들거나 용역업체를 운영한다거나 하는 합법적인 사업도 시도해봤지만 사람을 써야 했고 큰 수익을 가져다주지 않았다. 사채시장은 목돈이 필요하다. 자잘한 일로 수배중인 애들 몇몇 보호도 해줄 겸 훈련도 시키고 피서에 새로운 사업구상을 한다고 나와 있긴 하지만 머리가 복잡하다. 당장 다 때려치우고 그저 말 잘 듣는 예쁘고 젊은 여자아이나 데리고 해

외여행이나 갔으면 하다가도, 애들 눈 때문에 참고 또 참고 있다.

"세동이가 촌동네 기집애한테 한 방 먹고 눈깔까지 빠지고 맛탱이가 갔다. 그것들 사는 데 쳐들어가서 아작을 내고 동네를 접수한다. 그리고!"

거기에 야생 대마가 잔뜩 널렸다. 그게 물건이 될지도 모르지. 아직까지 네가 알 필요는 없지만. 정묵은 양구에게 던힐 라이터를 던지면서 말한다.

"이제부터 네가 써라."

채찍과 당근은 함께 사용해야 효과가 배가되는 법이다.

난 당신에게 상처를 입히고 당신은 내게 상처를 입혔네,
우리 모두 너무 쉽게 서로에게 상처를 주었어




여산의 방에서 코 고는 소리가 흘러나온다. 코 고는 소리에 문풍지가 흔들릴 정도다. 먼저 "크으" 하고 콧구멍을 통과한 공기가 입장료를 내듯 코 천장을 울리고 이어 "크큭" 하고 좁은 곳에서 막히면서 길을 모색한다. 길을 찾는 동안 호흡이 끊기면서 옆에서 자는 사람이 숨이 멈춘 게 아닐까 불안해할 만큼 휴지기가 찾아온다. 이윽고 활로를 찾은 공기는 비강을 통과한다. 그로부터 거침없이 폐에 도달한 공기가 되돌아나오면서 코 전체를 소리통 삼아 "콰콰아" 하고 폭포수 소리를 내며 내려온 뒤 "푸우우" 하고 마무리된다. 이러니 여산의 곁에서 자려는 사람이 없었다.

여산이 자고 있는 방과 벽 하나를 사이에 두고 있는 옆방에서도 코 고는 소리가 흘러나온다. 여산의 방과 달리 문이 닫혀 있다. 한지로 바른 문이라 유리창이나 나무문보다 훨씬 공기가 잘 통한다. 여름에도 문을 닫고 자는 건 방 주인이 이령이기 때문이다.

이령이 코 고는 소리는 여산보다 한 옥타브 정도 높다. 또한 새가 지저귀는 듯 경쾌하다. 일단 공기가 들어갈 때는 별다른 소리가 없이 빠르게 통과한다. 나올 때에 떨림판이 단계별로 있는 피리처럼 "삐요 삐요 삐이"소리를 낼 뿐이다. 여산과 이령이 자고 있는 방 사이, 벽에 귀가 있다면 두 소리를 협주곡 화음으로 감상할 수 있다.

"크으으크큭…… 끅…… 콰아아푸우우…… 크으으크큭…… 끅…… 콰아아푸우우…… 크으으크큭…… 끅…… 콰아아푸우우……"하는 대편성 오케스트라 사이에 "삐요 삐요 삐이"하고 피콜로의 가장 높은 음이 연주되는 듯한 소리를.

피콜로 소리가 멈춘다. 이령이 천천히 자리에서 일어난다. 저녁에 물을 끼얹긴 했지만 벌써 몸이 끈끈하다. 여름에는 초저녁이라고 해도 아홉시가 넘는다. 한잠 자고 나면 열두시가 넘는 한밤중이다.

마루로 나오자 처마 위 수천 개의 별이 전혀 보이지 않는다. 언젠가, 그러니까 이령이 마을에서 별을 의식하게 된 때니까 두 해 전에 여산에게 별자리에 관한 책을 사다달라고 했지만 아직까지 응답이 전혀 없다. 별이나 세고 있으려느냐는 타박도 없다. 하늘에 두꺼운 구름이 덮인 듯하다. 공기도 끈끈하다. 소나기라도 한바탕 쏟아질 모양이다.

이령은 마루에 앉아 샌들을 찾아 신는다. 소희가 한 해 전 여름 어느 장날 만원에 세 개짜리를 사왔다면서 하나 준 것이다. 그게 아니었으면 맨발로 다녔을지도 모른다. 샌들은 끈이 자주 끊어졌는데 이령은 그럴 때마다 기워서 신고 있다.

못에 걸린 수건을 찾아 손에 들고 한 손에는 바가지를 든 이령은 대문을 나선다. 옆방에서 탱크가 이빨을 갈아대는 듯한 소리가 들려온다. 여산이 코 고는 소리는 이령에게 언제나 다르게 들린다. 어느 때는 폭포수가 생각나고 어느 때는 바람이, 어느 때는 황소가 투레질하는 소리로 들린다. 어느 것도 지겨워해본 적이 없다. 때에 따라 다양하고 다르니 싫을 수가 없었다.

이령이 살고 있는 집은 마을에서 강으로 내려가는 길에서 제일 가깝다. 하루에도 수십 번은 오르내리는 길이라 눈보다 발이 익숙하다. 추르르르 하고 낮에는 들리지 않던 물소리가 들려온다. 마을 앞에서 굽이를 이루는 곳에서 물살이 빨라지며 나는 소리다. 물살이 빠르면 물이 맑고 차지는지 유난히 그곳 물이 몸을 씻기에는 좋다. 아무리 익숙한 길이라도 발밑이 어두우니 두려움이 없을 수 없다. 혹 밤중에 지나가는 길짐승, 산짐승이 있을 수도 있다. 두려움을 가시게 하려고 지나가는 짐승을 놀라지 않게 하려고 가만가만 이령은 노래를 부른다.

꿈속에 그려라 그리운 고향
옛 터전 그대로 향기도 높다
지금은 사라진 동무들 모여
옥 같은 시냇물 개천을 넘어
반딧불 좇아서 즐기었건만
꿈속에 그려라 그리운 고향

노래가 끝날 무렵 이령의 발길이 강가에 닿는다. 강가 수변에는 줄이 무성하게 자라고 있다. 갈대가 숲을 이루고 있고 골풀과 괭이사초, 고랭이까지 합세하여 어지간한 물에는 떠내려가지 않을 정도로 단단하게 자리잡았다. 강변에 무성한 군락을 이룬 버드나무는 잎은 물론 줄기와 가지에까지 엽록체가 풍부하게 들어 있어서 햇빛을 받으면 왕성하게 광합성을 한다. 산에 있는 참나무에 비하면 이산화탄소는 두 배 더 흡수하고 산소도 훨씬 더 많이 생산하고 있다.

이령의 종아리에 수크령이 감긴다. 더 가면 혹 물뱀 같은 게 숨어 있을지도 몰라 이령은 걸음을 멈춘다. 나루에 매어놓은 배가 끽끽거리는 소리를 낸다. 풀려나서 어디로 가고 싶다는 건지, 자신에게 관심을 가져달라는 건지 알 수 없다. 이령은 옷을 벗어 나루 편편한 곳에 놓는다. 누가 볼 사람도 없고 보일 리도 없다. 플라스틱 바가지의 자루를 잡고 몸을 내밀어 물을 뜬다. 되도록 소리나지 않게 살살 몸에 끼얹는다. 서너 번의 물세례에 더위가 가신다. 한 달 전쯤 막 무더위가 시작될 무렵 소희가 자신이 가꾼 고추를 권하면서 말했다.

"자기는 자꾸 매운 걸 겁내는데 그러면 고추의 참맛을 모르는 게야. 매운 고추가 안 매운 고추보다 몇 배 더 비타민이 많아요. 매운 고추를 고추장에 딱 찍어서 먹고 가만히 있어봐. 열이 나고 맵고 얼얼하고 아프고 하다가 시원한 맛에 중독되면 보통 고추는 못 먹어. 고추는 그 맛에 먹는 게요. 이 고추, 마트에서 파는 청양고추보다 두 배쯤 더 매운 거, 내가 일부러 골라서 심었어. 한번 맛을 보라고."

처음에는 소희가 따온 고추를 먹기가 너무 힘들었지만 이제는 웬만큼 매운 고추는 싱겁다. 그것도 된장이 아닌 고추장에 찍어먹는다. 한밤중에 강물로 샤워를 할 때도 처음에는 물을 한꺼번에 끼얹는 걸 겁냈다. 이제는 세숫대야라도 가지고 와서 뒤집어쓰고 싶을 정도다.

수건으로 몸을 구석구석 닦아내고 옷을 입는다. 샌들을 신고 바가지를 챙겨든다. 걸음을 떼는 순간 갑자기 물방울이 떨어진다. 막 샤워를 끝낸 사람에게는 어처구니없게도 비가 내리기 시작한다. 이령은 서둘러 길을 되짚어간다. 그러나 절반도 가기 전에 비가 본격적으로 내리기 시작한다. 쏴아아아 하고 바람이 몰아친다. 집 대문을 들어서자마자 하늘과 땅 사이에 험악한 흉터 같은 번갯불이 내리꽂힌다. 이령은 마루에 엎드리면서 귀를 틀어막는다. 비명을 지르기 시작한다. 천둥소리가 들리지 않도록, 들리지 않을 정도로 길고 강하게.

오랫동안 참아오기라도 한 것처럼 번개는 쉬지 않고 허공의 밭을 경작한다. 그에 따라 천둥소리도 멈추지 않는다. 사이사이 비를 몰고 오가는 바람이 울음소리처럼 "씌우우웅" 소리를 내고 이령의 비명도 계속된다.

전남편이 칼을 들고 덤벼들었다. 전남편의 시커먼 몸 뒤로 번개가 세상을 조각내고 있었다. 이령은 비명을 지르면서 몸을 피했다. 전남편은 계속 쫓아오며 칼을 내리찍었다. 말도 없었다. 그저 이령을 죽이겠다는 일념뿐인 듯했다.

마침내 전남편의 칼이 피를 찾아냈다. 본격적으로 칼이 피 맛을 본 건 이령에게서가 아니었다. 누워서 자던 분희가 칼에 찔렸다. 하루 종일 뛰어다니다, 연립주택 삼층인 집 안을 뛰어다니다, 체력이라곤 한 방울도 남기지 않고 소진해야만 잠을 자는 분희, 태어나서 삼 년 만에 자폐증 진단을 받고 일곱 해 동안 뛰기만 해온 분희가 배를 찔렸다. 작은 분희의 배에 아버지의 칼이 내리박혔다. 정육점에서 쓰던, 짐승의 고기를 저미던 그 칼로 제 딸을 찔렀다. 이령은 엄마, 소리도 내지 못하고 죽은 딸을 보고는 계속 비명을 질렀다. 귀를 막고 아무 소리도 듣지 않으려는 양, 분희가 그렇게 하듯 체력이 바닥날 때까지 소리만 지르고 있었다.

장례도 치를 수 없었다. 거듭되는 폭력으로 접근금지 조치를 위반한 전남편이, 이제는 존속상해치사라는 죄목으로 잡혀가기 전 도망을 쳤다. 경찰은 뭐하는 거냐는 항의는 이웃들이 대신했다. 장례도 이웃들이 치러주었다. 이령은 도와주러 올 친정 식구도 없었다. 시댁 식구들, 전남편의 형제와 누이들은 남편이 그렇게 된 것이 이령의 탓이라며 한 번도 들여다보지 않았다. 이령은 이런저런 걸 전혀 몰랐다. 정신이 들면 비명만 질렀다.

전남편의 명의로 되어 있던 정육점과 식당은 전남편의 형제와 누이들이 나눠가졌다. 이혼한 상태였으므로 이령의 몫은 싸구려 연립주택 말고는 하나도 없었다. 그럼에도 전시아주버니, 전시누이들은 이령에게 이런 말을 남겼다. 자신들끼리 하는 말이라 이령이 전혀 듣지 못하는 것처럼 하여.

"하여간 저런 것들은 꼭 꼴값을 하더라니까. 춘호 그 병신새끼가 눈이 삐어가지고 좀 이쁘다 싶으니까 다 말리는데도 보육원 출신에 근본 없는 저런 계집년을 데리고 사니까 또 병신이 나온 거 아냐."

"춘호가 정 붙이게 생겼어? 마누라라는 게 똑 무당년 같은 게 독 오른 뱀마냥 맨날 물려고 덤벼드니."

"분희가 죽은 애라서 하는 말은 아니지만서도 걔가 살아봐야 앞으로 얼마나 살겠어. 그런 애들은 한 스무 살 살면 오래 사는 거래. 하여간 춘호 그 새끼만 불쌍하지, 마누라 버릇 들이러 갔다가 제 딸내미 잡고 죽을 때까지 도망만 다니게 생겼으니."

그들은 몰랐다. 전남편은 남편이 되기 전에 이미 이령을 강간했고 아이를 가져 억지로 결혼한 뒤, 임신중독증으로 성관계를 가질 수 없는 상태의 이령을 강간했고, 아이를 낳고 채 몸을 추스르기도 전이라 성관계를 거부한 이령을 강간했다. 강간하기 전에는 구타했다.

이령이 자폐아인 분희를 키우면서 집안일을 하고 또 남편의 정육점에 붙은 식당 일을 하느라 피곤에 절어 잠깐씩 잠을 잘 때에 남편은 이령을 강간했다. 남편은 강간을 하지 않으면 성관계의 쾌락을 느낄 수 없는 종류의 사람이었다. 정상적인 성관계가 가능할 때조차 폭력을 휘두르고 이령의 비명과 상처와 고통에서 쾌락을 느꼈다. 줄로 손발을 묶은 뒤에 담뱃불로 지지고 문신을 새기고 체모를 태우고 목을 조르고 때리고 때리고 또 때렸다.

"너도 이러는 게 좋지? 쉬발. 네 속마음은 내가 다 알아. 너희 기집년들은 원래 그래."

남편이 왜 그러는지는 알 수 없었다. 어릴 때 가족 누구에겐가 학대를 당했다는 말을 들은 것 같기도 하고 군대에 가서 정신병원에 갈 정도로 심하게 당했다는 말도 했지만. 그는 돼지고기를 썰어 손에 말아 쥐고 자신의 성기를 감싼 뒤에 고통에 신음하는 이령을 보며 정액을 뿜었다.

"걸레 같은 년. 넌 개걸레야. 잘난 체하지만 너도 짐승이야."

어쩌다 정상적인 관계를 가질 때에도 남편의 입은 쉬지 않았다. 그것만으로도 부족했는지 어느 날 남편은 동물발정제를 이령에게 들이밀었다.

"야, 너는 하면서도 똥 씹은 얼굴인데, 네가 이거 먹고도 그러면 내가 너를 성녀로 생각해준다. 다시는 안 괴롭힐게."

먹지 않을 수 없었다. 맞고 먹으나 안 맞고 먹으나 먹기는 마찬가지였다. 한동안 효과를 본 모양인지 남편은 잠잠했다. 이윽고 온갖 종류의 약을 가지고 왔다. 성적 쾌감을 높이는 것으로 알려진 약을 어디서 구해왔는지 이령에게 먹게 하고 주사를 놓는 방식으로 시험했다.

이령의 비명과 신음소리에 처음에는 불평을 하던 이웃의 여자들이 사정을 알게 되었다. 남편의 정육점과 식당은 평판이 나빠져서 장사가 되지 않았다. 그것까지 이령의 몸에 폭력과 강간과 기타 등등의 학대로 계산되었다. 견디다 못한 이웃들이 경찰에 신고를 하면서 결혼 생활이 끝났다. 물론 전남편은 그 모든 것의 원인을 이령이라고 생각했다.

시도 때도 없이 찾아온 전남편의 손에는 늘 술병이 들려 있었다. 그 술병에 든 술을 마시려고 가지고 온 것은 아니었다. 이미 인사불성으로 취한 다음이었으니까. 전남편은 이령을 때려눕히고 술병으로 그녀를 강간했다. 그 와중에도 아이는 집 안을 뛰어다녔다.

살아서 딱히 할 일도 하고 싶은 일도 없었다. 미련도 없었다. 살아 있는 것에 대해. 복수할 마음도 없었다. 아쉬울 것도 없었다. 그녀가 죽는다고 해서 그 누가 슬퍼할 것 같지도 않았다. 그렇지만 분희는, 아이는 어찌할 것인가. 아이가 무슨 죄를 지어 부모를 잃고 떠돌아야 하는가. 그래서 머물고 싶지 않은 집에 머물고 있었다.

이웃의 조언으로 접근금지 명령을 신청했던 것이 결정적으로 전남편을 미치게 만들었다. 전남편이 칼을 들고 들어온 것은 그녀를 찔러 죽이려는 목적이 아니었음을 이령은 알고 있었다. 차라리 죽는 것보다 못한 일을 당할 수도 있었다.

전남편은 완전히 미쳤다. 그 미친 인간을 피할 수가 없었다. 살아 있는 한은. 이젠 아이도 없었다.

어느 날 억수같이 비가 왔다. 그녀는 집 앞을 흘러가는 개천으로 가서 흘러가는 물을 바라보았다. 나무가 뿌리째 뽑혀 떠내려오고 있었다. 그녀는 스스로 몸을 던졌다.

그녀가 정신을 차렸을 때는 어두운 방 안이었다. 그녀는 암소 한 마리와 함께 구조되었다. 암소와 마찬가지로 이령도 수십 군데의 타박상을 입었다. 그녀가 암소와 다른 점은 잡아먹거나 팔아먹을 용도로 여산이 그녀를 건진 건 아니라는 것이었다. 여산은 그녀가 깨어났을 때 뜨거운 손으로 그녀의 볼을 건드리고 나서 손을 잡아보더니 "이제 됐군!" 하고는 다시 강물에 떠내려오는 소나 돼지, 혹은 돈이 될 만한 무엇을 건지려고 나갔다. 그러나 그녀에게 그 두툼하고 커다란 손의 뜨거움이 화인처럼 남았다.

"어이! 어이! 또 왜 그러나, 음…… 요?"

그녀에게 여산의 목소리가 들린다 싶더니 시큼한 땀냄새가 느껴진다. 그녀는 비명을 멈춘다. 여산의 말소리를 듣기 위해서다.

"거 왜…… 어어? 그쳤네."

이령은 몸을 재빨리 돌려 어둠을 끌어안는다. 어둠은 무겁고 허리가 굵다. 주춤 뒤로 물러선다. 하지만 이령은 어둠을 놓지 않는다. 그녀는 한껏 숨을 들이켜서 어둠의 냄새를 자신의 폐로 집어넣는다. 손가락 끝을 세워서 어둠의 옷에 박고 옷 속의 감촉을 느끼려고 감각의 날을 세운다.

"어어 허허이 거 참……"

어둠은 말을 하면서도 가만히 있는다. 그렇게 있어주기만 해도 그녀는 낫는다.

# 그 사람에게 알려줘, 내가 여기서 기다린다고

마을 뒷산 봉래산 숲의 최상위층 포식자는 참매와 올빼미다. 낮에는 참매가, 밤에는 올빼미가 사이좋게 나누어 봉래산 인근의 사냥터를 지배한다. 절벽에 집을 짓고 광활한 들판과 바닷가를 사냥터로 삼는 일반 매와 달리 참매는 봉래산 칠부 능선, 골이 시작되는 곳의 전나무에 둥지를 틀었다. 봄이 끝나고 여름이 시작될 무렵에 세 개의 알을 낳았고 암컷이 알을 품는 사이 수컷은 부지런히 사냥을 하고 먹을 것을 물어 날랐다.

한때 사람의 사냥수단으로 쓰였던 참매는 이제 사람의 발길이 드문 곳에 살고 있으므로 사람들이 보고도 모른다. 봉래산의 참매 수컷은 몸길이가 육십 센티미터, 날개를 펴면 백이십 센티미터에 달하는 경험 많은 새다. 무기는 강력한 발톱과 부리인데 작은 새는 물론 청설모나 토끼도 잡아먹는다. 새끼에게 먹일 때는 찢어서 준다. 알을 품은 지 한 달 만에 새끼 세 마리가 부화했다. 알에서 깨고 나온 지 벌써 보름이 다 되어서 나날이 먹성이 좋아지고 있다.

참매 수컷이 막 사냥에 나섰다. 알에서 깬 지 일 년쯤 된 장끼 한 마리가 사육을 마치고 나서 까투리를 찾느라 부주의하게 울음소리를 냈기 때문이다. 참매는 상승기류를 타고 숲 위 가장 높은 곳으로 날아오른다. 산 정상에서 보면 굽이쳐 흐르는 강이 시원하게 내려다보인다. 반대편 산길에는 오토바이 한 대가 고개를 기어오르고 있다. 산길이 시작되는 곳 얕은 수풀 아래에 참새가 짹짹거리고 있지만 무시한다. 어린 장끼가 긴 울음소리를 내며 날아가기 시작한다. 어린 녀석이 제 세상을 만난 듯 가관이다. 이런 철없는 생명은 일찍 거두고 두려움이 많아 숨어서 살을 찌우다 늦게 나오는 녀석들은 나중에 잡아먹으면 된다.

참매는 긴 꼬리를 최대한 이용해 빠르게 방향을 전환한다. 곧 시속 이백 킬로미터에 가까운 속도로 목표물에 내리꽂힌다. 삽시간에 사냥꾼과 사냥물 사이의 거리가 줄어든다. 꿩은 숲 아래로 몸을 숨겼지만 이미 가는 방향을 포착해놓았다. 날개폭이 좁은 참매는 숲을 파고드는 데서도 유리하다. 어린 장끼는 그제야 위험을 깨닫고 기어서 숨으려고 몸부림을 치지만 참매의 강력한 발톱이 꿩의 날갯죽지를 찍어 누른다. 빨리 목숨을 끊을수록 공포의 시간을 줄여줄 수 있다. 참매는 선행인 줄도 모르고 자연스럽게 선행을 실천한다. 참매는 날카롭게 휜 부리로 꿩의 목을 쪼아 동맥에서 피가 솟구치게 만든다. 꿩은 나락으로 빨려드는 듯한 현기증을 느끼면서 눈을 감는다.

참매는 꿩을 잡고 다시 날아오른다. 오토바이가 고개에 도달한 뒤 잠시 멈추어 섰다가 내려가고 있다. 참매는 아랑곳하지 않고 둥지로 향한다. 둥지가 있는 우듬지 근처로 날아가 꿩을 먹기 좋게 찢어놓아야 한다. 암컷이 먹이를 먹는 동안 수컷은 새끼들이 혹 기어나와 떨어질까 살펴보고 있어야 할 것이다.

봉래산을 넘어오는 오토바이 엔진 소리가 크르르르 하고 들려오기 시작한다. 영필이 고개를 든다. 정용석은 덜렁대는 성격처럼 오토바이 위에 얹힌 몸도 덜렁댄다. 그러면서도 힘든 길을 용케 통과해오고 있다. 덜컹대는 오토바이 위에서 자연스럽게 덜렁대지 않으면 자빠질 염려가 있다.

십여 년 전 세트장을 세울 때 만든 길이 풀과 나무로 덮여 통행하기 어렵게 된 지금 바퀴 달린 것 중에 오토바이가 그나마 통행할 수 있는 유일한 수단이다. 오토바이 중에서도 웬만한 것은 오기 어렵고 산악오토바이MMTB:Mountain Motorbike나, 오토바이가 스스로를 산악오토바이로 인식하는 미친 오토바이거나, 운전자가 보통 오토바이를 산악오토바이 수준으로 미친 듯 모는 사람이거나 한 경우에 가능한데 용석이 바로 세번째에 해당하는, 마을 식구들 입장에서는 꽤 소중한 존재이다. 강마을의 우체부, 택배원, 심부름꾼이자 바깥 소식을 알려주는 뉴스 전달자이기 때문이다.

용석은 오토바이 뒤에 영필이 이틀 전 주문한 물건을 실어오게 되어 있다. 간밤에 내린 비로 산에서 흘러내려오는 물이 도랑이 되어 마을과 마을 바깥의 길 사이의 경계를 만들었다. 큰 비가 온 것도 아닌데 길이 많이 패였다. 풀이 나 있는 산길은 피해가 많지 않다. 그래도 아차 해서 오토바이가 굴러 사고라도 나버리면 그대로 버릴 수밖에 없다. 고장난 오토바이를 운반해갈 방법이 없기 때문이다. 그런 걸로 미루어 용석이 마을 식구들에게 대단히 헌신적인 사람이라고 생각하기 쉬운데, 물론 그에게도 다 나름의 계산이 있기 때문에 심부름값을 많이 받지도 않고 바깥세상과 마을을 연결해주는 것이다.

영필이 삽을 들고 마중을 오는 것을 보고도 용석의 오토바이는 멈출 기색이 없다. 오히려 물이 고여 있는 길바닥의 웅덩이를 보란 듯이 통과한다. 흙탕물이 튀자 영필이 펄쩍 뛴다.

"이크! 이런 개아들놈이!"

용석은 히죽히죽 웃으면서 영필의 앞을 지나 관리사 앞에 오토바이를 세운다. 관리사는 마을의 다른 집처럼 전통 양식의 기와지붕을 하고 흙벽에 들창을 달았지만 내부는 플라스틱과 유리, 석유화학제품 장판이 제대로 깔려 있는 현대식 건물이다. 관리사에는 전선이 연결되어 있다. 사극 세트장을 지으면서 전신주를 세울 수가 없어서 중장비로 낸 도로를 따라 전선을 매설했고 산 너머 도로변에 있는 전주에서 전기를 끌어왔다. 사극 촬영이 끝난 뒤에 관광객이 올 경우를 대비해 군청 예산으로 공무원이 나와서 관리사를 유지하다가 관광객이 하루 몇 명밖에 오지 않자 곧 철수해버렸다. 텔레비전과 소형 냉장고는 놔두고 갔다. 텔레비전은 신호가 잘 잡히지 않고 냉장고는 냉매가 빠져나가고 고장이 나 제 기능을 하지 못한다. 어떻든 지방자치단체 소유의 물건이고 시설이니만큼 누군가 관리를 하긴 해야 했다.

용석이 마을에 출입하게 된 것은 봉래산 너머 제일 가까운 동네에 사는 산불감시원이었기 때문이다. 물론 용석은 마을 같지 않은 마을, 관광객이 전혀 오지 않는 관광지를 관리하는 데 전혀 신경을 쓰지 않았다. 산불감시원은 산불을 감시하는 게 일이었으나 용석이 감시원이 된 뒤 십 년 동안 산불은 한 번도 난 적이 없었다. 산불감시원들은 담당 공무원이 하루 두 번 제자리를 지키고 있는지 무전기로 점호할 때 대답을 하는 것을 가장 중요한 일로 알고 있었다. 그러던 그가 산불감시탑보다 마을에 출입하는 일이 잦아진 건 새미의 존재를 알게 된 뒤부터였다. 다른 사람들과 달리 새미는 관리사 바로 옆에 있는, 관리사에서 전선을 연결해서 그나마 문명적인 삶을 영위할 수 있는 집에 살고 있었다.

그런 변화를 가장 잘 활용하고 있는 사람은 영필이었다. 용석이 없었다면 영필이 배를 끌고 강을 오르내리거나 짐을 지고 걸어서 고개를 넘어 다니며 젊은 용석이라면 간단하게 해치울 일을 수명을 줄여가며 허덕허덕 하고 있을 것이다. 용석이 종이상자를 오토바이 화물칸에서 풀어서 영필에게 건넸다.

"시키는 대로 했지? 보자, 목살 다섯 근, 소금, 참기름, 소주 열 병, 맥주 열 병……"

그렇게 무사히 지나가나 싶더니 영필이 늙은 거북처럼 주름이 진 목을 들고는 소리를 질렀다.

"야, 용석이 너 일루 와봐봐. 이게 얼마 치야? 칠만칠천원은 무슨, 삼만삼천원어치도 안 되겠는데? 하나로마트 안대구 그놈이 돼지고기 직접 짤라준 거 맞아? 이 아주까리가 우리를 아주 흑싸리로 아나? 글고 이게 어디 목살이야? 그냥 삼겹이잖아. 너 삼겹하고 목겹하고 아직 구별이 안 돼? 주는 대로 가져오면 되냐고! 왜 이렇게 히마리가 없어?"

말은 그렇게 해도 영필의 기분은 좋았다. 용석은 영필이 뭐라든 간에 새미가 어디 있는지에 관심을 쏟고 있을 뿐이었다.

새미는 야외화장실 안에 있었다. 관리사 앞 길 건너편에 있는 야외화장실은 두 개였다. 하나는 남자용, 하나는 여자용이었다. 하지만 애초에 설치했을 때와 마찬가지인 것은 겉모양뿐이었고 모든 게 바뀌었다.

플라스틱으로 만든 야외화장실은 저장탱크를 바닥에 장치했고 저장공간이 다 차면 다른 것으로 교환하거나 퍼내는 방식이었다. 촬영 당시 마을 현장에 하루 거주하는 인원이 최대 백여 명이었으니 두 개의 화장실로는 배우 몇 명과 주요 스태프만 사용할 수 있는 정도밖에 되지 않았다. 나머지 인원은 알아서 대충 해결하다보니 마을에서 산자락에 이르는 초목과 숲은 난데없는 비료 세례를 받아 전례가 없는 성장세를 구가했다.

대형 화장실이 필요했다. 돈을 아끼기 위해 자연환경을 최대한 이용하기로 하여 숲 가까운 곳 땅이 움푹 꺼진 곳을 굴삭기로 대충 다듬고 그 위에 긴 나무판을 적당한 간격으로 놓은 뒤 포장을 둘러쳤다. 포장은 칸막이를 하는 데에도 사용됐다. 처음에는 임시로 쓸 요량으로 만들었지만 워낙 구덩이가 깊어서 촬영이 다 끝나고 난 뒤에도 전체 용량의 십분의 일도 채우지 못했다. 촬영이 끝나고 사람들 출입이 거의 없어지면서 대형 화장실은 쓸모가 없게 되었다. 임시로 둘러친 포장은 햇빛과 비바람에 삭고 찢어져 몇 년 지나지 않아 형체도 남지 않고 사라져버렸다. 나무판 역시 삭고 썩어서 사람 아니라 웬만한 무게의 짐승이 발을 딛기만 해도 무너지게 되어 있었다.

여산은 처음 마을에 들어왔을 때 강마을의 모든 장소를 화장실로 사용했다. 여성들이 주민이 되자 정식 화장실은 당연히 여성들에게 양보했다. 그리고 초가집 하나를 통째로 화장실로 만들었다. 나중에 소희가 밭을 일구게 되는 곳에서 제일 가까운 곳에 있는 집이었다.

여산은 화장실을 설계할 때 농사에 없어서는 안 될 비료인 인분을 최대한 생산할 수 있는 방법을 찾아냈다. 먼저 소변과 대변을 보는 장소를 분리해서 소변을 보는 곳에는 양동이와 요강을 설치함으로써 손실이 없도록 했다. 대변용의 널찍한 방에는 큰 벽돌 두 장과 자루를 자른 삽, 재와 모래를 섞은 흙에 모종삽 하나를 두었다. 볼일이 있는 사람은 자루를 자른 삽날 위에 모종삽으로 뜬 흙을 끼얹은 뒤 벽돌 사이의 바닥에 삽날을 놓고 벽돌 위에 올라앉는다. 볼일을 알아서 보고 난 뒤 다시 한번 흙을 삽날 위에 살짝 끼얹고는 삽을 들고 나와서 거름더미에 버린다. 거름더미는 비에 젖거나 바람에 날리지 않게 비닐로 덮어놓는다. 길게는 일 년, 짧으면 몇 달이면 발효되어 식물에게 필수적인 질소가 풍부한 거름으로 쓸 수 있게 된다. 비료의 나머지 두 성분 가운데 인산은 생선 뼈와 내장을 버리는 곳에서, 칼륨은 아궁이 불의 나뭇재에서 조달했다. 지금은 새미와 준호를 제외한 사람들 전부가 화장실 겸 천연비료 생산장을 사용했다.

용석은 아무 생각 없이 야외화장실 앞에 가서 문고리를 잡아당겼다가 새미의 찢어지는 비명에 이어 순식간에 십여 대나 얻어터지고 마지막으로 휴대용 물통으로 콧잔등을 호되게 얻어맞았다. 서른여섯 살, 하룻밤 꿈속에서도 장가를 두어 번씩 가는 노총각, 영농후계자 지원자금으로 신부를 구하기 위해 우즈베키스탄까지 갔다 온 용석은 더 맞지 않으려고 본능적으로 사과를 했다.

"어, 몰랐어요. 미안해요. 미안해요. 미안해요."

새미의 비명을 듣고 준호가 집에서 빠르게 내달아나온다. 뭘 썰던 중인지 손에 톱을 든 채였다. 용석을 충분히 응징했다 싶은지 새미는 다시 안으로 사라졌다.

얼굴이 벌게진 용석은 숲 쪽으로 걸음을 옮겼다. 아예 숲속에 들어가서 대충 해결하면 될 일을, 십여 년 전에 전성기를 누리다가 이제는 분뇨의 공동묘지나 다름없어진 왕년의 대형 임시화장실 위에서 이게 화장실인가 아닌가, 문은 어디고 변기는 어딘가 의문을 품은 채 콧구멍을 벌름거리다가 결국 아래로 빠지고 말았다.

용석이 덫에 걸린 멧돼지처럼 꽥꽥거리자 영필이 달려왔다. 다행히 다리 하나만 빠졌을 뿐 몸의 삼분의 이를 땅에 걸치고 있는 걸 보고는 낄낄거리며 줄을 던졌다.

"아, 이런 데는 위험하다고 경고표시를 해놔야죠. 똥통에 빠져 죽을 뻔했잖아요."

영필이 대꾸했다.

"뭐하러? 누구 보라고?"

"모르는 사람요!"

"모르는 사람이 누가 있는데?"

용석은 제 가슴을 친다.

"저요, 저, 저!"

영필은 이런 재미있는 일이 생긴 것이 반갑다는 투다.

"이제 알았으니 됐잖아. 안 그래도 산에서 멧돼지나 고라니 같은 게 내려오다 빠지지 않나 싶어서 며칠에 한 번 와보고 있어."

"감나무 밑에서 홍시 떨어지길 바라지. 아쉬."

어기적거리며 걸어가는 용석의 등에 대고 영필이 한마디 더 던졌다.

"다음에는 이십일호 집을 쓰라고. 거기 양동이가 오줌통이야. 큰 거는 사용법 잘 읽고 해결하면 돼. 그게 다 거름이야."

우리 밭엔 거름이 많이 필요하지. 젊을수록 많이 먹고 많은 거름을 만들지. 영필이 중얼거렸다. 그런데 용석이보다 더 젊은 거름이 나올 데가 있지 않은가. 새미와 준호.

영필은 고개를 저었다. 알 수 없는 게 너무 많았다. 자신이야 소희를 바라보고 들어왔다지만 새미 남매는 왜, 어디서, 어떻게 왔는지 모르는 것 투성이었다. 어느 날 아침에 초췌한 행색이되 그림 속에서 나온 듯 예쁜 남매가 마을 한가운데 공터에 서 있었던 것. 여산이 이름을 말하고 앞으로 같이 있기로 했다고 한 게 다였다. 그들 남매는 나이로 치면 두 배 이상 많은 사람들보다 훨씬 더 많은 비밀이 있는 것 같았다. 그들은 입을 열지 않았다. 준호야 말을 잘 못하니까 그렇다 치더라도 새미도 자신들의 신상에 관련된 것이라면 무슨 말을 하던 중에도 아예 입을 닫았다. 그러니까 새미와 대화할 수 있는 건 당장 일어나고 있는, 진행되고 있는 현상에 관한 것밖에 없었다.

늙은이가 궁금한 건 왜 그렇게 많아. 알면 저승에 짊어지고 갈 건가.

영필은 고개를 흔들었다. 여기서 지난 일 가지고 폼 잡을 사람이 어디 있다고. 사연 하나 없는 사람들이 왜 없겠나. 그러고 보면 자신도 남들에게 어떤 사람인지, 어디서 어떻게 살다 왔는지 말한 적이 없는 것 같기도 했다. 아무도 묻지 않았고 말할 필요성도 느끼지 못했다. 지금 잘 살면 된다.

"제가 할게요. 이리 주세요."

언제 왔는지 이령이 물에 젖은 손을 내밀었다. 이령은 머리를 늘어뜨려 오른쪽 관자놀이 위쪽의 흉터를 가리고 있다. 살아오면서 가장 험한 꼴을 당했을 것 같은 사람이다. 영필은 언제 한번 툭 터놓고 콘테스트를 해보는 것도 좋겠다는 생각을 한다. '제1회 박영필 컵 쟁탈 과거를 묻지 마세요 세계선수권대회!' 자신이 살아온 게 가장 쉬웠을 거라는 생각도 함께 한다.

"소희 여사는 어디 계신고? 오늘 옥안을 뵙지 못하야 입속에 온통 혓바늘이 돋는 중인데."

이령이 이마의 땀을 훔치며 웃는다.

"글쎄요. 저도 아침 먹고는 못 뵈었는데요. 밭에 계시겠죠. 늘 그러시니까."

"그 양반은 눈만 뜨면 밭이니 이제는 밭도 길이 들어서 기다리는 것 같애. 애완동물처럼. 애완허브? 애완채소?"

"아저씬 말씀도 참 재미있게 하셔요."

영필은 머리끝이 찌르르했다. 날 보고 아저씨라고? 마을에 들어오기 전에는 친척들에게서 들어본 적 없는 호칭이었다. 실제로 조카들은 그를 아저씨라고 부르지 못했다. 처음에는 죄를 지은 것처럼 그를 두려워했다. 곧 귀찮아했다. 나중에는 깔보았다. 정신병자 취급을 하면서 아저씨라고 부르는 사람은 없다.

이령이 그를 아저씨라고 부르는 이유는 물론, 여산이 그렇게 부르기 때문이다. 안다. 아는 것과 실제로 듣는 것은 차이가 있다. 머리끝이 찌르르해진다는 것, 그것이다. 콧날이 시큰해지고 한여름에 감기 걸린 개처럼 콧물이 나올지도 모른다는 불길한 예감이 든다는 것이다. 별 차이는 아니다. 찌르르하다는 느낌, 콧물이 세상을 다르게 만들 리는 없으니까. 호칭 하나가 사람을 이렇게 바꾸나.

영필은 바쁜 일이 생각난 사람처럼 상자를 이령에게 넘기고 밖으로 나온다. 그새 여산이 나와서 용석과 이야기를 나누고 있다. 준호는 늘 그렇듯이 열 걸음쯤 떨어져서 얼굴을 반쯤 돌리고 서 있다. 엿듣는 것도 아니고 제대로 듣는 것도 아닌 기묘한 자세다. 새미가 도랑 옆에 앉아 머리를 말리고 있다. 화장 같은 걸 하지도 않고 할 수도 없는 환경이지만 뛰어난 미의 유전자를 타고났다는 것, 젊다는 게 축복이다.

용석은 여산에게 말을 하면서 연신 가자미눈이 되어 새미를 훔쳐보고 있다. 새미가 없다면 용석이 없었을 것이고, 그럼 영필이 힘들게 배를 타고 강변 매운탕 전문식당이 모여 있는 곳에까지 물고기를 가지고 가서 흥정을 하고 면사무소 근처에 가서 필요한 물건을 사오고 했어야 했을 것이다. 정말로 하는 일이 없는 것처럼 보이는, 남의 방해만 하는 것처럼 보이는 새미가 정작 영필 자신을 얼마나 편하게 만들어주고 있는가.

"어제 면보건소에서 난리가 났대요. 전국구 깡패들이 저희끼리 패싸움을 벌여가지고 행동대원들이 피로 떡칠을 해가지고 들어왔답니다. 깡패 하나는 완전히 맛이 갔는데 눈탱이가 다 터져서 심봉사마냥

오징어 눈깔이 됐다는데요. 공중보건의로 와 있는 의사가 무서워서 경찰에 신고도 못 했답니다. 보건소에서는 치료를 못 한다고 하니까 신고하면 다 죽여버리겠다고 하고 다시 데리고 갔대요. 시커먼 벤츠 타고."

여산은 잠자코 듣고만 있다. 영필은 궁금한 게 많다.

"나중에 신고를 했나? 그걸 어떻게 알았는데?"

"꼬꼬치킨 있잖아요. 태강다방 앞에. 거기서 들었는데요."

"누구한테서?"

"이야기라는 게 그렇지요, 뭐. 다 아는 일인데 누가 처음 했는지는 모르는 거. 공보의가 처음에 이야기했겠죠. 거기 경찰도 있었어요. 오 경장이라고 노래방하고 술 좋아하는 사람, 영감님도 아시잖아요. 오 경장도 거기서 이야기 들었대요. 정식 신고는 들어온 게 없고. 들어와 도 골치만 아프죠, 뭐. 여기 면 경찰이 뭘 어떻게 하겠어요. 전국구 깡 패들하고 째비가 안 되잖아요."

용석이 묻지도 않은 이야기까지 해댔다. 신이 났다. 그가 마을에 출 입하기 시작한 이후 새미가 자신의 말에 진지하게 귀를 기울이는 것 은 처음이었다.

"벌써 한 일주일은 됐걸랑요. 못 보던 차하고 못 보던 깡패들이 보 이더라고요. 자기들이 암만 모르게 댕긴다고 해도 우린 다 알죠. 말 을 안 한다뿐이지. 전에도 가끔씩 이상한 놈들이 왔다갔다하긴 했는 데 요번에 온 놈들은 진짜 전국구 조폭들 맞아요. 어떻게 아느냐? 차 유리가 새카매서 안에 누가 있는지 모르겠는데, 문 열고 닫을 때도 선 글라스 딱딱 끼고 있어서 조폭이라는 거지요. 전에 한번 봤는데 벤츠에는 맨날 셋이 같이 타고 댕겨요. 젤 높은 놈들 같은데요. 집요? 저기 상수원 관리소 위쪽 제일 깊은 데 누가 별장 지은 거, 거기 있어요. 아침저녁으로 구보하면서 운동하는 애들 있걸렁요. 낚시하러 가면서 애들 한번 봤는데 애들이 다 웃통 벗고 뛰는데 배에 임금 왕자가 떡떡 붙어가지고……"

영필이 브레이크를 건다.

"문신 같은 건 없고? 팔뚝에 글자 써놓은 거는? 착하게 살자, 뭐 이런 거."

용석은 방해받은 게 짜증난다는 듯 빠르게 "없어요" 하고는 고개를 새미 쪽으로 돌려 다시 자신의 주장을 펴기 시작했다.

"애들이 조폭이라는 거는 금방 알겠더라고요. 근데 애들이 엄청 잘생겼어요. 조폭인데도."

영필이 다시 딴지를 걸었다.

"조폭이 아닐 수도 있잖나."

용석은 무시하려 했다.

"잘생긴 거만 보면 영화배우 해도 되고 자동차 영업사원 해도 되고 운동선수 해도 되죠. 근데 개들은 인생 끝났죠. 조폭이니까."

조폭들이 잘생기면 자신에게 돈벼락이라도 떨어지는지 용석은 계속 같은 주장을 되풀이했다. 한번 주장하기 시작하면 끝까지 관철하는 줏대 있는 남자라는 인상을 줄 수 있을지는 모른다. 반대로 쓸데없는 걸 고집하는 멍청한 인간으로 낙인 찍힐 수도 있고. 새미는 관심이 없다는 듯 고개를 돌렸다.

"하긴 잘생겨봐야 깡패가 깡패지."

영필은 용석과의 말싸움에서는 지고 싶지 않다. 이기는 것도 아니면서.

# 즐겁게 즐겁게 흔들리는 배 저어 검고 푸른 바다 너머로

"이놔, 이 돌대가리 새끼들아. 공고 나온 놈 하나 없어? 너희 학력 위조 아냐? 이거 하나 못 고쳐?"

양구는 한창 열이 뻗쳤다. 여름날 오전 열시, 강에는 바람 한 점 없다. 유리섬유강화플라스틱, 이라고 말하면 너무 거창해서 알아들을 사람이 없고 에프알피, 라고 해도 무슨 소린지 모를 승객들을 태운 8인승 FRP(Fiber Reinforced Plastics) 유리섬유강화플라스틱 보트에 양구를 비롯 다섯이 타고 있다. 별장의 전 주인이 물놀이할 때 쓰던 고물 보트다.

민수를 시켜 직접 보트에 태워갈 애들을 뽑게 했다. 하나는 키 크고 하나는 머리를 밀었는데 진성인지 규민인지 헷갈린다. 그렇다고 네 이름이 뭐냐고 물어볼 수도 없다. 저희끼리 이름을 부를 때 알아두면 된다. 애들이 워낙 많아지다보니까 이름 외우기도 쉽지 않다. 문제는 그게 아니다.

보스 명령으로 그들에게는 꼭두새벽이나 다름없는 오전 열시에 출동, 숙소 앞 모래밭을 달려서 기세 좋게 보트에 오른 것까지는 좋았다. 그런데 응당 걸려야 할 모터의 시동이 걸리지 않았다. 휠에 줄을 걸어 당기면 엔진이 돌기 시작하는 구식 모터이긴 해도 며칠 전까지만 해도 그럭저럭 가동했다.

양구에게는 연장만 만지면 문제가 생긴다는 징크스가 있다. 잘 쓰던 연장도 양구가 쓰면 부러지고 양구가 화장실을 갔다 오면 변기가 막힌다. 같이 보던 텔레비전도 양구가 좀 오래 보면 화면에 갑자기 줄이 지나간다. 이번에도 마찬가지인 것 같아서 양구는 백여 미터 뒤에서 지켜보고 있을 형님과 동생들의 머릿속에 그 징크스가 환기되기 전에 출발, 출발을 그렇게도 외쳐댔다. 마침내 연기가 나도록 당겨대던 줄이 중간에 끊어지면서 한 뼘 남짓 짤막해진 줄로는 도저히 힘주어 당길 수 없게 됐다. 할 수 없이 일단 출발을 지시하고 자신도 내려서 바이킹처럼 함성을 지르며 배를 밀고 들어가 물에 띄웠다. 한 쌍밖에 없는 비상용 플라스틱 노를 이름을 아는 두 녀석에게 하나씩 젓게 하고 자신부터 헤엄칠 때처럼 손바닥 노를 저었다.

웃기만 해봐, 쉽새리들. 강바닥에 가서 물고기하고 프렌치키스하게 해준다.

양구는 뱀처럼 가늘게 눈을 뜨고 배에 함께 타고 있는 아이들을 살핀다. 그런 기미를 눈치챈 아이들은 거의 울상을 하고 장난감 같은 플라스틱 노를 힘껏 젓는다. 이럴 때 보트는 얼마나 크고 무거워 보이는가.

"야, 손 흔들면서 함성!"

아이들이 일제히 우리 잘 나가고 있다는 듯 함성을 지르며 손을 흔든다. 멀리 합숙소에서 지켜보고 있는 아이들이 와악, 하고 반응하는 소리가 들려온다. 배가 떠내려가기 전에 얼른 노를 원위치로 돌려 땀 범벅이 되게 젓는다. 이게 무슨 좆…… 개 같은 경우냐. 양구는 이제 자신도 큰형님처럼 웬만한 일에는 욕설을 하지 말아야겠다고 결심한다. 배에 탄 인원의 평균연령은 스물다섯, 힘이 좋다. 배는 느리지만 상류로 거슬러오른다. 모터가 제대로 작동이 되었으면 합숙소 식구들의 시야에서 오 분이면 사라질 수 있는데 이런 속력이면 한참 더 있어야 할 것 같다.

"자, 다시 한번 원기왕성하게 함성, 실시!"

"우와아!"

파도타기 응원을 할 때처럼 아이들은 두 팔을 들었다 내리며 소리를 지르고 다시 열나게 노를 젓는다. 몇 달은 가야 되겠네, 쉬발거. 양구는 강변을 개간해서 밭이나 과수원을 만든 곳에 배를 빨리 가게 할 만한 연장이 없는지 살펴본다. 가장 좋은 연장은 힘 좋은 농부일 터인데 오늘따라 코빼기도 보이지 않는다. 트럭이라도 있으면 일단 배를 끌어다 싣고 세동을 아작냈다는 그 수상한 인간들이 사는 동네 맞은편 강변까지 가서 그때부터 노를 저어가도 훨씬 힘이 덜 들 것이다. 경운기만 있어도 괜찮다. 배 안의 연장, 뭉툭한 야구배트 같은 건 배를 앞으로 나아가게 하는 데는 전혀 도움이 되지 않는다.

노 젓는 손에 물집이 생기고 팔에 가래톳 생기도록 노를 저어서 드디어 합숙소 식구들 시야에서 벗어났다 싶은 순간 양구는 명령을 내렸다.

"야, 일단 배를 땅에 붙여. 니 배 말고 이 쉬…… 니가 탄 배 좆…… 규민아. 일단 대라고. 야, 너 이름 없는 놈, 내려서 배 밀어. 안 빠져 죽어, 이 쉬…… 파리 같은 새캬."

세 후배가 배에서 내려 밀고 끌기 시작해서 버드나무, 버들강아지, 소나무가 강 쪽에 절반쯤 몸을 담근 채 서 있는 곳에 배를 붙였다. 아, 이거 정말 사람 환장하겠네. 우리가 무슨 보트피플이냐. 양구는 덜덜 떨리는 손으로 담배를 꺼내물었다. 형님 하사품인 금빛 찬란한 넌힐 라이터를 꺼내고 있는 참에 민수가 잽싸게 다가와서 불을 붙였다. 지포 라이터다. 양구가 어제 형님에게서 비밀명령을 받고 난 뒤 민수를 불러서 준 라이터다. 양구는 피쉬시 하고 웃었다.

말 한마디, 행동 하나를 아랫사람들이 왜 그러는지 이유를 모르게 해야 한다. 종잡을 수 없는 사람, 속을 알 수 없는 사람처럼 보여야 두려움을 줄 수 있다. 형님의 가르침을 진작에 머리에 새겨뒀더라면 지금 이 꼴로 어디 있는지도 모를 동네 촌닭들을 잡으러 가고 있지는 않았을 것이다. 새삼 형님 옆에 편하게 앉아서 아양을 떨고 있을 명철이 의식된다. 넌 언제 나한테 한번 걸린다. 그러면 넌 그 순간 인생 끝이다. 왜 뒈지는 줄도 모를 거다.

"야, 각자 담배 일 발 물어. 어? 형님 말에 불복종이냐? 야, 좆…… 말고 진성. 위치로. 담배 꺼낸다, 실시. 괜찮아, 인마. 형님이 하라고 할 때 하는 거야."

저마다 담배를 한 대씩 피우다보니 수면 위로 안개처럼 연기가 퍼져나갔다. 그걸 보니 또 화가 치밀었다.

"아놔, 이 돌대가리 새퀴들아. 이 시브랄랄라 모터, 이거 어떻게 안 되는 거야?"

배 바깥에서 배가 떠내려가지 않도록 붙들고 있던 얼굴 낯선 아이가 규민에게 뭔가 말을 했다. 규민이 눈을 크게 떴다가 감는 시늉을 했다. 물론 양구는 다 보고 있었다.

"뭐야? 건의사항 있어?"

규민이 그제야 "예, 형님, 종길이가 길 위로 가서 트럭 같은 거 하나 세워서 끌고 오겠답니다"라고 했다. 그렇지. 종길이구만. 종민인지 종철인지 헷갈렸어.

"배는 어쩌고?"

"모터를 가지고 가서 트럭을 타고 모터 고치는 데 갔다가 모터를 고쳐와서 배에 달고 다시 출발하면 된답니다."

"야, 종길이라는 놈. 너 인문계 나왔지?"

새로 들어온 아이들은 양구 때와는 달리 학벌이 좋다. 학벌뿐인가. 요즘 조직의 젊은 피는 면접 보고 수혈한다. 기본조건이 키 백팔십 센티미터 이상, 전문대 이상의 학력, 흉터나 문신이 없을 것 등등이다. 면접 본다고 금방 뽑는 것도 아니고 수습으로 데리고 와서 관찰을 하고 평가한 뒤에 충분하다 싶을 때에야 조직의 일원으로 받아들인다. 조직이 커지면서 규율을 명확히 해야 할 필요가 생겼다. 삼 년 전 정묵이 강령을 만들었다.

"하나, 후배는 선배와 조직을 지키기 위해 무슨 일이든 해야 한다. 둘, 첫번째 원칙을 위배하지 않으면서 선배에게는 무조건 복종한다. 셋, 첫번째 두번째 원칙을 지키는 범위 안에서 자신을 보호한다."

조직이 커지고 새로운 구성원이 늘어나면서 규율은 점점 세밀해지고 복잡해졌다.

"휴대폰은 항상 켜놓고 선배한테서 전화가 오면 무조건 받는다. 선배에게 말대답하지 않는다. 체력단련중에 치고받다가 나중에 둘이 나가서 개인적으로 싸우지 않는다. 술을 마실 때는 두 사람 이상이 마신다. 선배가 담배를 피우라고 하기 전에는 선배 앞에서 절대로 맞담배질하지 않는다."

양구는 그런 강령이고 조건이고 체질에 맞지 않았다. 학교 어디 나왔느냐고 하면 전공은 폭력, 전과 8범으로 9학년 다니고, 그것도 인천, 청주, 대전, 대구 골고루 전학다니면서 만기제대하고 나왔다고 하면 대부분 사람들은 그만 입을 다물었다.

"실전에서 한번 보자고. 어느 학교가 더 애들 잘 키웠는지."

그런데 요즘은 실전이라는 게 별로 없다. 술집에서 조직원끼리 시비가 붙어도 돈이면 다 해결된다. 돈이 없으면 다 양아치다. 이제는 시골 동네 주민들을 상대로 조폭 행동대원이 가서 실전을 벌일 참이다. 세상 참 달라졌다. 돈이 법이다. 돈이 깡패다. 돈이 판검사 다 해처먹는다. 양구는 한숨을 내쉰다. 진정한 건달의 마지막 세대로서 한숨이 안 나올 수 없다.

"형님, 모터보트 모터는 2기통이라 오토바이가게에만 가도 됩니다. 시골에는 오토바이가게 많습니다, 형님. 면소재지만 가도 됩니다."

그래? 그거 듣던 중 반가운 소리구나. 그렇게 말하는 건 어제의 김양구다. 오늘의 김양구는 어제와 전혀 다르다. 계획적으로 산다. 이번 일만 잘하면 나도 한 단계 업그레이드된다. 양구는 고개를 꺾어 뚝뚝 소리를 냈다.

"그거 모르는 놈 어디 있냐? 오토바이 타봤으면 다 아는걸."

## 그러나 사랑이여 당신은 언제나 내게 젊고 아름다우리니

소희는 바구니에 들깻잎과 파슬리, 세이지를 따서 담았다. 향이 강해 고기 특유의 누린내를 없애줄 네틀은 줄기째 뽑았다. 내내 잎을 따서 먹어온 상추는 늙어서 대가 올라와 있는데 뽑다가 방망이로 두들겨 전을 부칠 생각이다. 상추가 가지고 있는 영양성분과 풍미가 훨씬 진하게 들어 있고 섬유질이 많아 먹어본 사람은 절대 남을 주지 않는다. 장미 꽃잎으로는 화전을 부칠 것이다. 샐러드로 먹을 요량으로 피튜니아, 데이지도 뽑아두었다. 데이지는 단맛이 있고 아삭아삭해서 소희가 가장 좋아하는 꽃이지만 더위가 계속되면서 누렇게 시들고 있다.

음식 재료의 잡미를 없애고 향미를 더해주는 허브로 소희가 가장 많이 쓰는 건 바질이다. 바질은 많이 말려서 가루로 내두었다. 육류에도 바질, 생선요리에도 바질, 전에도 바질이다. 로즈메리, 타임과 세이지, 마저럼을 건조시켜 가루 낸 것을 여러 가지로 배합해서 써보았지만 어떤 것도 바질만 못했다.

마을의 북쪽 산 아래 공터에 소희가 가꿔놓은 사백여 평쯤 되는 땅은 화원 겸 농원이고 허브와 약초, 풀과 나무의 천국이다. 소희는 마을에서 살아오기 시작하면서 단 하루도 밭에 가지 않은 날이 없다. 아욱, 상추, 쑥갓, 고추, 토마토, 감자, 고구마, 마늘, 파, 쪽파, 무, 배추, 부추, 가지, 호박에 옥수수까지 철철이 자란다.

　소희가 좋아하는 야채는 백합과 식물과 가지과 식물이다. 백합과에는 식용이 많다. 부추, 파, 양파, 마늘, 아스파라거스가 여기에 속하고 산나리, 참나리는 전분이 풍부하다. 가지과에는 가지 말고도 고추, 토마토, 감자, 담배가 들어간다. 담배는 먹을 수 없어서 심지 않는다. 흰독말풀은 독성이 강하지만 꽃이 예쁜데다 뿌리와 꽃을 말리면 약으로 쓸 수 있어서 기르고 있다.

　마을 식구들이 먹는 채소, 부식과 반찬, 마시는 차의 재료는 모두 밭에서 나온다. 식구들이 먹는 것이므로 농약이나 화학비료를 쓴 적이 없다.

　소희가 허리를 펴고 밭을 돌아본다. 밭과 산 사이의 경계에 다래 덩굴이 다릅나무를 휘감아올라가고 있다. 고로쇠나무처럼 다래도 잎이 나기도 전 미네랄이 풍부한 수액을 뽑아올린다. 봄에 다래 수액이 몸에 좋다고 말을 꺼내자마자 여산이 달려왔다. 물을 뽑는다면서 다래 덩굴을 이리저리 살피다가 고로쇠처럼 구멍을 뚫을 데가 없자 낫으로 줄기를 뎅겅 잘라버리는 데는 놀라지 않을 수 없었다. 이처럼 몸에 좋은 것이라면 여산은 제정신을 잃고 만다. 소희가 가꾸는 허브와 야생화, 풀 들이 갖고 있는 약효를 다 말하면 여산은 좋아 날뛰다가 밭을 다 뭉개버릴 것이다.

강마을 한가운데, 실제로 쓸 수 있는 부엌살림이 있는 두 집 가운데 하나인 주막집 마당에서 준호가 고기 구워먹는 화덕에 불을 피우고 있다. 준호가 지난봄에 베어서 만들어둔 참나무숯이 연료다. 화덕은 돌로 쌓아서 만들었다. 가운데 숯불을 피우고 그 위에 판판한 돌을 얹어놓는다. 돌을 달구기가 어렵지 달아오르기만 하면 빠른 속도로 고기를 구울 수 있다.

　　준호는 불을 가지고 노는 데는 타고났다. 마을의 누구보다 불을 좋아하고 잘 피우고 진지하다. 준호는 난방을 하건 밥을 짓건 어둠을 밝힐 램프에 불을 붙이건 간에 불에 관한 일이라면 누구보다 먼저, 자발적으로 맡아서 하고 있다. 화신火神이 있다면 양자를 삼으려 들 것이다. 지난겨울 누가 시키지도 않았는데 숲에서 소나무 가지 불쏘시개와 장작을 만들어와서 사람이 기거하는 아궁이마다 군불을 지핀 게 준호였다. 준호 덕분에 마을 사람 절반은 잘 때 얼어 죽을지도 모른다는 걱정을 하지 않아도 되었다. 나머지 절반은 걱정 없는 사람 집에 쳐들어가 신세를 졌다.

　　준호는 솔잎 위에 잔가지를 덮어 불을 키운다. 입으로 불지도 않는다. 바람이 모자라면 수박 사진이 크게 박힌 종묘회사 부채를 잠깐 흔들면 그만이다. 마른 가지를 얹어놓고는 여유 있게 사방을 둘러보며 기다리고 있다. 도시에서 나고 자란 준호가 어떻게 그런 재능을 가지고 있는지, 불가사의한 일이다.

　　화덕 곁에 장작이 담긴 스테인리스 함지가 있다. 한때는 그 함지를 쌀이나 야채를 씻는 데 썼다. 겨울에는 산 아래 샘에서 길어온 물을 담아두기도 했다. 다용도의 그 함지는 여산이 뱀닭을 해먹을 때 쓰고 난 뒤로 음식과 관련된 용도로는 쓸 수 없게 되었다.

뱀닭이 몸에 좋다는 이야기를 들은 여산이 온 산을 다 뒤져서 막 동면에서 깨어난 뱀을 스무 마리나 잡아왔다. 영필과 금세 짝을 이루어 소희의 전지가위를 가져다가 뱀의 대가리를 싹둑싹둑 잘라내고 몸뚱이만 함지에 던져넣었다. 뱀고기 냄새를 맡고 파리가 삽시간에 모여들었고 뱀의 몸에 쉬를 슬었다. 그렇게 하루가 지나자 고기가 썩기 시작했다. 그때 맡은 냄새는 절에 있던 스님을 포함, 마을의 식구 모두가 그때까지 한 번도 맡아보지 못한, 머리를 찌르는 듯한 냄새였다. 발정기의 고양이 똥처럼 강렬하고 시취屍臭처럼 한번 맡으면 죽을 때까지 잊지 못할 만큼 지독하고 자극적이었다. 일을 그렇게 만든 당사자인 여산마저 이마를 찌푸렸고 영필은 입덧하는 여자처럼 헛구역질을 해댔다. 그런 경로를 거쳐 뱀의 몸뚱이에 생겨난 구더기를 잡아다가 닭에게 먹였다. 구더기를 먹은 닭들은 머리에서 털이 빠지더니 며칠 만에 모조리 대머리닭이 되었다. 그 닭들을 잡아서 푹 고아서는 여산은 사흘, 아홉 끼를 먹고 영필은 세 끼를 먹고는 항복했다.

사람을 부르려던 소희의 눈에 스님이 보인다. 있어도 없어도 잘 안 보이는 스님, 없는 줄 알면 있고 있는 줄 알면 없는 스님.

"포행 하러 지나가던 중 고기 냄새가 나더라고. 그냥 갈 수가 있어야지."

소희는 깔깔 소리내어 웃었다.

"선문답하시는 거 같네요. 말을 물가에 끌고 갈 수는 있어도 물을 마시고 안 마시고는 말의 마음이죠."

"그거 보살님 믿는 기독교 성경에 나오지요? 어느 아라한 말씀에

고기를 먹는 것만 보아도 이미 고기를 먹은 것과 같다는 게 있지."

소희가 대야를 집어들고는 막대기로 대야를 치며 외쳤다.

"자, 모여라 모여. 점심 준비 다 됐네요!"

사람들이 모여든다. 고기를 굽고 있던 준호, 새미가 들마루 위에 펴놓은 상 앞에 마지막으로 앉는 사람은 여산이다. 용석이 소주병을 따고 종이컵에 소주가 채워진다. 여산이 영필과 함께 술 한 잔을 단숨에 마시는 것으로 여름 한낮의 오찬이 시작된다.

일단 식구들은 별말 없이 고기를 굽고 먹는 데 열중한다. 여산은 세이지와 상추를 겹쳐놓고 그 위에 한꺼번에 서너 점의 고기를 얹은 뒤에 마늘과 쌈장을 보태 쌈을 싸서 한입에 집어넣는다. 서너 번 씹고 난 뒤에 꿀꺽하는 소리가 나면 이미 새로운 쌈이 만들어져 울대가 보이게 고개를 쳐든 여산의 입으로 향하고 있다. 고기 심부름을 한 용석이 질세라 여산을 따라 하고 있다. 고기는 금방 없어지지만 다시 돌판 위에 얹혀 익어가는 속도가 빨라 여섯 명이 쉬지 않고 먹는데도 모자라지 않는다. 서너 번 쌈을 먹고 술 한 잔을 마시는 식으로 여산은 배를 채워나간다. 영필은 여산의 삼분의 이쯤, 소희는 절반쯤 되는 속도이고 이령도 쉬지 않는다. 새미는 느리지만 꾸준히 고기를 씹고 야채를 쌈장에 찍어먹는데, 준호만이 고기를 굽고만 있다.

"야, 너 왜 안 먹어?"

새미가 묻자 준호는 왼손으로 배를 만지며 아프다는 시늉을 한다.

"왜 어디가 탈이 났니? 배탈이야?"

이령이 걱정스러운 얼굴이 된다.

"여기다 글자로 써봐라. 내가 아픈 배 고치는 약 만들어줄게."

소희가 쌈을 입에 집어넣은 채로 씹으며 말한다. 실제로 웬만한 약은 소희의 밭에서 나오고 있다. 소희의 관점에서 밭에서 나오는 갖가지 식물로 만들어진 차, 탕, 생즙, 가루를 먹어서도 낫지 않을 병이라면 죽을병이다. 준호는 어깨를 으쓱하면서 괜찮다고 한다. 자신이 여러 사람의 관심의 대상이 된 게 쑥스럽다는 표정이다. 여산이 준호의 어깨를 툭툭 친다. 말은 하지 않지만 표정으로 걱정 말라는 뜻이라는 걸 알 수 있다.

용석은 사람들의 시선이 분산된 틈을 타서 새미의 머리카락부터 얼굴, 민소매옷 위로 드러난 어깨와 불룩한 가슴, 몸통과 다리, 봉숭아물을 들인 발톱까지 맛있는 음식을 앞에 두고 감상하듯 살피며 군침을 삼킨다. 그런 기색을 눈치챈 준호의 눈초리가 올라간다. 용석은 얼른 제 손으로 종이컵에 술을 따라 입속에 들이붓는다.

"밥 탄다!"

이령이 주막집 부엌으로 뛰어간다. 소희가 눈짓을 하자 새미가 마지못해 따라간다. 다시 용석의 눈이 새미의 뒷모습을 따라가자 준호가 고기 굽던 집게를 든 채 용석 앞에 다가선다. 쉬이, 하는 바람 빠지는 소리가 준호의 입에서 새나온다.

"허, 대통령 경호원이 따로 없네. 우리 준호, 누나 그렇게 지키면 누나가 나중에 연애라도 맘 놓고 하겠나."

영필의 말에 소희가 톡 쏜다.

"사내라고 하는 것들이 어리나 늙으나 한순간도 쉬지 않고 사방에서 흘끔거리고 집적대니까 그러는 거지, 애가 괜히 그러겠어요?"

"이보세요, 정여사. 남자는 원래 그렇게 하도록 조물주가 디자인을 하신 거래요. 수컷 한 마리가 수십 마리의 암컷을 거느리는 사자나 물개보다는 인간이 낫잖아요. 우리는 부처도 공자도 아닌 평범한 인간이라고. 우리가 뭔 힘이 있나. 조물주 설계에 따라가야지."

"인간이라면서 인간 같잖은 짓들을 왜 하냐고요!"

"그게 인간이라니까요. 그러다가 한번 사랑을 하게 되면 평생을 검은 머리 파뿌리 될 때까지 해로하는 게 또 인간이고. 우리 두 사람은 지금 벌써 파뿌리가 됐으니까 힘 안 들이고도 남은 평생을 같이……"

소희가 네틀 줄기를 들더니 영필의 팔뚝을 찰싹, 하고 내리친다.

"영감님이 낮술 몇 잔 하시더니 벌써 상태가 안 좋아지셨군."

소희가 몸을 일으킨다. 용석이 재빨리 새 소주병을 따서 술을 따라 마신다.

"오오, 정여사, 소희씨, 제발 내 진심을 받아주시오. 우앗, 따거! 이 거 뭐야?"

영필의 팔뚝이 두드러기가 오르듯 붉게 부풀어오르기 시작한다. 소희가 조금 떨어져서 뒷짐을 진 채 말한다.

"네틀에는 구연산이 있어요. 피로회복에 좋은 거야. 몇 시간은 따끔할 거예요."

영필은 팔뚝을 어루만지며 "아, 내가 피곤할 줄 알고 이렇게 나를 쳐주시니" 하고 말을 못 잇는 듯 눈을 굴리다가 핑계 김에 노래를 불러댄다.

"드알링 아임 그로잉 으올드 실버 스레즈 어몽 더 골드…… 슈아인 어폰 마이 브로우 투데이, 을라이프 이즈 푸애이딩 푸애스트 어웨이……"

소희는 영필의 노랫소리를 듣지 않으려고 귀를 막고 멀찌감치 떠나가고 여산은 잠시 눈을 감고 뒤통수에 깍지를 낀 채 영필의 노래를 감상하고 있다. 여산의 얼굴에 미소가 번진다. 이령이 새미에게 묻는다.

"저게 무슨 노래라니? 어디서 듣던 노래 같은데."

새미는 눈을 마주치지 않으려고 하며 "난 모름"하고 대꾸한다. 알고 있다. 자신의 방에서 문을 잠근 채 컴퓨터 게임을 하다가 온몸에 힘이 다 빠졌을 때 누워서 듣던 노래는 다른 노래였다. 슈베르트, 겨울 나그네, 그리고 또…… 가사는 잘 모르지만 노래가 가지고 있는 열망은 알 수 있었다. 아름다운 물방앗간의 아가씨가 정말 있었을까. 누구를 사랑했을까. 아버지는 있었겠지. 불행했을까. 한때는 행복했겠지. 자신을 찬양하는 노래를 들을 때라면.

"여고생 때 들었던 노래 같은데."

이령은 밥을 푸다 말고 여산을 바라본다. 새미의 눈길도 따라간다. 이령의 눈매가 부드러워진다. 그 기미를 알고 새미의 눈이 샐쭉해진다. 여산은 다시 먹느라 바쁘다. 처음보다 속도가 좀 느려지긴 했지만 여전히 빠르게 먹고 있다.

# 지금은 사라진 동무들 모여 옥 같은 시냇물 개천을 넘어

강은 푸르다. 모래는 희고 절벽은 높다. 강 중간의 섬은 자연적으로 떠내려온 씨앗들이 자리를 잡아 숲을 이루고 있다. 물총새의 둥지도 있다.

물총새 새끼들이 집을 떠나고 있다. 여섯 마리 가운데 다섯 마리가 출발하고 마지막 한 마리가 남았다. 알에서 깬 날로부터 이십오 일째, 다른 물총새 새끼들에 비해 느린 것도 빠른 것도 아니다. 물론 물총새들은 이런 비교 따위는 할 줄 모르고 할 이유도 없다. 둥지를 떠나는 건 물론 새끼들이 다 자라서이지만 깔끔한 성격의 물총새 새끼라면 있으라고 해도 떠날 정도로 둥지 안은 배설물과 쓰레기로 더럽기 짝이 없다. 물총새가 둥지에서 나오면 세수부터 하는 게 이 때문이다. 모르는 새들이 보면 물총새가 꽤나 멋지고 깨끗해서라고 여길지도 모른다.

새끼들이 둥지를 떠나기 전 어미 물총새는 한동안 먹이를 갖다주지 않았다. 새끼들은 버텨봐야 소용없다는 걸 알게 되기까지 굶어야 했다. 이제 어린 물총새들이 둥지를 떠나면 메뚜기나 무당벌레, 매미 같은 곤충이나 작은 물고기 새끼부터 사냥해야 할 것이다. 간밤의 비 때문에 강물이 흙탕물이 되어 물고기 사냥도 어렵게 되었다. 둥지를 떠나고 난 뒤에도 얼마 동안은 어미가 먹이를 주는 경우도 있다. 어쨌든 떠나지 않으면 아무것도 먹을 수 없다.

마지막 새끼가 둥지에서 나왔다. 당장 출발하지 않고 둥지 안을 기웃거린다. 어미는 바깥에서 지켜보고 있는 중이다. 형과 누나 들은 이미 둥지에서 멀어졌다. 어미가 재촉하는 소리를 낸다. 쯔쯔쯔쯔쯔. 마지못해 막내가 가지 중간으로 걸어나온다. 허공으로 걸음을 내딛는다. 미끄러졌다. 필사적으로 다시 가지에 매달린다. 어미새가 조바심이 나서 질책하는 울음소리를 강하게 낸다. 막내는 할 수 없이 또 걸음을 내딛는다. 작은 날개를 퍼덕거린다. 도약한다. 난다. 날았다. 조금 날다가 추락한다. 바닥에 떨어졌다. 다행히 나뭇잎이 깔려 있어 큰 충격을 받지는 않았다. 몸무게가 가벼운 것도 위험을 줄여주었다. 이제 마지막 새끼도 둥지를 떠났다. 자유자재로 날지는 못한다. 일단 걸어서 가고 있다.

어미새는 만족스러운 울음소리를 내고는 공중으로 솟아오른다. 강 중간에 있는 섬은 새들의 생명에 위협을 가할 수 있는 산고양이 같은 천적이 없어 비교적 안전하다. 그러나 어미새의 본능은 새끼들이 완전히 독립한 존재가 될 때까지 조심하라고 가르친다. 새끼들이 살아남을 확률은 절반 정도밖에 되지 않는다.

어미새의 본능은 반쯤 맞았다. 전에 없던 요란한 엔진 소리와 함께 둥지에서 멀지 않은 곳으로 배가 통과했다. 양구 일행이 타고 있는 배였다. 물총새의 새끼들이 다가가고 있는 물가에 배가 일으킨 파문이 도달했다. 어미새는 경고음을 내며 새끼새들의 행진을 가로막았다. 배는 벌써 멀어져가고 있었지만 어미새는 서둘러 새끼새들을 돌려세웠다.

배에 탄 네 사람은 민소매의 티셔츠, 반바지 차림에 한결같이 선글라스를 썼다. 이제 강마을에서도 그들을 볼 수 있다.

물고기를 잡으러 다니는 어부는 물론 아니다. 수상스포츠를 즐기는 관광객도 아니다. 대한민국 해군일 리도 없다. 장사꾼은 더욱 아니다. 장사를 할 대상이 있기나 한가. 해변에서 바나나보트나 수상스키를 태워주며 영업을 하는 배와 비슷하게 생겼지만 꼬리에 그 무엇도 달고 있지 않다. 안에 타고 있는 남자들도 장난을 하려는 기색은 전혀 없다. 배는 하류에서 섬을 지나 마을이 있는 곳으로 똑바로 올라오고 있다. 그들이 목표로 하는 곳이 강마을임은 분명하다.

강마을 인간 둥지의 수컷 가장인 여산은 보이지 않는다. 둥지 안에 들어 있어야 할 새끼, 준호가 망루 위에서 다가드는 모터보트를 바라보고 있다. 오른손에 손도끼를 들고 있다.

사극 세트를 지으면서 설치한 경계용 망루는 곳곳이 썩고 삭아서 발을 옮길 때마다 삐걱거린다. 준호는 삐걱거리는 소리를 즐기기라도 하듯 발을 이리저리 옮기며 강과 보트와 아득한 맞은편의 서원을 번갈아본다. 보트는 점점 더 다가든다. 삼십 분 넘게 하류까지 물결 따라 떠내려가서 농기구수리점을 찾아 고쳐온 엔진 소리가 힘자랑하듯 점점 커진다. 마을 전체에서 알고도 남을 만큼 큰 소리다. 백 미터, 오십 미터, 십 미터…… 거리는 자꾸 줄어든다.

"바로 저 애새끼가 세동이 형님 눈깔 뺐다는 그 새끼구만."

팔짱을 끼고 배 앞머리에 앉아 있던 양구가 목소리에 힘을 주며 말한다. 나머지 청년들은 듣고만 있다. 그들 식구—무리라고 해도 조폭이라고 해도 깡패집단이라고 해도 되지만—의 전통은 어떤 자리에서든 우두머리가 주로 발언하고 똘마니들은 거들기만 한다는 것이다.

"저런 가랭이털도 안 난 애새끼한테 세동이 형님 같은 베테랑이 당할 수도 있으니까 방심해서는 안 된다는 거야. 너희는 저런 애새끼한테 당하면 병원 같은 데 실려갈 생각하지 말고, 그냥 죽어버려라. 조용히."

준호가 망루에서 내려온다. 남자들의 시야에서 사라져버린다. 보트가 완전히 멈추고 남자들이 나루로 상륙한다. 양구는 나루에 뭐가 있든 마을이 어떤 모습이든 아무런 관심도 없이 지시한다.

"아까 그 새끼부터 잡아!"

준호는 집과 골목 속으로 사라진 지 오래다. 남자들이 골목 쪽으로 올라오기 시작한다. 삽시간에 여산과 이령의 집을 지나고 방앗간과 대장간을 지나 회화나무가 심어진 양반가 앞을 통과한다. 남자들이 뛴다. 두다다다닥…… 두더더더덕. 그들의 발소리가 엔진처럼 텅 빈 마을을 울린다.

"야 떠발이, 네 휴대폰도 안 터지냐?"

양구가 짜증스럽게 고개를 흔들며 소리를 지른다.

"맛탱이가 가버렸습니다, 형님. 사는 사람이 없으니까 기지국이 없는 거 같습니다, 형님. 에스케이티고 케이티고 다 안 됩니다."

"똘팍아, 그러니까 무전기 가지고 오라고 내가 그랬지."

"무전기 빳데리가 맛이 가서 말입니다, 형님. 아까 말씀드렸……"

"이런 개호로쉐키가 꼬박꼬박 말대답은…… 어젯밤에 빳데리 미리 챙겼어야 할 거 아냐!"

"죄송합니다, 형님."

민수가 나섰다.

"저희가 형님 바로 옆에서 바짝 붙어 가겠습니다. 무전기 안 써도 됩니다, 형님."

"야 이 똥파리 같은 새캬, 기다리는 형님한테 보고를 해야 할 거 아냐. 날 더운데 니가 헤엄치고 강 건너 두 시간 졸라 뛰어가가, 보고할래?"

"금방 해결하고 가서 보고드리시죠, 형님. 근데 이 촌동네서 뭘 합니까, 형님?"

"가서 보이는 대로 애고 어른이고 싸그리 잡아서 꿇리고 청소 시킨 담에 전화되는 데 가서 연락하면 형님이 오시겠지. 그냥 우리 맨날 하는 훈련의 연장이다. 야, 닭대가리. 너 등때기 그림 좀 된다?"

규민의 오른쪽 어깨에서 왼쪽 허리까지 그려진 용 문신이 민소매 티셔츠 위로 드러나는 것을 보고 양구가 가래침을 뱉으며 논평한다. 규민도 식구가 되고 난 뒤에 비로소 문신을 했다. 좀 놀아봤답시고 문신을 미리 했더라면 식구가 될 수 없었다. 닭벼슬처럼 머리를 세운 규민이 수줍게 웃으며 고개를 숙인다.

"사내새끼가…… 식구끼리 뭐가 부끄럽냐? 그런데 이거 왼쪽 길이야, 오른쪽이야?"

그들 앞에서 길이 두 갈래로 나뉜다. 한쪽은 길 양쪽에 풀이 무성하게 우거진 좁은 길이고 다른 쪽은 풀도 없이 훤한 넓은 길이다. 그들은 자연스럽게 오른쪽 길로 향한다. 지형을 잘 모르기 때문이다.

길이 풀밭으로 바뀌면서 햇볕이 뜨겁게 내리쬐는 공터가 나온다. 거기에서는 거대한 용이 고개를 돌려 뒤를 돌아보는 듯한 강이 조망되고 강마을이 한눈에 들어온다. 산 아래서 모자를 쓴 영필이 놀란 듯 그들을 돌아보고 있다.

"야, 인문계. 이 촌닭들이 산으로 다 토끼고 저 할밴지 할맨지가 못 쫓아간 모양인데 빨리 세워. 아니 불러서 세워봐."

양구의 명령에 종길이 손나팔을 하고 영필을 향해 외친다.

"할머니, 할머니! 일로 좀 와봐요!"

"아 그 새끼, 거 매너 졸라 없네. 할머니가 뭐야, 시벨탱아. 듣는 할 망구가 기분 좋겠어? 아줌마라고 불러. 아니다. 아주머니, 라고 불러. 식당 가봐, 아줌마들을 아줌마라고 하면 못 들은 척하지. 가까이서 귀에 대고 아주머니 하고 조용하게 부르면 금방 대답해. 서비스도 꽉꽉 나와."

삽시간에 많은 것을 배운 종길이 다시 부른다.

"아주머니, 아주머니! 뭐 좀 물어보게 일루 오세요!"

양구가 다시 고개를 흔든다. 선글라스 속으로 땀이 흐르고 있다. 그 역시 어지간히 후배들 교육에 심혈을 기울이고 있는 셈이다.

"아 거, 시베리아에서 소 팔다 온 새끼. 아주머니, 하고 은근하게 부르랬잖아. 야, 가. 가까이 가서 귀에다 대고 불러줘!"

영필은 오십여 미터 떨어진 곳에 서 있는 남자들이 무슨 수작을 하는지 모른다. 자신을 향해 뭔가 말을 한다는 건 안다. 그들 사이에 놓인 풀밭에 한여름 햇볕이 작열한다. 땅은 푸르다. 해가 희다. 공간이 눈부시다.

남자들이 움직이기 시작한다. 영필은 산 아래를 비스듬히 횡단하며 산속으로 향한다. 쫓아오는 남자들도 빨라지기 시작한다. 영필은 힐끔힐끔 그들을 돌아보며 숲 그늘 속으로 들어선다. 영필의 모습을 놓칠세라 남자들은 달리기 시작한다. 영필은 숲가에 멈춰 서서 남자들을 돌아본다. 남자들이 단풍나무를 지난다. 남자들이 배롱나무를 지난다. 남자들이 점점 커지고 그에 따라 영필의 공포도 커진다.

그리고 한꺼번에 우지지지지지지 푸학, 하는 소리와 함께 그들은 아래로 떨어져내린다. 반짝, 하고 양구의 손에서 금속물체 하나가 빠져나와서 풀숲에 떨어진다. 그들은 어어, 할 새도 없이 지면 아래로 사라진다.

# 즐거웠던 나날을 다시 돌려주소서

"이것들이 어디 가서 땡땡이치나. 아직 전화 안 돼?"

정묵이 소리치고 있다. 대답이 없다. 촌동네 하나 접수하러 간 선발대에서 연락이 끊어진 뒤로 아무것도 진척되는 게 없다. 변화가 없다. 하다못해 날씨조차 변함없이 더울 뿐이다. 새로 조직원으로 뽑은 아이들은 뭘 어떻게 해야 할지 모른다. 그 밑에서 수습과정을 밟고 있는 녀석들은 말할 것도 없다. 한숨이 나온다.

아이들을 스무 명씩 데리고 시골 별장에 진을 치고 있는 게 장난인가. 아니다. 밥값이나 생활비가 문제가 아니다. 아이들 훈련은 훈련대로 시키고 기강도 잡고 체력단련도 한다. 가장 중요한 것은 낯선 환경에서 심기일전하고 시각을 바꿔서 새로운 사업 구상을 하자는 것이었다. 그런데 이게 뭔가. 도대체 뭐에 발목을 잡혀 이러고 있는가. 어떤 놈 똥을 잘못 밟아서?

나이 열일곱 살에 주먹 하나 믿고 시골에서 상경해 미리 와 있던 고향 선배 밑에 들어갔다. 타고난 체력에 운동신경이 뛰어나서 달리기를 잘했다. 그 누구도 그의 앞에서 뛰어 달아날 수는 없었다. 아니 달아날 수는 있었지만 잡히지 않을 수 없었다. 잡혀오면 돈을 내지 않을 수 없었다. 그러노라 몇 개의 전과가 생겼다. 그러면서 잔뼈가 굵었다.

스물다섯 살, 명령에 따라 정말 피를 나눈 형제보다 더 아끼던 동생들을 데리고 가서 상대편의 아지트인 극장식 술집을 쳤다. 두 명을 중환자실로 보내고 나니 곧바로 감옥행이었다. 칠 년을 살았다. 강산이 변했고 있던 애인이 도망가고 새로 애인이 생기기에도 충분한 시간이었다.

자신만 남기고 다 버렸다. 하루도 쉬지 않고 운동했다. 몸이 제대로 되어 있어야 자신감도 생겼다. 앞으로 죽지 않고 살아가려면 몸부터 만들어놓아야 했다. 처음 배운 건 칼질이었어도 감옥에서 제대로 몸 쓰는 것을 배우기 시작했다. 권투, 유도, 경호무술까지, 새카만 후배들에게 머리 숙이고 배웠다.

삼십대 초반, 출소해 와해된 조직을 추스르기 위해 동분서주했다. 새로운 조직, 사업을 하면서도 발 빠르게 움직였다. 남들이 잘 모르는 분야, 영역을 개척하기 위해 꽤나 노력했다. 한물간 조직의 고집 센 보스들과 치고 올라오는 겁 없는 아이들 사이에서 인정받고 자리잡기까지 곡절이 많았다. 끊임없이 변화해야 산다. 안주하면 도태된다. 고착되는 순간 진다. 건달의 세계는 재벌과 대기업보다 훨씬 더 심한 경쟁이 벌어지는 곳이다. 말 그대로 생존을 위한 피 터지는 경쟁이 벌어진다. 정말로 목숨을 걸어야 한다.

이곳의 피는 진짜 피다. 땀은 일해서 흘리는 게 아니라 운동하느라 흘리는 게 대부분이지만. 그는 이십여 년 전 아무것도 모르는, 그래서 겁이 없는 십대 후반 동생들을 데리고 백마고지의 총알받이 소위처럼 적진에 뛰어들어 싸웠던 옛일을 떠올린다. 그때는 그렇게 살 수밖에 없는 줄 알았다. 남의 피를 흘리게 하면 보복을 각오해야 했고 그게 싫으면 상대방의 씨를 철저히 말리든가 복종시켜야만 했다. 운이 좋아서 죽거나 불구가 되지 않은 채 이십대가 됐고 운이 좋아 죽지 않고 감옥에 갔고 운이 좋아 죽지 않고 출소했다. 운이 좋으면 그렇게 경력을 쌓아서 은퇴하거나 감옥에 간 보스의 뒤를 이을 수도 있었다. 그는 정말 운이 좋은 편이었다. 그렇게 경력을 쌓으면서 경쟁자와의 전쟁에서 쉽게 승리해서 한 조직의 보스가 되었으니까.

실상 그는 피를 보는 걸 싫어했다. 그가 정상적인 경로를 따라 위계질서대로 올라갔다면 분명히 그런 성향이 문제가 되었을 것이다. 폭력으로 모든 걸 해결하려는 성향도 문제가 되긴 하지만, 그와 같이 합리적인 해결을 지향하는 쪽은 폭력조직의 내부경쟁에서 지게 마련이었다. 조폭이든 깡패든 야쿠자든 삼합회든 마피아든 본질적으로 폭력을 모든 수단과 가치의 정점에 놓는다는 점에서는 마찬가지였다.

보스는 뛰어난 머리와 어떤 경우에도 포기하거나 물러서지 않는 강인함을 가지고 있어야 한다. 그래야 이인자로부터 지위를 위협받지 않는다. 그러나 이제는 세상이 바뀌었다. 보스가 앞장서서 칼을 휘두른다고 젊은 조직원들이 머리를 숙이고 따라오는 건 아니다. 을지문덕도 이순신도 그렇게 하지 않았다. 그건 동네 양아치들이나 하는 짓이다. 이제는 관리의 시대이고 사업의 시대이며 경영의 시대다. 그런 마인드가 없으면 허무하고 간단하게 도태된다.

물론 함께 싸우고 함께 피를 흘리면서 혈연보다 더 끈끈하게 맺어진 동생들은 그렇지 않다. 하지만 이제는 그런 쪽이 소수다. 의리로 죽고 사는 시대는 갔다.

요즘 세상은 아이들도 돈이 있어야 움직일 수 있다. 돈이 된다면 안 해본 일이 별로 없다. 새로운 조류에 발맞춰 물 좋다는 건설업에도 뛰어들었다. 경매, 사채도 했다. 용역업체를 만들어 철거현장도 돌았다. 운이 좋았다. 그를 정점으로 한 조직은 치열한 경쟁과 변화 속에서도 조금씩 커졌다.

조직이 커지면 기강이 문제가 된다. 질서를 유지하기 위해 규정까지 정해놓았다. '행동강령 제1조, 선배한테서 휴대폰 오면 무조건 받는다'라고.

그런데 마을로 출동한 녀석들이 무조건 받아야 할 휴대폰을 받지 않고 있는 것이다. 도착했다, 말았다 어디쯤 있다고 보고하지도 않았다. 군대 같으면 군법회의감이다. 전장이라면 즉결총살감이다.

인적이 드문 곳이라 중계소가 없고 신호가 약해서 전화가 잘 안 될 것이라는 짐작은 하고 있다. 그런데 그게 사실인지 아닌지를 확인해주는 놈이 있어야 불안하지는 않을 것인데 '제2조, 선배가 뭐라고 하면 무조건 대꾸하지 않는다'는 규율 때문인지는 몰라도 아무도 대답을 하지 않고 있다.

"암만해도 이상합니다, 형님. 배가 뒤집어져가지고 애들 휴대폰이 물에 빠지기라도 한 것 같습니다."

명철이 들어왔다. 이어 경준과 재두가 뒤따라온다. 재두의 반바지와 공룡이 그려진 티셔츠 차림을 보고 갑자기 역정이 치민다. '이 새끼들 모두 어디로 놀러 가버린 건 아니냐?'고 차마 말할 수는 없다. 보스라는 위치 때문이다. 할 말이 있어도 참으면서, 점점 줄어드는 지갑의 부피처럼 인내의 둑이 자꾸 낮아져가는 것을 느끼는 게 나이가 들어간다는 것이다.

"난 이래서 시골이 싫더라. 조금만 더 안쪽으로 들어가면 전화가 안 되는 데가 많아."

엉뚱한 말이나 하면서 아무 일도 없는 체한다는 것. 속으로만 앓는다는 것. 그래서 당뇨, 고혈압, 고지혈증에 걸리고 스트레스를 이기기 위해 많이 먹다보면 비만이 되고 성인병을 줄줄 매달고 종당에는 꽥하고 죽는 것.

"핸드폰이 말입니다, 형님. 그 동네 근처만 가면 싹 죽는 거 같습니다, 형님. 우리끼리 얘기를 해봤는데 말입니다, 형님. 산 뒤로 가도 신호가 말리고 앞으로 가도 말립니다, 형님."

정묵은 경준의 이야기를 참으며 듣고 있다. 말끝마다 형님, 형님 하지 않았으면 진작에 한 문장으로 끝날 이야기다. 재두까지 나선다.

"형님, 제 핸드폰은 엘쥐 건데 말입니다. 지 거는 여게서도 신호가 쪼까밖에 안 잡히는구만요."

저 새끼는 어디 가서도 두 문장을 말하게 하면 안 된다. 그저 빡빡머리에 흉터, 더러운 인상과 산더미 같은 덩치로만 말하게 해야 한다. 명철이 정묵의 눈치를 살피며 조심스럽게 말한다.

"별일은 없을 겁니다, 형님. 별거 아닌데 사람들 눈에 띄게 왔다갔다할 필요까지는 없을 것 같으니까 좀 기다려보시죠. 근처에 맛있는 식당 하나 알아놨습니다, 형님. 자연산만 취급하는 식당인데 백 프로 자연산 장어가 들어왔답니다."

정묵은 금방 싱글벙글하는 인상이 된다.

"아, 그래? 장어가 정력에는 최고라는 거 아니야?"

경준이 입을 놀린다.

"맞습니다, 형님. 산에는 산삼, 바다에는 해삼, 육지에는 고삼, 강에서는 장어가 최고라는 거 아닙니까, 형님. 들어보셨지요, 형님."

너, 나한테 질문하는 거냐. 정묵은 웃으며 생각한다. 나보고 대답을 하라는 거냐고, 산삼과 맞먹는 자연산 장어의 효과를. 웃으며 기다린다. 명철은 주먹을 불끈 쥐고 *끄덕끄덕* 흔든다.

"완전히 죽입니다, 형님. 하룻밤에 여자 열 명은 보낼 수 있습니다, 형님."

그래서 다 잊고 너와 내가 사이좋게 나란히 여자 스무 명 상대로 놀아보자? 정묵은 웃으면서 고개를 끄덕인다. 그런데 내가 오늘 많이 꼬이기는 꼬였네. 한편으로는 그런 생각도 슬며시 든다.

## 정다워라 그 음성 내 마음속에 파도치네요

"저 인간들이 맞아?"

십여 년 전 자연지형을 최대한 활용해 만든 대형 화장실. 이제는 거의 자연으로 돌아간 구덩이 위에 강마을 사람들이 모두 모여 있다. 새미는 고개를 젓는다.

"어두워서 잘 안 보여요."

그 말을 알아듣기라도 한 듯 함정이 되어버린 화장실 지하에서 라이터불이 켜진다. 대낮에 보무도 당당하게 마을을 활보하다가 삽시간에 지하 우리 속에 갇혀버린 네 남자의 몰골이 말이 아니다. 불을 켠다고 한들 몸과 얼굴에 묻은 십 년 묵은, 분뇨 냄새가 나는 진흙이 서로를 분별하는 것조차 힘들게 만들고 있다.

"불 꺼! 거기 가스 있어서 불 켜면 폭발해! 니네 폭발하면 펑, 하고 날아가서 뒈져, 다 뒈진다구."

영필이 소리친다. 아래쪽에 있는 남자, 그중에서도 라이터 불을 켜든 민수가 가장 놀란 표정이다. 아니 진흙이 떡 진 얼굴이라 표정은 보이지 않고 다급하게 불을 껐을 뿐이다. 그들의 머리 위에서 신처럼 그들의 운명에 대해 의논하는 사람들의 소리가 우렁우렁 들린다.

"와, 정말 쫓아올 줄 몰랐네. 도대체 몇이야? 일타 사피? 네 마리?"

"그놈들 패거리가 확실해. 왜 이 동네로 배를 타고 들어오느냐고. 여기 뭐가 있다고."

"저 사람들이 단가? 더 많은가?"

"제가 확실히 봤어요. 저거보단 더 된다니까요. 스무 명은 넘었어요."

"최소한 몇 명은 더 있을 거예요. 두목 같은 놈도 안 보이고."

"아까 불 켰던 놈은 뭔데?"

"아직 애던데요."

"하여튼 어째? 그냥 방수포라도 덮어놓고 가버릴까?"

"누군지도 모른다니까요. 왜 그냥 덮어요?"

차츰 구덩이에 갇힌 네 사람은 현실을 깨닫게 된다. 한 번도 와본 적이 없는 시골에서 여자 포함 예닐곱 명밖에 안 되는 사람들에 의해 똥냄새 나는 구덩이에서 묻혀 죽거나 굶어 죽을 수도 있다는 것을. 그들은 서로를 마주 본다. 눈을 씻고 마주 본다. 어둠 속에서도 놀란 눈들이 번쩍번쩍한다.

"아 뭐, 이런 개젖같은 일이 생긴 거야? 어이, 아저씨 아줌마 지금 뭐하자는 거야? 우리 올려보내줘."

양구가 하늘을 향해 소리친다. 하늘에서 누군가 말한다.

"저 봐, 저 말하는 거 좀 봐. 싸가지 없고 버르장머리도 없고 예의

도 없고. 조폭 맞아. 진짜 조폭이라고. 쟤들이 밖으로 나와보지? 우린 저중에 한 놈도 못 당할걸."

여자 목소리가 대안을 내놓는다.

"그냥 이대로 덮어놓고 우린 딴 데로 떠나는 게 좋겠어요. 우리가 가고 난 뒤에 능력 있으면 나올 수도 있고 하느님이 꺼내주실 수도 있고."

"여기서는 부처님 계신 곳이 가까운 거 같은데."

"부처님 오늘 좀 바쁘시다. 내가 알아."

"맞아요. 저대로 있다가 배고파서 죽거나 장맛비 쏟아져서 물에 빠져 죽으면 지들 팔자고."

"여긴 지대가 높아서 빗물은 웬만해서 안 들어가요. 바람도 잘 통하니까 잘 덮어놓으면 좀 오래는 갈 거 같은데."

"쥐 같은 거는 없나요? 뱀 같은 거는?"

"사람 똥오줌 냄새가 얼마나 독한데. 십 년이 넘었어도 웬만한 짐승들은 범접을 못 했지."

"여긴 자연이 깨끗해서 그런지 뭐 하나 죽으면 쉬파리 같은 게 번개처럼 와요. 걔들이 쉬슬면 사흘도 안 걸려서 구더기들이 다 파먹어버릴걸. 전에 영감님 뱀닭 먹을 때 보셨잖아요."

"맞어. 그때 그 닭 정말 기가 막혔는데 말이지. 난 두 마리밖에 안 먹었는데도 사흘 밤낮 못 잤다고. 나머지 다 먹은 사람은 그 힘을 어디다 썼나 몰라."

양구를 제외한 나머지 사람들도 충분히 자신들이 처한 상황을 파악할 시간이 지났다. 그들은 양구보다 젊고 머리도 잘 돌고 양구 말마

따나 가방끈도 길다. 사방 벽은 단단한 흙인데 높아서 뛰어오를 수 없다. 지독한 냄새에 곧 질식이라도 할 것 같다.

"형님, 어떻게 해요?"

후배들이 양구에게 묻는다. 양구는 떨어지면서 접질린 오른발을 의식한다. 당장은 쓸 수 없을 것 같다.

"아저씨, 아저씨! 우리 말 좀 들어보세요. 우리 조폭 아니고요. 정말 우리끼리 관광 와서 보트 타다가 한번 와본 겁다. 우리 배가 저 아래 강가에 있으니까, 가보시면 금방 알아요. 우리 놔두고 가지 마세요. 줄이나 사다리 같은 거 있으면 우리 좀 내려주시라고요!"

말을 하면서도 양구의 팔은 벽을 더듬는다. 혹시 타고 올라갈 만한 덩굴이나 나뭇가지라도 없는가 싶지만 있을 리가 없다. 그리 높지는 않지만 벽은 올라갈수록 조금씩 좁아지는 오버행 코스다. 왜 이렇게 만들었는지, 어떻게 이렇게 만들 수 있었는지 알 수 없고 그런 걸 따질 겨를도 없다. 누군가 위에서 응답한다.

"알아, 안다고. 너희가 타고 온 배 에프알피 팔인승 맞지? 너희가 그거 세우고 걸어올 때 우리가 다 봤어. 무슨 말 하는지도 다 들었다. 관광 좋아하네."

양구는 희망이 없다는 걸 알게 되자 악을 쓰기 시작한다.

너희들 우리가 누군지 아느냐? 진짜 전국구 조폭이다. 우리가 여기 갇혀 있는 걸 알면 전국에서 우리 식구 수천 명이 쳐들어올 것이다. 너희들의 집과 마을은 불타고 너희는 하나도 남김없이 껍데기가 벗겨지고 뼈마디 하나하나가 부러져서 죽을 것이다. 어서 우리를 꺼내라. 아니 우리가 나갈 수 있도록 사다리만 하나 던지고 멀찌감치 물러나 있으면 우리가 알아서 나갈 것이다. 나가는 즉시 우리는 아무것도 묻지 않고 따지지 않고 원래 우리가 있던 곳으로 돌아간다. 다시는 우리가 서로 볼 일은 없을 것이다.

"말은 잘하네. 요새 애들은 정말 못하는 게 없어. 노래면 노래, 춤이면 춤, 말이면 말…… 텔레비전 예능프로를 하도 많이 봐서 그런지."

"젊으면 뭐든 다 잘하는 거예요, 원래. 우리 때는 안 그랬어요? 거기다 요새 애들은 참 잘생겼어."

"그러니까 제가 잘생겼다고 했잖아요. 잘생기면 뭐합니까. 조폭인데."

"인생이 아깝도다. 우리가 지금 당장 우짤 거도 아니다. 아자씨, 덮자."

아래에 있는 사람들에게는 처음 들리는 목소리의 남자가 결론을 짓는다. 털썩하고 구덩이 위에 방수포가 덮이고 아래는 캄캄해진다. 다섯 사람은 일제히 악을 쓰기 시작한다. 내용이나 논리는 없고 전부 욕설이다. 바깥에서는 귀를 기울여야 들릴까 말까 한 모기 소리지만.

"야, 이 쉬우부아올 놈들아, 쉬우부으루알 것들아 어디 가냐…… 우리 죽으란 말이냐…… 여긴 더러워서 못 산다…… 빨리 꺼내라…… 야 이 시베리아야…… 안 꺼내주면 다 죽인다…… 죽어도 죽인다……"

# 이게 내 노래예요

장어 한 마리가 헤엄친다. 평온해 보이는 지천벽 하류의 강, 수면 아래의 물살은 빠르다. 장어는 빠른 물살을 따라 수백 킬로미터 떨어진 강어귀로 내려가고 있다. 결국 자신이 태어난 곳, 강어귀에서 수천 킬로미터 떨어진 바다로 갈 것이다. 장어는 본능의 인도에 따라 알에서 깨면서 처음 느꼈던 바닷물의 짠맛과 수온이 있는 곳을 찾아내고 말 것이다. 수천 킬로미터나 떨어진 아득한 대양의 깊은 곳.

장어의 치어는 알에서 깨자마자 어미의 잔뼈가 굵은 곳, 한반도를 향해 전력을 다해 헤엄쳐간다. 누가 가르치지 않았고 배우지도 않았는데도. 한반도의 봄철, 바다와 강이 만나는 어귀에는 수천만 마리의 장어 치어가 몰려든다.

한반도의 큰 강, 그중에서도 남한에서 가장 큰 네 강 가운데 한강을 제외한 세 강의 하구는 둑으로 막혀 있다. 치어들은 바다에서 수천 킬로미터를 헤엄쳐와 강의 하굿둑에 이르지만 둑을 설치한 인간들은 회유하는 물고기를 배려할 줄 몰랐다. 민물과 바닷물을 오가며 사는 수많은 종류의 물고기와 생물 들은 몇몇 인간에 의해 한꺼번에 고향과 삶의 터전을 잃었다. 다른 나라로 갔다. 그 수밖에 없었다. 민물에 갇혀 있던 회유어들은 바다를 잊고 잃은 채 민물에서 나고 자라고 죽었다. 생명의 길이 끊어졌다.

세월이 지나 비로소 무지에서 깨어난 일부 사람들의 요구에 의해 물고기가 오가는 길인 어도魚道가 하굿둑에 만들어지긴 했다. 하지만 그 길은 회유어의 대명사인 연어를 기준으로 만들어졌다. 다 자란 연어가 뛰어오를 수 있는 높이로 만들어진 그 오르막길은 인간의 손가락 한 마디보다 작은 어린 장어가 올라가기에는 너무 높았다. 그럼에도 장어들은 그 길을 기어올랐다. 조금씩 흘러내려오는 물을 역류하며 실처럼 꼬리에 꼬리를 물고 눈물겹게 기어오르고 또 올랐다. 어도의 꼭대기까지 가서 둑을 넘어선 어린 장어는 극소수 중에서도 극소수였다.

어도를 오르지 못한 어린 장어들은 보름달이 뜨기를 기다렸다. 바다의 몸이 어머니의 젖처럼 부풀기 때문이었다. 보름달이 바다 위에 떠오르기 시작하자 장어들도 부산해졌다. 둑에 그어진 수심 표시 위로 바닷물은 자꾸만 올라갔다. 달빛이 반짝이는 바닷물 속에서 어린 장어뿐 아니라 수십 종류의 물고기들이 때를 기다리고 있었다. 마침내 바닷물이 만수위에 이른 순간 물고기들은 어도로 뛰어오르기 시작했다. 어린 장어 역시 대열에 합류했다. 있는 힘을 다해 기어오른 참이었다. 더이상 한 방울의 기운도 남아 있지 않을 듯한 마지막 순간에 어도의 정상이 나타났다.

하지만 하굿둑의 어도 정상에는 새들이 잔뜩 모여 있었다. 새들은 정보가 밝은 낚시꾼처럼 보름날 어도 위에서 떼를 지어 기다리다가 힘겹게 어도를 올라온 물고기들을 배가 터지게 잡아먹었다. 그때를 기다려 둥지를 짓고 새끼를 부화해놓은 터였다. 새들은 물고기를 뱃속에 집어넣고 둥지로 향했다. 둥지에서는 채 눈을 뜨지도 못한 새끼들이 어미가 토해낼 물고기를 기다리고 있었다.

민물에 사는 포식자들도 보름날 어도를 올라오던 물고기를 잔뜩 기다리고 있던 참이었다. 수달도 그중 하나였다. 천신만고 끝에 어도 정상까지 올라온 어린 장어들은 열에 아홉이 죽고 하나만 살아남았다. 장어도 그중의 하나였다. 상류에서의 생은 행복했다. 여유로웠다. 풍요했다. 어느 정도 자란 장어는 더이상 다른 어종에게 먹힐 염려를 하지 않아도 되었다. 천적은 인간뿐이었다.

장어는 유유하게 헤엄쳐간다. 하류에 다다르기까지 몇 번의 고비를 넘겨야 할 것이다. 자연산이라면 환장을 하는 인간의 낚시질, 공단에서 쏟아내는 폐수로 오염된 강물, 대도시 주변에서 강물에 합류하는 축산물 하수와 생활하수, 화학물질, 마지막으로 소름 끼치는 하굿둑을 다시 넘어야 할 것이다. 거기에는 장어가 어렸을 때 보고 겪었던 것처럼 먹고 먹히는 자들의 희비극이 연출되고 있을 것이다. 장어가 그곳을 통과해서 자신이 알에서 깬 멀고먼 바다로 간다면, 장어가 낳은 알에서 깨어난 어린 치어들이 장어가 겪었던 위험과 난관을 뚫고 장어가 살던 상류에 이르게 될 것이다.

장어는 자신이 헤엄쳐가는 강 바깥에서 광란하는 인간들을 보지 못한다. 본다 해도 이해하지 못했겠지만.

그런 난리가 없었다. 난리도 아니었다. 마을에 사람이 들어온 이래 그렇게 미친 듯이 모든 것을 잊고 노래하고 춤을 추고 술과 사람과 노래와 춤과 시간에 취해 스스로를 잊은 적이 없었다. 무엇 때문에 그렇게 되었을까.

점심 먹으면서 마신 술이 발단이 되긴 했다. 갑자기 쳐들어온 조폭들, 그들을 함정에 떨어뜨리는 과정에서의 엄청난 흥분을 해소할 무엇인가가 필요했다. 곧 닥쳐올지도 모르는 위험이 술을 찾게 만들었다. 용석이 사온 소주가 다 떨어지자 소희가 산에서 직접 따온 버섯들로 술을 담근 십 리터짜리 버섯술이 통째로 나왔다. 누구도 사양하는 사람이 없었다. 모든 사람이 각자 나름의 흥분을 느낀 터였다. 술을 마시며 말을 많이 하지도 않았다. 그저 마시고 또 마시며 서로의 얼굴을 보고 또 보았다. 누가 웃으면 따라 웃었다. 결국 술에 가장 먼저 취한 사람은 영필이었고 취하느니 나오는 것이 노래였다.

"낙동강 강바람이 치마폭을 스치면……"

또 아리아나 가곡이 나올 줄 알았다가 의외의 멜로디에 사람들은 박수를 쳤다. 특히 소희가 반응을 보이며 따라 부르기 시작했다. 한 번도 없던 일이었다.

"군인 간 오라버니 소식이 오네……"

두 사람은 얼굴을 한 방향으로 끄덕이며 정답게 노래를 불렀다.

"큰애기 사공이면 누가 뭐라나…… 늙으신 부모님을 내가 모시고 에헤야 데헤야 노를 저어라 삿대를 저어라!"

영필이 마지막에 비브라토를 넣으면서 '삿대애르으흐을 저어어어 라아' 하는 식으로 늘이려고 했지만 소희가 제 박자대로 단호하게 끊고 끝을 내버렸다. 영필이 "낙동강만 강이냐 두만강도 강이다" 하고 노래 부르듯 읊조리고는 "두만강 푸른 물에 노 젓는 뱃사공"을 시작했다. 이령이 들뜬 듯 킥킥거리며 웃었다. 여산이 따라서 불렀다. 영필의 가늘고 떨리는 고음, 여산의 굵은 저음, 이령의 울림이 큰 음성이 어울려 "그리운 내 님이여, 그리운 내 님이여"의 합창이 됐다. 노래가 끝나자 이번에는 영필이 "두만강만 강이냐, 소양강도 강이다" 하더니 〈소양강 처녀〉를 부르기 시작했다. 소희가 박수로 박자를 넣고 가사를 잘 모르는 여산은 휘파람으로 반주했다. 꿔다놓은 보릿자루처럼 앉아 있던 용석에게 이령이 노래를 해보라고 했다.

"아, 나는 옛날 노래 모르는데."

그러면서도 자리에서 일어나 부르는 노래라는 게 "난 알아요"로 시작하는 고릿적의 힙합이었다. 영필이 "나도 알아" 하고 따라 부르려는 걸 소희가 "제발 좀" 하고는 주저앉혔다. 두 사람 사이에는 전과는 전혀 다른 유대감이 생겨나 있었다.

수상한 인간들이 보트를 타고 온다고 했을 때 그게 조폭의 일원이라고 단정짓고 유인책을 써서 구덩이에 빠뜨린 건 소희의 계획이었다. 영필이 미끼를 자원했다. 준호는 누구도 말릴 수 없게 고집을 부렸다. 준호는 발이 빨랐던 까닭에 여차하면 산으로 뛰어들 수 있었다. 영필은 만에 하나 계획이 실패해서 잡힌다 해도 가장 피해를 덜 입을 사람임을 내세웠고, 자신의 역할을 훌륭하게 해냈다. 그런 과정에서 소희는 영필에게 전에 없이 두근거리는 느낌을 가지게 되었다. 하지만 맨먼저 앞장서서 산 위로 도망친 용석과 끝까지 준호를 기다려 산 위로 간 새미 사이에는 그런 감정이 생겨날 수 없었다. 새미는 용석의 몸짓과 노래에 잔뜩 얼굴을 찌푸리고 있었다. 용석의 노래가 계속되는 동안 새미는 제 방으로 가서는 MP3에 연결해서 소리를 증폭시킬 수 있는 스피커를 가져왔다. 용석이 노래를 하는 중에 전원을 연결했다. MP3와 스피커를 결합하고 몇 번 손가락을 놀리자 가사가 없는 강렬한 비트의 곡이 튀어나왔다. 전자드럼이 쇳소리 섞인 소리를 반복적으로 내뿜자 용석은 무안한 얼굴로 자리에 주저앉아 술을 들이켰다.

쿵쿵 따따 쿵쿵 따따 쿵쿵 따따쿵쿵 따따 쿵쿵 따따쿵쿵 따따 쿵쿵 따따쿵쿵 따따 쿵쿵 따따 쿵쿵쿵쿵 따따따따 쿵쿵쿵쿵 따따따따……

전자오르간이 바람소리처럼 멜로디를 끼워넣었다. 새미가 볼륨을 최대한 높였다. 중독성이 있는 음악이었다. 한동안 모두 자리에 앉아 여름 한낮의 공기를 뚫고 울려퍼지는 음악 소리에 귀를 맡겼다.

일어서나 앉으나 키가 별로 다르지 않은 스님이 슬그머니 일어나더니 춤을 추기 시작했다. 사뿐사뿐 발을 딛고 위로 처든 손은 까딱까딱, 고개를 끄덕끄덕, 주름진 눈을 깜짝깜짝하며 마당을 휘돌았다. 눈을 감고 무아지경이 되어서 작은 손과 발을 놀렸다.

느티나무 그늘이 좁기라도 한 양 휘젓고 다녔다. 웃으면서 보고 있던 여산이 벌떡 일어나 합세했다. 오른손 손바닥을 아래로 왼손 손바닥을 위로 하여 그 사이에 무슨 럭비공이라도 있는 듯 자세를 잡더니 무릎을 굽실굽실하며 제자리춤을 추기 시작했다. 이어서 손의 위치를 바꾸고 거센 바람에 휘청이는 나뭇가지처럼 왼쪽 오른쪽으로 이리저리 몸을 기울이다가 팔을 펴고 다리를 한껏 뻗으며 마당이 좁다 하고 휩쓸며 다녔다. 소희가 흥이 올라서 앉은자리에서 어깨춤, 고개춤을 추기 시작했고 이령이 목과 팔꿈치와 손목 관절을 가볍게 놀렸다. 영필이 벌떡 일어나서는 곱사춤을 추기 시작했다.

음악이 더 빠른 곡으로 바뀌었다. 역시 가사는 없었지만 전자오르간의 높은 음이 끼어들어서 변화를 주었다. 춤판이 커졌다. 소희가 잔을 비우고 뛰어들어 두 팔을 앞으로 길게 뻗고 몸을 좌우로 움직이는 춤을 추고 영필은 두 손의 검지를 세워 귀 옆으로 하늘을 찌르다가 과격하게 다리를 찢는 러시아식 춤을 선보였다. 여산이 손짓을 하자 이령이 환성을 지르며 뛰쳐나가고 담뱃갑을 만지작거리고 있던 용석이 에라 모르겠다, 하는 식으로 마당에 뛰어들었다. 또 음악이 바뀌었다. 준호가 제 머리와 몸을 손으로 쳐서 소리를 내고 까마귀 울음소리를 내가며 몸이 움직이는 대로 춤을 추었다. 마지막까지 앉아 있던 새미도 일어섰다.

사람과 사람 사이의 관계가 춤판의 형세를 바꾸기도 했다. 여산이 추는 춤을 이령이 따라 하고 소희가 춤을 추는 행로를 영필이 따라갔다. 눈 감고 춤추는 새미 앞에서 용석이 가면 쓴 사람 흉내를 내며 춤을 추고 용석을 감시하기 위해 준호가 끼어들었다. 서로가 사슬이 되어 춤판이 돌아갔다.

마당에 어지럽게 그림자를 그려대며 춤을 추었다. 무슨 일이 있었는지 잊고 춤을 추었다. 무엇을 해야 할지 잊고서 춤을 추었다. 땀이 강물처럼 흐르도록 춤을 추었다. 농한기에 농부들이 관광버스 타고 유명 관광지에 가면서, 버스에 오르자마자 소주를 들이켜고 춤을 추기 시작해서, 실제로 관광지에 도착해서는 관광에 아무런 관심도 없이 밥만 먹고 술을 마시며 잠시 숨을 돌리고는, 다시 버스에 올라 출발지였던 마을회관 앞에 버스가 도착할 때까지 내내 춤만 추는 것처럼 그들도 춤을 추었다.

벌이 춤을 추듯 그들도 춤추었다. 백 미터 바깥에 꿀이 나오는 곳이 있다는 것을 알려주는 꼬리춤처럼 그들도 엉덩이를 흔들었다. 백 미터 안에 꿀이 나오는 곳이 있다는 것을 알려주기 위해 둘레를 도는 춤을 추는 것처럼 그들도 돌며 춤추었다. 태양을 향해 춤추었다. 태양을 등지고 춤추었다. 꿀이 태양이 비추는 반대편에 있는지, 비추는 쪽에 있는지 상관없이. 그들은 벌이 아니므로.

그들은 춤추었다. 목이 마르면 국자로 유리병 속의 술을 퍼서 마셨다. 목이 터져라 소리치고 소리에 맞춰 춤을 추었다.

# 장벽은 무너지고 강물은 풀려

"저것들 뭐하는 거야, 도대체. 무슨 개지랄들이냐고."

정묵은 쌍안경을 손에 들고 혼잣말처럼 중얼거린다. 그 옆에 서 있던 명철이 대답한다.

"술 처먹고 춤추는 거 같은데요."

"지금이 몇시야, 몇시. 뻘건 대낮부터 술 처먹고 춤추고…… 인생 놀러 온 거야? 소풍 나온 거냐고, 상녀러 것들."

정묵은 쌍안경에서 눈을 뗀다. 러시아 육군에서 사용하는 군사용 망원경이다.

서원 정면으로 정묵 일행이 열어놓은 문을 통해 바람이 불어들면서 삐거덕, 소리가 난다. 평소에는 소리가 거의 없이 적막한 곳이라 자그마한 소리도 인위적인 것은 크게 들린다.

정묵이 보고 있는 강 건너 맞은편에 있는 마을까지의 거리는 최대일 킬로미터쯤 된다. 거기서 분명히 소리가 날 터인데 멀어서 들리지 않는다.

서원 안 누각은 마루만 인근에서 구해온 옛날 것이고 나머지는 대부분이 수입한 목재로 지었다. 집현각集賢閣이라는 현판을 달고 있지만 현판이나 단청 자국이 선명한 게 지은 지 얼마 되지 않은 태가 난다. 사람의 손발이 닿은 흔적이 거의 없어 깨끗하긴 하다. 아무도 오지 않는 건물을 수십억원씩 들여 왜 지었는지, 그 건물을 짓는 돈은 어디서 나왔는지 물어볼 사람도 대답할 사람도 없다. 어떻든 전망 하나는 기가 막히다.

"고등학생 같은 얼라도 있는 거 같은데 다 같이 미쳐서 춤추는 걸 보면…… 저것들 혹시 뽕이라도 한 거 아닌가. 그렇지? 뽕도 제대로 한 거 같지? 주사기 대짜로 꼽아서 첫 뽕한 애들 같지?"

점심때 자연산 장어를 먹으면서 함께 마신 소주가 머리끝까지 치솟아오르는 듯하다. 정묵은 말이 자꾸 많아진다고 느낀다. 느끼는 것일 뿐, 그걸 통제하려는 생각은 별로 없다. 명철은 이런 자신까지 계량하고 있을 것이다. 자신도 보스 밑에 있을 때 그랬다. 그런다고 달라지는 것은 없다. 쿠데타를 일으킬 게 아니고 다른 데 붙어서 배신을 할 게 아니라면 제가 모시고 있는 형님에 대해 실망해봐야 저만 손해다. 명철이 나직하게 대답한다.

"전 뽕 못 해봤습니다, 형님."

재두는 서원 풀밭 위를 뛰어다니는 여치들을 들여다보고 있다. 잡아먹고 싶냐? 그래, 네 마음이 편하겠다.

"해운대, 너는?"

정묵의 오른편에 서 있던 경준이 대답했다.

"사실 저 딱 한 번은 해봤습니다. 형님. 어릴 때 아무것도 모르고 형님들이 한 번만 해보라고 해서 말입니다. 형님. 그런데 저는 모르겠더란 말입니다. 형님. 했을 때도 기분이 나쁘고 어지럽고 그렇더니 깨고 나니까 힘도 하나도 없고 오바이트 나오고 말입니다. 형님. 원래 뽕은 첫 뽕맛이 최고라 카대예. 사람들이 첫 뽕맛을 못 잊어가 죽을 때까지 그 맛을 찾다가 고마 중독이 되뿌고예, 형님. 지는 그런 거 절대 없습니다. 형님."

그는 한숨을 쉬었다.

"좋은 거 안 줬을 거다. 저질은 그럴 수도 있다. 그렇지만 경준아, 우리같이 힘들게 살고 짭새들 눈치 보고 사는 사람들이 마약 건드리다 걸리면 뼈도 못 추린다. 사업도 인생도 쫑, 딩동댕이라는 말이다. 마약으로 장난하면 절대로 안 돼. 우리는 세상 사람들한테 그 사람들이 해결하기를 바라는 일에 대한 서비스를 제공하고 정당하게 돈을 버는 거야. 피땀 흘려 번 돈 뽕 같은 데 때려박는 놈은 짤라버려야 돼, 손모가지, 발모가지, 대가리 달고 다니는 그 모가지 할 거 없이 싸그리."

"예, 알겠습니다. 형님."

정묵의 손가락 사이 가느다란 담배에서 연기가 피어오른다. 정묵은 다시 쌍안경을 눈에 대고 맞은편의 마을을 바라본다. 여덟 명쯤 되는 인원에서 여자가 서너 명이다. 키 작고 말랐으며 재두처럼 빡빡머리를 한 노인은 여자인지 남자인지 구별이 잘 가지 않는다. 서원에 와서 지켜보기 시작한 지 삼십 분이 넘었는데 계속 춤을 추고 있다. 무슨 음악을 틀어놓았는지도 모른다. 각자 멋대로 흔들고 뛰고 있다.

"아프리카 토인들이 춤으로 추장 뽑는 거야. 뭐야. 춤 못 춰서 환장했나."

한창 더운 때이니 아무리 해가 기울기 시작했다 해도 계속 뛰는 건 쉽지 않다. 특히 남자인지 여자인지 모를 빡빡머리 노인네는 강시처럼 팔을 내밀고 몸을 좌우로 흔드는데 비보이가 따로 없다.

"야, 저 뒤에 밭에 있는 거 저거 뭐냐. 저거 삐죽한 거 대마 아니냐? 저것들이 저 대마 엑기스 뽑아서 때려처먹고 저 지랄들 하는 거 아니냐?"

"아까 식사한 자연산 전문식당에 밥해주러 오는 할마씨 있습니다. 형님. 그 할마씨가 농사일하기 힘들 때 뒷산에서 뽑아다가 담배처럼 피우면 기분이 좋아지는 풀이 있다고 했습니다. 형님."

경준이 열중쉬어 자세를 한 그대로 입을 놀린다.

"시골에서도 힘들 때 낙이 있긴 있어야지. 그래도 저 촌것들, 해도 너무하네. 뒤에 있는 비닐하우스에다 양귀비 키우는 거 아닌가 모르겠다."

마을에서는 본격적으로 꼭짓점댄스가 시작되었다. 앞장을 선 남자는 털보에 반바지 하나만 입고 사천왕상처럼 긴 손발을 휘저으며 춤판을 주도하고 있다. 머리를 숙인 여자가 남자를 껴안다시피 하며 뒤를 잇고 춤하고는 담을 쌓은 듯한 청년이 그 뒤를 따르고 있다. 정묵이 눈에 불을 켜고 찾던 문제의 여자, 새미는 청년과 조금 떨어져 혼자 춤을 추고 키는 가장 크면서도 제일 어려 보이는 남자와 방아깨비처럼 몸을 허청거리면서 끈덕지게 춤을 추는 노인, 노인을 꾸짖고 어르며 어울려 춤추는 여자, 마지막으로 남자인지 여자인지 모를 도깨

비 같은 노인네가 사뿐사뿐 발을 디디며 맵시 있게 춤을 추고 있다.

더위를 못 참을 정도가 되었는지 청년이 강으로 들어간다. 비로소, 드디어, 겨우, 이제야, 결국 정묵은 양구 일행이 타고 갔던 배를 발견해낸다.

"그래, 그렇게 난리 블루스들 추세요. 지금 일사병으로 쓰러져 뒈져버리지 말고들. 나중에 봅시다. 아름답게 작살을 내줄 테니까."

정묵은 명철에게 명령했다.

"너 지금 애들한테 연락해서 어제 그 산 밑에 집합시켜. 난 여기 있을 테니까 준비 끝나면 데리러 와. 두 시간 주겠다. 거기서는 전화 안 되니까 시간 꼭 지켜라."

명철은 고개를 빠르고 깊게 숙였다 들었다.

"알겠습니다. 형님."

## 슬프고도 오랜 바람의 노래를 들어요

"아까 왜 그랬지?"

영필은 머리가 깨질 듯한 통증에 고개를 흔들며 혼잣말을 한다. 왜 혼잣말이냐 하면 옆에 아무도 없기 때문이다. 자신의 집도 아니다. 소희의 집, 아니 방 앞에 있는 마루 위에서 쓰러져 자고 있었다.

방과 마루에 마른 허브가 빼곡히 걸려 있고 수십 개의 병에 허브를 정제해서 만든 기름과 진액, 말려서 가루 낸 허브가 들어 있다. 술에 담근 허브, 발효중인 허브도 수두룩하다. 산과 들, 밭, 강가에서 가져온 갖가지 식물의 잎과 열매와 뿌리가 종류별로 분류되어 상자에 담겨 있기도 하다. 살충 성분, 살균 성분을 가진 식물, 치명적인 독초도 섞여 있다. 물론 그런 것들은 적은 양으로 약효를 내는 데 쓴다. 집주인은 천연재료의 약, 천연 화장품, 천연 다이어트차를 만들 생각도 하고 있다. 집주인은 어쩌면 그게 점점 늘어나는 식구들의 생활을 유지하는 주요한 수입원이 될 수 있다고 믿고 있다.

집주인인 소희는 어디로 갔을까. 자신처럼 평소에 사모해온 사람의 방 앞마루에 쓰러져 자고 있을까. 그러니까 내 집 마루에?

"정말 왜 그랬지? 완전히 또라이였어. 필름이 다 끊기고."

그러나 영필은 곧 자신이 어떤 사람보다 더 심하게 제정신을 잃었던 거라고 수정한다. 거의 아무것도 입고 있지 않은 자신을 발견했기 때문이다.

"으와 정말. 절망, 절망이네."

영필은 팬티 구멍 사이로 흰 터럭이 삐져나오는 아랫도리를 뭘로 가려야 할지 몰라 사방을 두리번거린다. 빨랫줄에 소희의 흰 속옷이 걸려 있다. 여자 속옷치고는 크다. 서너 군데의 구멍을 기워놓았다. 영필은 히죽 웃으며 속옷 옆에 있는 치마를 끌어내린다.

"왕언니, 세 불리해서 그러니 이해하십쇼. 미안합니다."

말만 그렇지 별로 미안해하는 기색이 아니다. 사랑하는 사람의 치마로 아랫도리를 휘감고 나서 영필은 담벽 위로 고개를 내밀어 바깥 동정을 살핀다. 인기척은 느껴지지 않는다. 이십여 미터 넘는 들마루에서 소희의 집까지 자신의 옷가지가 징검다리처럼 떨어져 있다.

"오 마이 갓! 이 무슨 개망신이냐."

영필은 한숨을 쉰다. 그런데 가만히 보니 옷가지가 자신의 것만은 아니다. 여산의 반바지도 보이고 소희의 옷으로 보이는 것도 있다. 영필의 관자놀이에 핏대가 선다.

"이것들이 정말!"

이럴 수는 없다. 그럴 수도 없다. 그래서는 안 된다. 영필은 단숨에 집 밖으로 뛰쳐나온다. 전속력으로 달려가 자신의 바지를 꿰어입는다.

소매 있는 러닝셔츠를 걸쳐입으면서 소희의 블라우스를 주워든다.

"내 이것들을 그냥!"

영필은 골목을 질주한다. 마을에 있는 집 하나하나에 누가 있는지 점검하며 달린다. 마치 숨바꼭질을 하는 것처럼 보인다. 당사자가 아이가 아닌 노인이고 손에 여자 옷을 들고 있으며 입에 거품을 물고 있는 게 어울리지 않긴 하지만.

일곱번째 집을 지나치면서 영필은 준호가 배를 끌어안고 누워 있는 것을 발견한다. 잔이 놓여 있고 준호가 신음소리를 내고 있다. 영필은 집 안으로 뛰어들어 준호를 안아 일으킨다.

"너 왜 그래? 뭘 먹은 거야?"

준호는 소희의 집을 향해 손가락질한다. 배를 쓰다듬으며 약을 먹는 시늉을 한다.

"할머니가 준 약 먹었냐?"

준호는 고개를 끄덕인다.

"할머니 지금 어딨어?"

준호는 고개를 흔든다.

"네 누나는?"

준호는 고개를 한 번 흔들고 한 번은 끄덕인다.

"이런 개쌍!"

영필은 준호를 두고 집을 뛰쳐나와 이령의 집으로 달린다. 몇 분 안 걸려 도착해서 이령의 집을 들여다보니 집 안 풍경이 가관이다. 마루에 여산과 이령 두 사람이 몸을 겹치고 가위 모양을 이룬 채 세상모르고 자고 있다. 소희는 기둥에 기댄 채 컵을 들고 앉아 있지만 제정신이 아닌 듯하다. 다행스러운 것은 여산 이외의 여자들은 남의 옷이라도 어쨌건 옷을 걸치고 있다는 것이다. 영필은 여산의 속옷을 뚫기라도 할 듯 아랫도리가 불룩 솟은 자리를 소희의 옷으로 덮어준다.

"도대체 이 사건이 왜 일어났는지 아시오? 아까 뭔 일이 있었는지 기억나시오?"

소희는 고개를 흔든다. 기운이 없다.

"우리가 뭘 잘못 먹은 거지? 돼지고기가 잘못됐나? 아니면 더위를 먹었던 건가?"

소희는 입술을 축이며 천천히 대답한다.

"암만해도 술에 문제가 있었던 것 같아요."

"술이 왜?"

"술에 독이 들었어요."

"독?"

새미가 끙끙대며 주전자를 들고 들어온다.

"그건 뭐여?"

"스님이 녹두 삶아서 물을 마시게 하라심. 할부지도 드삼."

"녹두? 웬 녹두장수?"

소희가 찻잔을 향해 손을 뻗는다. 두 잔을 빠르게 마신 뒤에 말한다.

"녹두가 원래 해독작용이 있어요. 영감님도 머리 아프죠? 드세요, 빨리."

"내 이름은 박영필이오, 영필씨라고 부르면 어디가 어때서…… 근데 무슨 독이 사람이 홀딱 벗고 춤을 추게 만들어? 춤 먼저 추고 홀딱

158

벗었나?"

"이런 더위에 독한 술 마시고 춤추는 게 다 사람한테는 독이지. 내가 미쳤었나봐. 나 정말 죽고 싶어."

영필도 녹두 삶은 물을 마신다. 새미에게 건네자 새미는 고개를 흔든다.

"우린 마셨어염. 그리고 술 많이 안 마셨음."

"너희도 춤을 췄잖아."

"우리는 술보다 분위기 타서 그런 거영."

"그래. 너희도 취했어. 너도 울고 그랬는데."

새미가 고개를 숙인다. 거의 벗다시피 하고 함께 누워 있는 여산과 이령을 볼까 싶어 소희가 막아선다.

"사실은 저도 세 잔이나 마셨음."

"그럼, 너도 성인인데. 누가 마시지 말래냐."

"할부지 때문이야. 할부지가 그렇게 말하면서 자꾸 마시게 만들었잖음? 준호까지. 아오, 빡쳐."

새미의 눈길이 날카로워진다. 소희가 고개를 끄덕거린다.

"다행히 큰일은 안 났잖아. ……그리고 그렇게라도 털어놓는 게 나아. 어린 너희가 무슨 잘못이라고 그렇게 힘들게 살아야 하니."

새미의 얼굴이 붉어지더니 이어서 눈이 빨개진다. 준호가 들어온다. 새미가 준호의 손을 쥔다. 아프도록 잡는다.

"제발 모른 척해주세요. 우리 이제 갈게요. 죄송해요, 할머니."

소희가 깜짝 놀란다.

"애가 무슨 이야기를 하는 거야. 가긴 어딜 간다고. 네 입으로 그랬잖아. 여기 있는 사람들이 다 네 가족이라고. 엄마, 아빠, 할머니, 동생 다 있는데 너희 둘이 가면 우리는 또 뭐가 되는 거니?"

영필은 뭔가 생각이 나는 것 같기도 해서 물어본다.

"다 있는데 할아버지는 왜 없나? 노래 잘하고 멋있는 할아버지, 젊은 할아버지."

소희가 노려본다.

"지금 장난할 때 아니잖아요. 새미야, 너 그러면 못쓴다. 올 때는 네 맘대로 왔어도 가는 건 네 맘대로 안 돼. 우리 너 그렇게 못 보낸다. 그건 인간의 도리가 아니야. 여기 있는 사람들 다 마찬가지야."

새미가 주저앉는다.

"할머니, 죄송해요. 정말 죄송해요. 우리 때문에 이런 일 생기고 우리 때문에 또 힘들 거 생각하면 우리 가야 돼요. 정말요."

소희는 안절부절 어쩔 줄 몰라한다.

"이 두 사람이 제일 많이 마셨으니까 제일 많이 미쳤지. 빨리 깨워야 할 텐데. 준호야, 그거 나 한 그릇 더 다오. 아니 아예 몽땅 대접에 따라서 식혀놔라."

영필은 고개를 흔들며 입맛을 다신다.

"아, 세상에 이런 게 다 있네. 아까 그 술 남았소? 나중에 조용히 우리 두 사람 있을 때 실험을 해봐야겠어. 천재일우의 기회를 그냥 보내다니."

"영감님 제대로 미쳤어."

영필이 킬킬 웃는다. 그러면서 생각해낸다. 새미가 했던 이야기를. 전혀 웃을 일이 아니었다. 술에 취한 새미는 쉬지 않고 이야기했다.

미친 듯 이야기했다. 그전에는 누구에게도 하지 않은 이야기를. 말릴 수 없었다. 그게 기억난다면 정말 부끄러워서 가버리고 싶을 것이다.

새미에게는 아버지가 없다. 자신을 세상에 나게 한 남자는 딸과 아들을 낳은 여자를 버리고 어디론가 떠났다. 제멋대로 살고 싶어서 그랬다고 한다. 개장사라고 했나, 소장사를 한다고 했나. 어쩌다 집에 들어오면 아이들을 시장에 데리고 가서 평소에는 몸에 안 좋다고 엄마가 못 먹게 하던 것을 잔뜩 사주었다. 세 살 때부터 화학조미료 듬뿍 넣은 오뎅 맛에 길이 들었다. 떡볶이도 그 무렵부터 먹었다. 그 맛이 아버지의 맛이다. 그걸 먹고 영화를 보고 아버지의 손을 잡고 집에 돌아온 기억이 분명히 있다. 잊을 수가 없다. 그 맛 때문에. 그렇게 잊을 수 없게 만들어놓고는 아버지란 작자는 사라져버렸다. 엄마는 두 남자와 결혼했고 네 남자의 아이를 가졌으며 임신한 아이 중 둘을 낳았다.

철들고 나서 '아빠'라고 부른 세 남자 가운데 어느 누구도 자신의 친아버지가 아니라는 것을 알았을 때 새미는 큰 충격을 받았다. 중학교 때 처음으로 엄마의 남자가 자신의 몸을 건드렸을 때 새미는 엄마에게 알렸고 엄마는 남자에게 집에서 나가라고 했다. 엄마의 다른 남자가 새미를 덮친 건 고등학생 때였다. 그때 새미는 엄마에게 말하지 못했다. 엄마는 그 남자를 두고, 이제까지 만난 남자 가운데 가장 좋은 남자다, 죽을 때까지 이 남자와 살겠다고 입버릇처럼 말했다. 그 남자, 겉보기로는 착하고 성실했다. 엄마보다 네 살 어렸고 대학까지 다닌 적이 있다는 공무원이었다. 엄마에게 딸린 중학생, 고등학생 자식을 엄마와 함께 살게 됨으로써 공짜로 얻게 되었노라고 말하던 남자였다. 새미가 그 남자의 욕망의 대상이 되지 않았더라면 정말 행복한 가정을 꾸리며 단란하게 살아갈 수 있었을지도 모른다. 하지만 운명은 그들을 가만 놔두지 않았다. '운명은 나를 선택했지만 나는 운명을 선택하지 않았다. 그래서 나는 운명이 정한 길을 따르지 않을 것이다.' 새미는 그런 구절을 일기에 적었다. 다음날 일기장을 남기고 아버지를 찾아 떠났다. 왜 자신을 세상에 나오게 했는지, 책임을 묻기 위해서.

준호까지 누나의 방에 아버지라고 부르는 인간이 기어드는 걸 알게 되었다. 천둥 번개가 한 시간 가까이 지속된 뒤 비바람이 치고 낙숫물 소리가 요란하던 어느 봄밤, 옷가게에서 팔 물건을 사러 엄마는 서울 갔다 다음날 아침 돌아올 예정이었다.

"제발요, 안 돼, 안 돼, 안 돼."

새미가 애원하는 소리에 이어 그 남자의 "이번 한 번만, 한 번만"이라고 애원하던 소리. 서로 애원하는 두 사람. 애원의 죽사발 같은 밤공기. 그리고 뭔지 모를 비릿한 냄새. 남자가 누나의 방문을 열고 나오는 것을 준호가 보았다. 거칠게 문을 닫은 남자는 마당에 침을 뱉었다.

"에이, 재수 없어."

남자는 수돗가에 앉아 손가락을 빨랫비누에 문지른 뒤 수세미로 밀어서 닦았다. 손을 다 씻고서 손가락을 들어 코에 가져다 대고 냄새를 맡던 남자는 준호가 마루에 고양이처럼 웅크리고 앉아 있는 것을 알아차리고는 약간 놀란 듯했다.

"너 뭐야, 벙어리새꺄. 자빠져 자지 않고. 꺼져, 멍청한 바보 병신 새끼."

준호는 남자를 노려보았다. 어둠 속에서, 어둠 속에서.

"에이, 재수 없는 것들. 한 똥통의 구더기 같은 것들."

남자는 대문에 달린 쪽문을 열고는 밖으로 나가버렸다. 준호는 누나의 방문을 열었다. 누나는 울고 있었다. 게임머니가 충전된 컴퓨터 화면만 빛났다. 어둠 속에서, 어둠 속에서.

"그 자식 죽여버려."

누나는 울면서 말했다. 준호는 집 밖으로 나갔다.

한 시간쯤 뒤에 준호가 집으로 돌아왔다. 준호의 손에는 남자의 지갑이 들려 있었다. 새미는 아무것도 묻지 않았고 준호 역시 아무 말도 하지 않았다.

두 사람은 어둠 속을 걷고 걸어서 집 근처를 벗어났다. 그들에게는 차가 없었다. 그 시간에 다니는 버스도 없었다. 강에는 배가 있었다.

배는 갈수기의 얕은 강물 위로 힘겹게 떠갔다.

"나 죽을 때까지 너하고 같이 다닐게."

새미는 말하고 나서 잠이 들었다. 깨고 나니 웬 남자가 떠오르는 해를 등지고 장대를 든 채 걸어오고 있었다. 남매가 타고 있던 배가 강변의 나무에 걸려 있던 참이었다.

"준호야! 일어나봐. 아버지다. 아버지다. 아버지 왔다!"

새미는 그런 말로 동생을 깨웠다. 왜 오스트랄로피테쿠스 같은 그 남자를 아버지라고 생각했을까. 왜 네안데르탈인 같은 남자를 아버지 같다고 생각하고 있을까. 모를 일이었다. 운명이라고 할 수밖에 없었다.

해가 많이 기울었다. 바람이 움직이기 시작하고 잎이 몸을 떨기 시작한다. 해 때문에 뜨거워진 곳, 공기가 하늘로 솟아올랐을 것이다. 그 자리를 채우려고 다른 데 있던 공기가 밀려든다. 그 모든 것이 바람의 원천이다.

강물 속에서 물고기 한 마리가 뛰어오른다. 물 위의 하루살이를 먹으려는 듯. 물속 세상이 갑갑하다는 듯. 첨벙 하고 다시 물에 떨어지는 소리에 공명하듯 한산암에서 종소리가 울려퍼진다. 끈끈한 공기를 휘저으며 종소리가 퍼져나간다.

"여기 있는 사람들, 전부 다 자기 가족한테 버림받고 무시당하고 상처입은 사람들이야. 상처를 줬을 수도 있지. 어쨌든 옛날 가족과는 다들 남남이 되었어. 그리고 여기 이 마을에 어찌어찌 와서 다시 한식구가 되어 살아가고 있다. 피는 섞이지 않았어도 우리는 서로를 가족으로 선택했다. 너희도 이제는 우리 식구가 되었어. 새미야, 이리 온. 어서 와, 어서. 나는 너를, 너희를 정말정말 사랑한단다."

새미가 눈물을 떨어뜨리면서 소희의 품에 안긴다. 소희의 품에서 뜨거운 기운이 생성된다. 따뜻하다. 추운 곳에 웅크리고 있던 씨를 세상으로 불러내는 온기다. 물론 한 번으로는 부족하다. 잠깐으로도 안 된다. 서로를 안고 따뜻함을 나누는 일이 충분할 만큼 반복된 뒤에 씨는 싹을 틔울 것이다. 싹은 보살핌 속에서 자랄 수 있다. 어느 정도 자라면 제 운명을 만들어나갈 것이다. 그때까지는 돌봐주어야 한다. 내가 돌봐주겠다. 우리가 너희를 돌봐주겠노라고 소희의 손은 새미의 어깨를 토닥거리며 말한다. 새미는 눈물을 참지 못한다. 엉엉 소리내어 운다. 어깨와 가슴을 들먹이며 눈물을 쏟는다.

준호가 머뭇머뭇 영필의 품으로 다가든다. 영필은 팔을 벌린다. 소희를 흉내내 팔을 한껏 벌려 끌어안으며 생각한다. 요새 애들은 뭘 먹고 이렇게 키가 크나. 영필의 생각을 읽기라도 한 듯 준호는 고개를 숙여 키를 맞춘다. 키만 컸지 실속은 전혀 없네. 비쩍 말랐군, 말랐어. 영필은 가슴이 벅차오는 것을 느끼면서 준호의 등을 두드린다.

이윽고 소희가 자고 있는 두 사람에게 다가가 양손을 힘차게 비빈 뒤 손바닥을 여산의 가슴에 가져다 댄다. 불면 꺼질세라 입김을 이령의 눈가에 불어넣는다. 다시 손을 비벼 한 손은 여산의 배에 대고 한 손은 등 뒤에 댄다. 이어 이령의 등을 문지르는 동안 여산이 요란하게 방귀를 뀐다. 천둥소리가 따로 없다. 이령에게서도 소리가 난다. 쿠르르르르 하는 여산의 큰 방귀 소리 사이에 뾰오오옥 하는 날카롭고 긴 소리가 화음을 맞추듯 따라붙는다. 연주는 삼사 분 동안 계속되고 모두들 얼이 빠져 두 사람을 보고만 있다. 사람 몸에서 저런 소리가 날 수 있는가. 두 사람을 그렇게 만든 당사자인 소희 자신조차 고개를 젓는 중이다. 여산이 깨어나 벌떡 일어나 앉는다. 이령도 일어난다.

"이게 아침이뇨, 저녁이뇨?"

양손으로 마른세수를 몇 차례 하고 나서 여산이 묻는다. 푸흐흐흐. 준호가 웃음을 터뜨린다. 여산은 영문을 몰라 준호를 보고 준호는 배를 잡고 웃는다. 여산을 향해 손가락질을 하며 캭캭캭캭 하고 웃는다. 그냥 놔두면 바닥을 데굴데굴 구를 것 같다.

"왜 저래, 저 녀석?"

새미가 충혈된 눈을 깜박거린다.

"좋으면 그래요."

"뭐가 좋다는?"

"그건…… 저만 알겠져."

부다다다당. 정말로 엄청난 방귀 소리가 나나 싶더니 용석의 오토바이가 고갯길로 달려 올라가고 있다.

아니 난 후회하지 않아요
사람들이 내게 줬던 행복이건 불행이건 나와는 상관없어요

봉래산 숲에는 봉이 없다. 새는 많이 산다. 멧새, 곤줄박이, 동고비, 딱따구리, 콩새, 호반새 등등 삼십여 종이나 된다. 호반새는 말 그대로 호반이나 강의 물고기를 먹이로 삼지만 정작 집은 숲에 있다. 멧새는 산에 살면서도 들판의 볍씨를 좋아한다. 곤줄박이는 나무열매를 보면 땅에 묻는 습성이 있다. 나중에 파먹으려고 저장하는 것이다. 동고비 역시 잣 같은 열매를 보면 당장 먹기보다는 저장을 하는 습성이 있긴 한데 잣을 어디에 묻었는지 몰라서 잃어버릴 확률이 높다. 그 덕분에 이듬해나 그 이듬해 잣나무 어린 묘목이 여기저기서 자라기 시작한다. 딱따구리는 육식성이라 죽은 나무 속에 있는 벌레를 주로 먹고 산다.

딱따구리가 나무를 파고 있다. "따르르르륵 따르르르륵!" 딱따구리가 벌레를 부리로 집어내어 잡아먹는 동안 정적이 찾아든다. 딱따구리가 두번째 나무구멍을 파려고 부리에 힘을 주는 순간 "따닥" 하고

나뭇가지 꺾이는 소리가 난다. 딱따구리는 반사적으로 동작을 멈춘다. 경쟁자라도 있는가 싶어 귀를 기울이는데 곧 "따닥 따다닥 쉬욱 츠악" 하는 불규칙한 소리가 연속으로 난다. 사람이다. 딱따구리는 날개를 펴고 날아올라 다른 곳으로 향한다. 벌레를 잡는 데 큰 상관은 없지만 사람 소리 자체가 싫은 것이다.

여산이 고개 남쪽, 한산암 가는 길을 가리고 있던 나뭇짐을 고개 북쪽, 마을로 가는 길에 가져다 쌓고 있다. 별로 내왕이 없던 길이라 풀이 수북하던 길은 십여 분도 지나지 않아 가려진다. 스님이 지켜보고 있다가 한마디 한다.

"저놈이 저 살자고 천하에 조용한 토굴을 시끄럽게 만드네. 야 이놈아, 너 사는 데만 집이냐? 네 몸만 몸이여? 늙은 중은 아무렇게나 돼도 상관없냐?"

여산이 히죽 웃고는 스님을 향해 손을 흔든다. 여산이 나뭇짐 뒤로 사라지고 난 뒤 스님이 조금 더 손을 대서 길이 완전히 끊어진 것처럼 보이게 만든다. 그러고는 자신이 포행을 다닐 때 쓰던 길 위에 낙엽과 나뭇가지 따위를 덮어서 자취를 없애버린다. 이제 고갯마루에서 보면 길다운 길은 한산암으로 가는 길뿐이다. 그나마 한동안 쓰지 않던 길이라서 덤불이 엉켜 있는 곳이 많다.

강에서는 물이, 고개에서는 정적이 흐르고 있다. 새소리도 나지 않는다. 날아다니는 새들도 보이지 않고 구애하거나 신호하는 소리도 없다. 하지만 생명을 가진 존재들은 안다. 정적 속에 긴장이 숨어 있다는 것을. 곧 무슨 일인가 터질 수 있다는 것을. 사건을 잉태해서 한껏 부푼 시간의 배, 뱃가죽처럼 팽팽한 순간이 흐른다. 강물처럼 흘러

간다.

곧 고갯마루에 남자 십여 명이 나타난다. 봉래산의 긴장은 그들이 조성한 것이지만 정작 그들에게서 긴장감은 찾아볼 수 없다. 그들의 얼굴을 채우고 있는 것은 땀, 그리고 짜증이다. 태어나서 단 한 번도 올라와본 적이 없는 시골 야산, 사람의 왕래가 없는 산길을 한 시간 가까이 걸어올라오면서 도시 출신의 이십대 청년들이라면 가질 수밖에 없는 짜증. 십대의 여드름 같은 그것. 모두들 표현할 수 없어 참고 있다. 누가 달래려 하면 오히려 덧나고 크게 화농할 수 있으며 이중화산, 삼중화산, 기생화산이 되어 번져갈 것임을 알기 때문에 뒤따라가고 있는 정묵은 아무런 말도 하지 않는다. 그 와중에도 그는 양복 차림이다. 그가 신은 어린 암송아지 가죽으로 만든 구두 역시 바닥이 얇아서 산길을 가기에는 불편하다. 짜증난다.

고개에서 행렬은 자연스럽게 남쪽으로 향한다. 길이 그곳으로만 나 있기 때문이다. 북쪽으로 가는 넓은 길은 낡은 나뭇단이 성벽처럼 막혀 있다. 정묵은 한산암으로 가는 좁은 길에서 구두에 대한 미련을 완전히 끊었다. 좁은 바위에 구두를 올려놓았다가 미끄러지면서 발을 접질릴 뻔하기도 했다. 비틀배틀 굽은 작은 길에는 나뭇가지와 가시덤불이 길을 막고 있어서 때로는 몸을 숙이고 통과하거나 가지를 들어올려야 한다. 이번에는 구두보다 더 비싼 양복을 걱정할 차례다.

정묵이 산에서 내려가면 구두를 누구에게 물려줄까 생각하기 시작했을 때쯤 한산암이 나타난다. 제멋대로 지은 법당, 그보다 더 멋대로 지은 요사채에는 사람이 산 흔적이 별로 없다. 풀과 나무가 제멋대로 자라 있는 마당 끝에 전망이 훤한 바위가 있다. 거기서는 강과 건너편의 서원이 한눈에 다 내려다보인다. 눈으로 보아서는 아무런 움직임이 없다.

신입 조직원들은 물이 없나 찾고 있다. 아무도 생수 같은 걸 준비해 오지 않았고 준비할 생각도 하지 않았다. 야산이라도 여름 오후의 산행은 땀을 많이 흘리게 만든다. 정상에 가까운 한산암에는 원래 샘이 있었다. 샘 역시 길처럼 누군가 감춰놓았다는 게 문제다. 선두에 있던 조직원들이 바위 끝까지 가서 보고 마을이 보이지 않는다고 보고한다.

"모르는 길은 물어봐야지. 누구 없나 불러봐."

명철이 명령한다. 목청 큰 경준이 나선다.

"계세요? 스님, 스님!"

아무도 나오지 않자 경준이 법당 앞에 매달린 종을 덩덩 주먹으로 두드린다. 아무런 반응이 없자 초인종을 가지고 장난하는 아이처럼 댕댕댕댕댕댕 막 쳐댄다.

"어떤 놈이얏!"

어린아이처럼 작은 체구에서 나왔다고는 믿을 수 없을 정도로 크고 힘찬 호령이 스님에게서 터져나왔다. 덩치가 스님의 다섯 배는 됨 직한 재두마저 움찔할 정도다.

"앗, 깜짝이야."

붙임성 좋은 명철이 다가가서 합장을 한다. 스님은 마지못해 한 손으로 답례한다.

"대사님, 반갑습니다. 말씀 좀 여쭙겠습니다. 여기 아래쪽 강가에 동네 하나 있지요. 거기로 가는 길이 어디 있습니까?"

스님은 얼굴을 찡그린다. 워낙 주름이 많아서 찡그렸는지 아닌지

170

모르는 사람은 알 수 없지만, 흰 수염이 삐죽삐죽 나온 콧구멍을 벌름 거리는 것이 기분이 좋아 보이지는 않는다.

"공꼬로?"

명철이 여전히 합장한 채 "예?" 하고 반문한다.

"내가 공짜로 그걸 갈차줘야 하니야고."

명철이 합장을 풀고 손을 주머니로 가져가며 "아, 예" 한다. 스님은 손을 젓는다.

"기본적인 태도가 그렇다는 말이제. 거긴 가는 길 없소. 그러니까 공꼬도 아니지."

명철이 고개를 꼰다.

"동네가 있는데 가는 길이 없단 말입니까."

스님은 명철을 쏘아본다.

"젊은이, 내가 동네 사람도 아니고 내가 길을 내지도 안 내지도 않 았는데 왜 나한테 그걸 묻는 거요?"

명철은 순간적으로 할 말이 없어 서 있다. 그제야 정묵이 "이 스님, 아까 동네서 춤추고 잔치할 때 있었던 것 같은데" 하고 끼어든다. 스 님은 흘끔 정묵을 보고는 "극락왕생이 내일모레인 중이 무슨 좋은 일 있다고 춤에 잔치에! 나무아미타불!" 하더니 지팡이를 들고 도로 토 굴로 들어갈 태세다.

"잠깐만. 방향은 이쪽이 맞지요?"

스님은 "난 무조건 반대요" 하고는 사라져버렸다.

"거 정말 개또라이네."

정묵이 웃자 명철이 다가와서 묻는다.

"어떻게 할까요, 형님."

"여기서 오른쪽으로 내려가면 강 나오고 동네 나올 거다. 이런 동네 뒷산에 길이 있으면 어떻고 없으면 어때. 쭉 치고 내려가자."

"알겠습니다, 형님."

명철이 신호하자 일행은 본격적으로 산속으로 접어든다. 한산암 바로 아래는 경사가 가파르다. 선두에서 미끄러지기 시작한다. 매캐한 먼지가 일어난다. 정묵은 양복에 대해서도 완전히 미련을 버린다.

# 나는 가난한 소년일 따름이나 내 이야기는 흔치 않은 것

비가 올 징조다. 이령이 서서 보는 하늘에 손가락 모양의 구름이 길게 뻗어 있다. 저기압대가 있는 앞쪽으로 향하고 있는 것이다. 비구름의 앞쪽에서 더운 공기가 상승하고 있다.

여느 때보다 빠른 속도로 오래도록 종소리를 울려오는 한산암 쪽을 돌아보며 여산이 돌맹이를 강에 던지자 물에 떨어지는 소리가 크다. 공기 중에 증가한 수증기가 확성기 노릇을 하는 것이다.

강 수면으로 물고기가 머리를 내밀고 입을 뻐끔거린다. 준호가 코를 들고 냄새를 맡는다. 숲에서 나오는 냄새가 강해져서다.

소희가 자신의 집 앞에서 멀찌감치 떨어진 여산과 이령을 잠깐 바라보고 나서 몸을 돌린다. 소희의 머리 위 남쪽 하늘에 흰 구름이 빠르게 몰려오고 있다.

"영필씨, 우리 앞으로 어떻게 할 건지 얘기 좀 해요."

소희가 영필을 잡아끈다. 처음으로 불러보는 호칭이라 쑥스럽다.

영필은 덮어놓고 감동한 표정이다.

"말씀하소서, 정여사."

소희가 6월에 수확해서 그늘에 말려놓은 캐모마일 옆에서 영필은 당장 무릎이라도 꿇고 청혼이라도 할 자세다.

"정여사만 좋다고 하시면 깨끗한 물 한 그릇이라도 앞에 놓고 우리 남은 여생 아름다운 인연을 이어가리라 맹세하면 충분하지 않겠소이까. 나야 짐도 없으니 그냥 몸만 댁으로 옮겨가도 될 듯……"

"아이고, 우리 이야기를 하자는 게 아니고 우리 식구 전부를 얘기하는 거예요. 어린 애들 둘하고 젊은 인생이 아까운 이 두 사람 말예요."

소희가 한숨을 쉰다. 영필이 눈을 껌뻑거린다.

"우리가 뭐 별수가 있겠소. 비가 오면 우산 펴고 천둥이 치면 듣고 벼락이 치면 피하는 거지요. 폭풍이 지나가면 다시 오고."

소희가 허리에 손을 얹었다. 눈에는 날이 섰다. 흰 귀밑머리가 땀에 젖었다.

"난 그렇게 할 수 없어요. 여기 척박한 곳을 일궈서 밭 만드느라고 얼마나 고생한 줄 아세요? 거름 얻으려고 물고기 뼈, 내장 하나 안 버리고, 똥오줌 다 받고 아궁이의 재 다 긁어서 밭에 수도 없이 가져다 부었어요. 산에서 부엽토 긁어다가 수천 번 뿌렸어요. 내가 고생했다고 자랑하는 거 아녜요. 그렇게 하면서 나는 여기서 살고 있는 나무와 풀, 꽃하고 숲하고 영혼이 연결되었어요. 애들이 떠나지 못하는데 내가 어떻게 떠날 수 있어요. 애들이 죽으면 나도 죽는 거예요. 내가 여기를 떠나서 어디로 가봤자 죽은 껍데기뿐이에요."

소희의 입보다도 두 팔의 이두박근이 더 많은 말을 하고 있었다. 소희의 말소리가 커지자 이령과 여산이 다가오기 시작했다. 영필은 두 사람이 다 들으라는 듯 소리를 질렀다.

"지금 갇혀 있는 깡패새끼들도 그렇고…… 그 아새끼들 찾아 지금 당장 다른 진짜 깡패들이 쳐들어오고 있을 건데 그놈들 오면 어떻게 감당을 할라고 그러시오?"

소희는 웃었다.

"그놈들이라고 힘없고 다 늙은 여자 하나 어떻게야 하겠어요. 풀하고 나무가 개들하고 싸우겠어요? 그렇다고 맞서서 주먹으로 싸울 것도 아니고. 기다릴 수밖에요."

"안 될 말씀이에요. 소희님이 안 가시면 나도 갈 수 없어요. 내가 안 가는데 의리 빼면 시체인 김여산이 가겠습니까. 김여산이 안 가면 그 사람의 그림자가 갑니까. 그럼 다 죽는 겁니다, 여기서. 어서 가십시다. 어서."

소희는 결의에 찬 눈으로 또박또박 한마디씩 박아서 말했다.

"누가 뭐라고 해도 난 여기서 안 나갑니다. 죽어서 내가 내 몸을 어찌할 수 없다면 몰라도. 입 없는 나무하고 풀이 울부짖는 소리가 제 귀에는 들려요. 두려워서 내뿜는 입김이 제 코에는 맡아져요. 차라리 얘들하고 여기서 함께 죽는 편이 제가 영원히 행복해지는 길일지도 몰라요."

영필은 물수제비를 뜨듯 혀를 찼다.

"아까 새미한테 말씀하신 거는 그럼 뭐요. 뼈가 보드라운 애들을 끌어안고 그리 다정하게 말하던 거는 다 거짓말이고 헛맹세란 말이

오? 한 식구가 되어 영원히 같이 한몸처럼 살자고 하더니만, 여기서 우리 다 죽는데 죽어버리는데 어떻게 앞으로 같이 살겠다는 거요? 일단 몸을 피했다가 나중에 돌아오면 될 거 아니오."

소희의 머리에서 이마로 푸른 기운이 내려오기 시작했다. 정맥은 뿌리처럼 도드라지고 눈자위는 붉다 못해 검게 변했다. 주근깨가 뿌려진 뺨이 뻣뻣해지고 턱이 푸들푸들 떨렸다.

"한 식구가 되어서 사람처럼 살아보자고 한 것이지, 짐승같이 죽자는 말은 하지 않았어요. 애들은 어려요. 다른 데 가서도 뿌리 내리고 살아갈 수 있고 살날이 많아요. 애들은 피신시키는 게 백 번 천 번 옳은 일이에요. 하지만 나는 여기서 더 갈 데도 없고 간다 해도 더 살 수 없어요. 나는 벌써 여러 번 죽은 사람이에요. 겪어보니 죽는 건 살기보다 훨씬 쉬워요. 그깟 깡패새끼들 하나도 무섭지 않아요. 일단 먼저 애들 데리고 그 새끼들 없는 길로 떠나세요. 그리고…… 나 짜증내는 거 제일 싫어. 나한테 짜증내지 마, 제발. 마지막 부탁이에요."

영필은 뭔가 반박을 하려다가 참던 중, 짜증을 내지 말라는 말에 잘못을 들킨 사람처럼 무안한 얼굴이 된다. 영필은 두 팔을 갈퀴처럼 만들어서 자신의 몸 쪽으로 흔들어대며 여산의 도움을 청한다. 여산은 씩씩하게 말을 꺼낸다.

"어머이 걱정 마소. 나한테 계획 있어. 아무 문제 없소."

이령은 별달리 우스운 말도 아닌데 방울 같은 소리를 내며 웃고 소희는 픽 하고 축구공이 터지며 바람 빠지는 소리를 냈다. 영필이 반문했다.

"무슨 수가 있나?"

"내가 옛날에 오 대 일로도 싸워 이겼소. 그때는 맨주먹으로만 싸웠다고. 나 세 살 때부터 싸워서 한 번도 진 적이 없소."

"글쎄, 그렇다 쳐도 그건 옛날 일이고. 또 지금 쳐들어올 깡패들은 진짜 조폭이고 스무 명이 넘을 텐데…… 잠깐만. 자네 진 적이 없다고 했는데 이긴 적은 있나?"

"꼭 이겨야 맛임까?"

"저봐, 저러니 어떻게 하겠느냐고."

"무조건 안 지는 방법 있소. 믿자. 믿자. 나 믿소?"

"에휴, 곧 죽어도 큰소리는."

"우리는 절대로 안 지고 못 져주는 방법 있소."

지켜보고 있는 두 여자에게 바보끼리의 대화처럼 들릴 수 있다는 걸 안 영필이 되도록 천천히 물었다.

"자네 최선의 방법이라는 게 그거지, 토사이 까는 거? 깡패놈들 타고 온 배로? 우리 배는 작아서 안 되니까."

여산은 눈을 크게 떴다.

"우와, 우짜 눈치 깠지? 막 기름 넣고 오는데."

소희가 버럭 고함을 질렀다.

"뭔 놈의 사내들이 싸우기도 전에 도망갈 생각부터 하고 있어? 가운데 달린 거 다 떼버려."

이령이 또 소리내어 웃었다. 웃을 때마다 눈에 빛이 나며 기운이 나는 듯해 보였다. 영필과 여산은 머쓱한 얼굴이 되었다.

으부다다다다당. 사내 중의 하나인 용석이 오토바이를 타고 한달음에 달려내려오고 있다. 갈 때의 속도보다 두 배는 빠르다. 그들 앞에 도착하자 오토바이는 끌룩끌룩하는 소리를 내더니 께루룩 하고 저절로 시동이 꺼져버린다. 배터리가 다된 휴대전화처럼.

"어, 미안하다. 나는 네 오토바이서 기름 빼도 네 집까지는 타고 갈 줄 알았다."

여산이 머리를 긁는다. 용석은 미처 무슨 뜻인지도 헤아리지 못하고 소리친다.

"그놈들 왔습니다! 왔어요!"

영필이 묻는다.

"누가? 어디에."

용석은 자갈 구르는 소리라도 날 듯 눈알을 빠르게 굴리며 거무죽죽한 입술에서 거품을 뿜어낸다.

"깡패놈들이요! 아까 산불감시탑서 보니까 입구에 차 세워놓고 시커먼 깡패들이 한 무더기 올라오더라고요."

"그런데 넌 혼자 살자고 토끼더니 왜 네 집으로 안 갔어? 마저 가지? 아까 말없이 갈 때는 언제고?"

영필의 추궁에 용석은 말을 더듬는다. 하지만 결코 그의 머리가 나쁜 것은 아니다. 말을 못하는 것도.

"정찰하러 간 거죠. 제가 가면 어디로 가겠습니까? 저도 한 식군데요. 가도 같이 가야죠. 사실 아까 형님이, 아니 아버님이 내 오토바이에서 기름 빼서 보트 엔진에 넣는 거 다 봤거든요."

"안마! 너 가둬놓은 애들이 네 얼굴 봤으니까 어차피 나중에 엮일까봐 온 거잖아!"

영필이 지적하자 용석은 목을 움츠린다. 여산이 나선다.

"시간, 시간! 빨리 빨리 정하자."

말이 떨어지자마자 용석이 대답한다.

"무조건 깡패들 오는 반대방향으로 토껴야죠. 배 타고 가면 돼요. 정하고 말고 할 게 뭐 있어요."

"정답, 정답. 목숨이 아까우면 도망쳐야지."

영필이 동조하자 소희가 호각이라도 불 듯 날카롭게 소리쳤다.

"난 여기서 못 나가! 못 간다고! 내가 도망가면 여기 있는 애들은 절망할 거야. 도망을 친다고 해도 어디로 간단 말이야. 밖에 나가도 경찰이 쫓아올 거고 살날이 얼마나 남았다고 감옥서 죽겠어. 난 죽으면 죽었지 여기서 사람답게 살다가 죽을래. 갈 사람 가라고 해."

여산이 고개를 끄덕인다.

"어머이, 그건 우리 다 마찬가지요. 경찰 없어도 저 험한 세상에서 어깨 펴고 살 수 없소."

소희는 푸른 풀과 나무가 있는 곳을 향해 두 팔을 벌렸다.

"그래 싸우자, 싸우자, 싸워보자. 싸울 수 없는 너희를 대신해 내가 싸우지 않고 어쩌겠니. 너희는 오로지 번성하여라. 너희와 함께 죽을 때까지 싸워보마. 마지막 피 한 방울까지 뿌려줄게."

이령이 눈물을 글썽거리며 소희를 껴안았다. 영필이 여산을 향해 눈을 끔적거렸지만 여산은 모른 척했다.

"이런 써그랄. 싸우다 죽어도 젤 덜 억울한 사람은 나야. 살 만큼 살았고 사랑하는 여자하고 같이 싸우다 죽으니 여한도 없고. 사랑하는 여자 앞에서 죽으면 눈물이라도 흘려줄 거 아녀. 그냥 어디 가서 길바닥에서 빌어처먹고 헤매다가 얼어 뒈지는 것보다 얼마나 행복하겠어. 한판 신나게 싸워보자고. 니미럴, 지기럴."

그제야 여산이 눈을 마주 꿈적거렸다.

"아자씨, 어머이하고 같이 내 시키는 대로 함다."

"누구는 어머니고 누구는 아저씨면…… 나하고 당신 어머니의 관계는 뭐냐고. 내가 시동생이야?"

영필이 투덜대자 여산은 본 척도 하지 않고 용석에게 빠르게 지시한다.

"땅굴 변소에 있는 놈들 안 뒤졌나 봐."

여산이 용석의 오토바이에 올라타서 시동을 건다. 발로 기어를 넣고 구르자 캑캑거리던 오토바이가 움직이기 시작한다.

"그뤄춰! 그루어어어어춰!"

여산은 외치면서 고개로 달려 올라간다.

"저 개 같은 놈의 오토바이가 주인 말보다 남의 말을 잘 듣네."

용석이 가래를 끌어올려 뱉는다.

# 나는 슬픔이 출렁이는 세상을 떠도는 가난한 방랑자

"사자는 토끼 한 마리를 잡을 때도 최선을 다하는 법이다."

정묵은 봉래산을 토끼처럼 양순한 야산이라고 얕봤던 것에 대한 대가를 톡톡히 치르고 있었다. 야산도 산이다. 사람들 발길이 닿지 않은 산에는 위험요소가 곳곳에 숨어 있다. 그중에는 추락이나 독사에 물리는 것 같은 치명적인 위험도 포함되어 있다. 그렇다고 다시 한산암으로 올라가거나 퇴각하자는 말은 누구도 할 수 없는 상황이다.

조직원들은 한 번도 와본 적 없는 산속에서 헤매느라 몹시 지치고 목이 마른 상태였다. 또한 그들을 그렇게 만든 주체가 누구인지, 자신들이 왜 이런 짓을 하고 있는지에 대한 정보가 충분하지 않았기 때문에 그에 따르는 정서적 반응을 보이고 있었다. 쉽게 말해 그들은 또 짜증이 날 대로 나 있었다.

한산암을 떠난 지 삼십 분, 몇은 얼굴에 가시가 박혔고 둘은 손바닥이 찢어졌으며 서넛은 낙엽 위를 굴렀다. 옷이 찢기고 나뭇가지에 눈

두덩을 얻어맞고 정강이를 바위에 찧으면서 과연 누가 사자고 누가 토끼인지 헷갈릴 정도까지 되어서야 겨우 햇빛이 보이는 곳까지 나올 수 있었다. 정묵이 스스로를 위로하고 조직원들의 짜증을 눅이기 위해 말을 꺼냈다.

"밝고 넓은 데서는 벌레가 살지 못한다. 어둡고 습하고 병균이 득시글대는 환경에서 훌륭한 인재가 나올 수 있나. 아니야. 이제부터 우리는 광명 속에서 당당하게 전진을 해나간다. 쥐새끼 같은 인간들 잡으러."

그들이 막 도착한 곳은 마을의 남쪽, 한때 주차장이었던 개활지가 바라다보이는 산자락이었다. 왼편에는 자연스럽게 강과 이어지는 개펄이 있었고 오른편은 그들 모두에게 지긋지긋한 산이었다. 시커먼 개펄은 넓기는 했지만 질척거렸고 강이 휘는 부분과 맞닿은 곳이 보이지 않았다. 개펄을 길로 쓸 순 없겠다고 판단한 명철이 인원을 점검했다. 출발할 때 인원 열한 명 가운데 한 명이 없었다. 재두였다. 그는 자신의 근육으로는 감당하기 힘든 몸무게 때문에 뒤처지기 시작했다. 같이 간다 해도 별다른 도움이 되지 않을 것이었다.

"전진!"

명철이 신호했다. 그의 손가락이 가리키는 곳은 정면으로 백여 미터쯤 이어지는 풀밭이었다. 하지만 거기에는 사람 키보다 더 높이 자란 풀이 봉래산보다 훨씬 촘촘한 숲을 이루고 있었다. 풀숲은 마른 꽃술과 씨, 날카로운 잎으로 무장하고 침입자들에게 완강히 저항했다. 머리 위에 해가 있다뿐이지 차라리 숲속이 훨씬 더 나은 게 아닐까. 앞서서 길을 내던 조직원들은 그렇게 생각했다. 눈과 호흡기를 따끔거리게 하고 피부를 할퀴는 건 귀찮은 정도였지만 발밑에 독사나 있지 않을까 꺼림칙했다. 그리고 태어나면서부터 내내 굶주린 모기가 있었다. 일반 모기보다 훨씬 더 식욕이 왕성한, 아니 세대를 이어가기 위해 동물의 피가 절실한 모기들은 은인자중 기다리다가 드디어 때를 만났다. 짧은 시간이지만 그들은 피의 향연을 만끽했다.

조직원 대부분은 도시에서 나고 자랐고 자라는 중이었다. 강변 풀숲의 굶주린 모기와는 처음 만나는 것일 수밖에 없었다. 그들은 뒷날 후배들에게 빠짐없이 그날의 피어린 행진을 언급함으로써 자신의 경험을 과장하려고 했는데, 그날의 그 모기들이 각자 빨아들인 피의 양은 링거액 수준이었고 결국 참새만해진 모기도 있었다. 풀숲을 빠져나온 그들 조직은 더이상 당당한 전국구 폭력조직의 위세를 보여줄 수 없는, 그저 땀에 젖고 피를 빨리고 목마르고 허기진, 한마디로 거지 같은 모습의 젊은이들일 뿐이었다. 앞에서 조직원들이 길을 내준 덕에 비교적 땀에 덜 젖고 피를 덜 빨리고 덜 목마르고 덜 허기진 모습의 정묵이 소감을 말했다.

"이건 뭐 완전히 아프리카 토인 부락이 따로 없구만. 그래도 이제는 고생 끝이다."

그들의 시선은 자연스럽게 마을 안쪽의 길과 집을 향하고 있었다. 강가를 따라 지어진 이십여 채의 조선시대 양식의 집과 대장간이며 주막, 방앗간 같은 시설에는 사람이 전혀 보이지 않았다. 물론 조용했다. 새소리, 바람소리마저 끊긴 것이 팽팽한 긴장을 암시하고 있었다.

"이것들도 물은 처먹고 살겠지. 물 나오는 데 없는지 한번 찾아봐라."

명철의 지시에 따라 세 명이 마을 어귀의 우물로 향했다. 돌로 쌓은 우물은 촬영을 위해 모양만 만들어놓은 것뿐이었다. 뚜껑을 열자 라면봉지 같은 쓰레기가 바닥을 덮고 있었다. 그게 그들의 갈증을 더욱 자극했다. 그들은 타는 목을 달래기 위해 침을 삼키며 동네 안으로 발길을 돌렸다.

"야, 이거 봐라. 옛날식 주막이네. 저기 뭐 있겠다."

경준이 앞장서서 걸어가더니 "물이다" 하고 환성을 질렀다. 그 말에 다른 곳을 기웃거리던 조직원들 전부가 경준이 있는 곳으로 모여들었다. 주막 앞 평상에는 음식을 먹고 나서 채 치우지도 않은 흔적이 남아 있었다. 야채와 풋고추와 고추장에 김칫국물이 남아 있는 그릇에 담배꽁초가 들어 있는 재떨이까지 있는 것으로 보아 거기 있던 사람들이 서둘러 떠난 게 분명했다. 물은 사 리터짜리 양은주전자에 절반 이상 넘게 들어 있었다.

경준이 주전자 주둥이에 입을 댔다. 물을 입속에 머금고 혀와 입천장을 마주쳐서 쩝쩝 소리를 내며 맛을 음미하다가 괜찮다 싶었는지 꿀꺽꿀꺽 마셨다. 보리차 빛깔에 보약을 달이고 남은 물 같았다. 술맛이 나는 것 같기도 했다. 이어서 돌아가며 마셨다. 목이 말랐던 만큼 각자 양껏 마셔댔다. 흐뭇하게 후배들을 보고 있던 경준이 음식평론가처럼 논평했다.

"이 거지 같은 인간들이 몸에 좋은 건 알아가지고, 물에다 뭘 넣고 끓였는지 맛은 있네. 톡 쏘는 느낌도 있고."

정묵이 일부러 발걸음을 늦추는 바람에 정묵을 따라 나중에 당도한 명철이 소리를 질렀다.

"이 쉽사리들이, 뒈질라고. 저희만 목마른 거야? 야, 이 개쉬바룰라야. 그거 일루 안 갖고 와?"

물을 마시고 기운이 난 표정의 영균이 주전자를 들고 왔다.

"뭐야, 그거?"

"주막집 마루에 있었습니다. 물 같기도 하고 술 같기도 하고 그럽니다."

목이 마르긴 정묵도 마찬가지였지만 먼저 마시기에는 체면이 없어 보일 것 같다. 뭇사람 위에서 그들을 다스리려면 참는 것도 많고 참을 줄도 알아야 한다. 어디 있는지 모를 양구를 위해 그 말을 기억해둔다. 그러면서 나머지 아이들이 물을 먼저 마시게 하고는 쉰 목소리로 한마디 한다.

"급할수록 물은 천천히 마시는 거다. 옛날에 고려 태조 왕건이가 우물가를 지나갈 때 목이 말라서 동네 처녀한테 물을 청했다. 처녀가 바가지에 물을 떠서는 그 위에 버드나무 잎을 띄워서 왕건이한테 줬다. 왜 그렇게 하느냐고 왕건이가 물으니까 목마른 사람이 물을 빨리 마시다가 체할까봐 그렇게 한 거라고 처녀가 대답하더라는 것이다. 그래서 그 처녀를 데려다 왕비로 삼았다. 너희들도 이 이야기의 교훈을 잘 생각해봐라."

정묵의 이야기가 끝나자마자 경준이 땅에 주저앉으며 배를 쥐었다.

"아이고! 왜 배가 이렇게 아프지. 아오 배, 내 배!"

뒤이어서 물을 마신 조직원들이 저마다 배를 부여잡고 주저앉았다. 그들은 진땀을 흘리고 있었다. 정묵이 오히려 어리둥절한 표정이 되었다.

"설마 내 말대로 냉수 마시고 체한 게야? 이렇게 빨리?"

명철의 얼굴이 굳어갔다.

"주전자에 든 물이 좀 이상한 거 같습니다. 이것들이 일부러 둔 건지도 모르겠습니다. 형님. 어떡할까요?"

정묵도 같은 생각이었다. 일부러 이런 상황을 만들어놓고 사라져서 어디선가 지켜보고 있는 것이라면 기가 찰 노릇이다. 아니 그럴 리가 없다. 이게 무슨 삼국지 속의 상황이라도 된다고 독을 탄 물을 놔둔단 말인가. 먼저 원인을 알아내야 했다. 물어볼 데도 없고 휴대전화도 안 된다. 물론 의사도 약사도 없다.

"최대한 빨리 여기 있던 인간들 어디 있는지 수색한다. 보이는 대로 끌고 오도록."

보스의 명령은 짧고 간결하고 명확해야 한다. 이제 아이들을 교육하고 감동시킬 어록은 끝이다.

명철은 물을 마시지 않은 세 사람과 마시고도 탈이 없는 인원 세 명을 둘로 나눠서 마을을 수색하라고 지시했다. 조직원들이 흩어지고 난 뒤 정묵은 계속 일이 꼬여간다는 생각을 했다. 이런 덥고 궁벽한 곳에서 물도 마음대로 마시지 못하고 앉아 있어야 하는지 그것부터 미치고 환장할 일이었다. 강물이라도 떠오라고 할까. 정묵은 무심히 흘러가는 강을 바라보았다.

"저기 간다! 잡아!"

발걸음 소리가 울렸다. 우두두두두. 단단한 마을길을 조직원들이 달려가면서 내는 소리다. 목이 마르고 허기가 지고 피를 빨리는 등 조건이 조금 안 좋긴 하지만 한창때인 젊은 아이들이 시골의 노인네와 아저씨, 아줌마 들을 못 잡을 리는 없을 것이다. 그래야 한다. 백여 미터쯤 되는 거리를 질주하는 스스로의 발소리가 세 조직원들의 청각을 기분좋게 자극한다. 빨리 잡아서 죽여버리고 끝내자. 끝이다. 끝. 그들의 머릿속에 공통적으로 떠오른 단어는 '끝'이었다. 그런데.

마을 북쪽 끝 방앗간과 대장간 사이의 골목에서 도망치던 남자들이 사라져버리는 바람에 앞서 그 뒤를 쫓던 세 조직원의 걸음이 느려지는 새 갑자기 "공격!" 하는 소리가 나면서 그들의 머리 위에 불그죽죽한 물이 씌워졌다. 바가지로 퍼부어지기도 하고 양동이로 덮어씌우다시피 한 것도 있다. 그와 동시에 기침과 재채기와 눈물, 콧물로 골목이 바다를 이루었다. 소희가 직접 가꾼 국내 최고 수준의 신랄함을 자랑하는 고추와 잿물로 만든 폭탄을 맞은 조직원들이 제정신을 잃고 골목을 기어다니게 된 건 당연했다. 뿌린 쪽도 온전하지는 못했다. 눈물을 흘리면서 뿌렸고 다음 장소로 이동하면서도 콧물을 줄줄 흘리며 울먹였던 것이다.

"정말 독하네. 이거 제대로 한 방 맞으면 며칠은 잠도 못 자겠는데."

다행히 발이 조금 늦어서 피해를 모면한 조직원 셋은 여전히 용석과 영필을 추격해오고 있었다. 그들은 고통에 울부짖는 동료들에 대한 염려로 잠시 발길이 더뎌졌지만 여전히 두 사람을 잡을 수 있을 정도로 빨랐다. 용석과 영필이 겨우 약속된 장소에 도달했고 통과했다. 그곳은 재래식 화장실이 설치된 초가였다. 우다다당당 발소리도 요란하게 추격해오던 조직원들은 이번에는 "공격!" 하는 이령의 앙칼진 소프라노 음색의 신호를 듣고 잠시 발길이 주춤해졌다.

어떻든 그들이 입고 있는 것은 할인기간에 단체로 구입한 것일망정 명품 소리를 듣는 브랜드의 스포츠 의류였다. 평소에 머리는 단골 미장원에서 손질하고 샤워도 매일 한 번씩 했다. 두 사람 다 햇빛이 강한 계절에는 보습력이 뛰어난 화장품으로 기초화장을 하고 땀에 강한 비비크림도 병용하고 있었다. 전국구 꽃미남 조폭 수준에 맞추기 위해서는 이래저래 돈이 좀 들게 마련이었다. 그런데 그 모든 노력과 성의의 결과물 위에 가차 없이 쏟아져내린 것은 똥물이었다.

특별하고 비상한 시국을 맞아서 잠시 강마을 거름 더미의 발효과정이 중단되었다. 양동이 세 개와 요강에 나눠져 있던 오줌에 대변과 거름이 걸쭉한 상태가 되도록 적절한 비율로 합쳐져 폭탄이 탄생했다. 몇 개의 비닐봉지에 담긴 폭탄이 젊디젊은 조직원들의 안면을 정확하게 강타하며 옷을 흠뻑 적셨고 건더기가 온몸으로 줄줄 흘러내렸다. 폭탄에 맞은 조직원들은 얼이 빠지고 넋이 달아났다.

그들은 잘 몰랐지만 그들의 선배들은 알고 있었다. 그들이 용역으로 철거현장에 투입되었을 때 그들이 농성장에서 몰아내야 할 철거민들이 전통적으로 사용해오던 것이 재래식 화장실의 대소변을 이용한 똥폭탄 공격이었다. 알고 있다, 경험해봤다고 해서 그 충격이 줄어드는 것은 아니지만. 똥폭탄은 물리적인 효과보다는 심리적 효과가 훨씬 더 컸다. 전투력 상실이라는 결과는 비슷했다. 아울러 스스로를 돌아볼 수 있는 계기를 제공하는 부수효과도 있었다.

나는 누구인가. 여기서 뭘 하고 있는가. 나는 무엇을 위해 살아왔는가. 어떻게 살 것인가. 인간은 먹고 소화시키고 배설하는 존재일 뿐인가. 인간이란 뭔가.

폭탄에 맞은 조직원들은 모든 일을 작파하고 강으로 달려가 전속력으로 강물에 몸을 던졌다. 똥폭탄 쪽은 수용성 물질에 당한 것이라 고추폭탄보다는 상대적으로 빨리 고통에서 벗어날 수 있었지만 그들은 강에서 나오려고 하지 않았다. 고추폭탄에 당한 조직원들은 고추의 매운 성분인 캡사이신이 물로는 쉽게 씻겨지지 않는 지용성 물질인 까닭에 어차피 물속에 오래 있을 수밖에 없었다. 그들은 여전히 눈물과 콧물을 흘리고 있었다.

정묵과 명철은 묵묵히 땅에 널브러져 신음하는 조직원과 강물 속의 조직원들을 지켜보고 있었다. 이윽고 정묵은 그날 봉래산에 들어온 이래 가장 명확한 의사표시를 했다.

"이 촌동네 사는 쉬발 것들 싸그리 다 죽여버려. 애들 정신 돌아오기만 하면."

마을에 고요가 찾아왔다. 일시적인 것이긴 하지만.

## 난 농담을 시작했어요 세상이 모두 울기 시작했을 때

　말벌은 이름은 벌이지만 일반 벌처럼 꿀을 모으지 않는다. 참나무 진처럼 달콤한 즙액을 먹거나 꿀을 모으는 일반 벌을 먹이로 삼는다. 말벌은 몇 마리만으로도 일반 벌집에 사는 수만 마리 벌을 전멸시킬 수 있을 정도로 전투력이 강하다. 말벌은 죽인 벌의 날개와 다리를 자르고 턱으로 씹어 부드럽게 만들어서 먹는다. 말벌은 근본적으로 육식동물에 가깝다.

　말벌의 집 속에는 애벌레가 거꾸로 매달려 있다. 자라느라 바빠서 스스로 사냥을 하거나 먹이를 찾아먹을 수도 없으므로 어른 말벌이 먹여줘야 한다. 말벌은 사냥한 동물을 잘게 잘라서 애벌레에게 먹인다. 애벌레도 놀고먹는 것만은 아니다. 말벌이 애벌레의 배 부위를 다리로 살살 긁어 자극하면 먹은 음식을 육즙 형태로 토해낸다. 이것이 어른 말벌의 먹이가 된다. 어른과 아이가 공생하는 셈이다.

　말벌은 흔히 집의 처마나 바위틈에 집을 짓는다. 말벌은 집을 지을 때 섬유질을 뜯어다가 밀랍을 섞어 집을 짓기 때문에 벌집이 상대적으로 크고 단단하다. 고층아파트처럼 층이 있고 각 층마다 육각형의 산란방이 있다. 여왕벌이 알을 낳으면 여기에 넣어둔다. 겨울이 되면 여왕벌만 남고 대부분의 말벌은 죽는다. 그러면 이듬해에 새로 집을 지어야 한다. 말벌의 집은 수집품으로 인기가 있다. 애벌레의 맛을 아는 사람, 이를테면 여산과 같은 이들은 애벌레를 프라이팬에 볶아서 먹는다. 기름이 잘잘 흘러서 프라이팬에 식용유 두를 필요도 없고, 그에 비할 맛이 세상에 없다고 떠들어대면서.

꿀벌이 단 한 번 독침을 쏠 수 있는 것과는 달리 말벌은 이삼십 회연속으로 쏠 수 있다. 독침 속에 들어 있는 펩타이드가 혈액으로 들어가면 심한 경우 혈압이 떨어지거나 호흡곤란으로 사망한다.

지금 중요한 건 그 말벌 가운데 하나인 땅벌의 집이 통째 뜯겨나가는 바람에 구성원에게 총동원령이 하달되었다는 것이다. 집을 뜯은 주체는 먼저 벌집에 연기를 뿜어대서 벌들의 집단지성에 산불의 기억을 환기시켰다. 연기를 맡은 벌들은 먹이를 먹고 도피태세를 취하게 되며 벌집에 침입해온 손길에도 아무런 반응을 보이지 않는다. 하지만 곧 연기가 사라지고 벌들의 이성이 회복되자 침입자에 대한 격렬한 반응이 일어났다. 태어나서 먹고 노는 게 일인 수벌들까지 벌집에서 뛰쳐나온 상태이다. 수벌에게는 벌침도 없지만. 약이 바짝 오른 말벌 전투원들에게 주막집 안팎에 누워 있고 앉아 있고 서 있는 인간들이 공격목표로 포착된다. 그들의 집이 바로 그 인간들에게 내던져졌기 때문이다.

사실 공격을 하려면 내던진 주체에게 해야 할 것이지만 여산이라는 작자는 벌집을 운반할 때 몸에 비옷을 걸치고 모기장까지 둘러치고 있어서 공격하기가 쉽지 않았다. 종로에서 뺨 맞고 한강에서 화풀이하는 식으로 말벌의 정예 전투원들은 무방비한 상태의 인간들에게 달려들어 독침을 쏘아대기 시작한다. 곳곳에서 비명이 터진다. 인간들은 노출된 부위를 가리고 손과 팔을 휘저어 벌을 쫓으려고 하지만 그 정도로 간단히 물러난다면, 여왕벌의 자랑스러운 군대가 될 수 없다.

인간들 역시 인간사회에서는 나름대로 조직적, 기술적으로 상당한 전투력을 자랑하던 족속들이다. 하지만 다른 인간들에게 이상한 성분이 든 물과 폭탄 공격을 받고 채 회복이 되지 않은 상태에서 벌 세계의 전문 사냥꾼으로 진화의 최정점에 도달한 말벌에게 불의의 공격을 받자 단숨에 패색이 짙어진다. 인간들은 도망치기 시작한다.

달리는 데는 윗물 아랫물이 없다. 먼저 도망간다고 섭섭해할 겨를도 없다. 물론 말벌들이 쉽게 포기할 리도 없다. 정묵이 전력질주로 달리고 달려서 겨우 찾은 곳은 마을 동쪽에 있는 야외화장실이다. 하지만 화장실은 단 두 곳, 한 칸에 한 사람밖에 수용할 수 없다.

그나마 정묵은 먼저 도착한 젊은 조직원들을 손가락질로 쫓아버리고 안으로 들어간다. 양복을 벗어 얼굴과 머리를 가린 덕분에 벌에게 팔만 한 군데 쏘인 정묵의 귀에는 밖에서 이명처럼 웅웅 하는 벌들의 날갯짓 소리, 화장실 벽에 탁탁 몸으로 부딪치는 소리가 위협처럼 들린다. 단 한 방만 쏘였을 뿐인데 팔에 대못을 때려박는 것 같은 고통이 왔다. 정묵은 최대한 벽에서 떨어져서 선 채 흥분된 상태로 소리를 질렀다.

"이 쉬벌 놈들아, 그런다고 내가 나가나봐라."

거기서 산 쪽으로 삼십여 미터를 더 내달려 명철은 마을 입구에 있는 관리사 가까운 곳에 있는 집으로 뛰어든다. 명철을 뒤따라온 조직원이 셋이지만 방으로 다 들어갈 수가 없다. 다들 덩치가 크기 때문이다. 방보다 훨씬 넓은 부엌이 그들에게 알맞다. 네 명이 들어간 부엌 아궁이에는 솥이 두 개 걸려 있다. 실제로 쓰기도 했는지 나뭇단과 장작이 꽤 쌓여 있다. 장지문을 닫는다. 위로 터진 곳으로 벌이 찾아올까 싶어 나뭇단으로 막는다. 어둡다. 다른 조직원들이 강물로 씻고 왔다고는 해도 고추 때문에 눈물이 나고 악취로 머리가 아프다.

명철은 선 채로 상황을 점검한다. 둘은 얼굴이 알아볼 수 없을 정도로 부어올라 있다. 나머지도 어지럽고 메스껍다고 웅얼웅얼 호소한다. 심각한 상황이다. 전화기를 꺼내보지만 신호가 잡히지 않는다. 119 같은 비상전화까지 먹통이다. 바람이 통하지 않는 좁은 곳에 계속 있는 것도 못할 짓이다.

침을 삼킨다. 견딜 수 없이 목이 마르다. 솥을 열어본다. 물이 바닥에 고여 있다. 언젯적 물인지는 알 수 없다. 이걸 마셔야 되는지도 알 수 없다. 쓰러져 있던 아이들, 도망이 늦은 아이들이 어떻게 되었는지, 그것도 알 수 없다. 이렇게 알 수 없는 게 많았던 적은 없었다.

# 쇼는 계속해야 해, 그래야지

준호는 '아버지'라고 발음해본 적이 없었다. 아기가 네 살이 되도록 엄마, 아빠 같은 기본적인 단어조차 발음하지 못하는 걸 보고 병원에 데려갈 아버지가 없었다. 그때 이미 준호의 아버지는 집을 버리고 어디론가 가버렸기 때문이다. 청력에 문제가 있다는 걸 안 것은 어머니였다.

아는 사람도 없는 농촌도시에서 여자 혼자 아이 둘을 데리고 살아가기 위해서는 필사적인 노력을 해야 했다. 준호에게 청력이 아예 없는 것은 아니었다. 왼쪽 귀의 청력이 정상인의 삼분의 일 정도는 되었다. 병원에서 진료를 받아 보청기를 달고 전문교육기관에 간다면 정상인에 가깝게 교육을 받을 수 있었다. 하지만 준호의 어머니는 평범한 남매를 평범한 아이들처럼 키울 능력조차 되지 않았다. 특수교육을 받지 못하고 일반 학교에 진학한 준호는 학력이며 지능이 초등학교 오학년 수준에서 멈추었다. 청각 이외의 시각이나 촉각 같은 감각은 비상했고 특히 냄새에 예민했다.

남매의 어머니는 장사 때문에 집을 자주 비웠다. 누나와 어린 시절부터 붙어지내다보니 준호는 오로지 누나밖에 몰랐다. 초등학교를 같이 다닐 때는 내내 함께 다녔고 누나가 중학교를 간 후에나 제가 중학교를 간 뒤에는 제 학교를 가기보다는 누나가 다니는 학교 주변을 맴돌았다. 하긴 학교에 가도 준호를 배려해줄 사람은 거의 없었다. 무슨 말인지 알아들을 수 없는 곳에서 장애가 있는 아이를 유난히 괴롭히는 아이들과 지내는 일도 어려웠다.

준호는 코에 신경을 집중하고 냄새를 맡고 있다. 공기와 함께 전해지는 이상한 냄새를. 맵고 시고 고약하고 짐승 같은 사람의 냄새를.

그들은 준호의 집에 침입했다. 태어나서 처음으로 가지게 된 자신만의 집, 그중에서도 자신의 부엌에. 허락도 양해도 노크도 없이 뛰어들었다. 냄새나는 인간들이 어디라고, 감히.

"이 집은 준호 거."

여산이 말하는 순간, 준호는 좋아서 데굴데굴 굴렀다. 내 집이다. 내 방이다. 내가 불을 피울 수 있는 아궁이가 있다. 따지고 보면 강마을에 있는 집이 여산의 것은 아니니 여산이 줄 수도 빼앗을 수도 없는 것이었다. '준호의 집'이라고 등기가 넘어가는 것도 아닌데 준호는 상관하지 않았다. 준호가 가장 좋아하는 건 불장난이다. 그 집은 마을에서 주막집과 함께 제대로 된 아궁이와 솥, 부엌용품, 구들과 연통이 설치되어 있는 몇 안 되는 집 가운데 하나였다. 사극 촬영에 필요하기 때문이기도 했고 이따금 현장에서 국과 밥을 끓여먹는 데도 썼다. 아궁이와 구들, 연통을 제대로 설치한 가장 중요한 이유는 군불을 때서 뜨끈뜨

끈한 방바닥에 연속 촬영을 하는 배우와 주요 스태프 들이 자기 위한 것이었다. 주변에 적당한 숙박업소가 전혀 없었기 때문이었다.

여름에는 아궁이에 불을 피울 필요가 없다. 그래서 준호는 여름이 싫었다. 그래도 매일 나무를 해왔다. 나무를 해다가 담처럼 둘러쌓았다. 멀리서 보면 준호의 집은 나뭇단으로 담을 세우고 나뭇단으로 벽을 두른 나무꾼의 집처럼 보였다. 온 집 안에 장작이 그득 쌓였다. 때가 되면 그걸로 불을 지폈다. 소나무, 오리나무, 팥배나무, 산벚나무, 물푸레나무, 쪽동백나무, 황벽나무, 오동나무, 참나무…… 나무마다 불의 빛깔이 달랐다. 탈 때의 냄새가 다 달랐다. 참나무도 여섯 종류나 되는데, 준호는 그 모두를 탈 때의 냄새로 구별할 수 있었다. 그게 인생에, 살림에 무슨 보탬이 되는 건 아니지만. 불탈 때의 냄새로 서로 다른 땔감의 종류를 구별하는 것, 그게 준호의 능력이었다.

"정말 좋은 재주다. 너 훌륭하다."

여산이 말을 해주는 순간 준호는 재주 있는 사람이 되었다. 너는 바보, 돌대가리, 새대가리, 닭대가리, 금붕어 지능. 너는 공부 못한다. 너는 운동도 못한다. 너는 말도 못 한다. 너는 잘하는 게 아무것도 없다. 너는 나가지도 말고 들어오지도 말아라. 내 친구, 친척, 가족 아닌 것처럼 떨어져 있어라. 준호는 주로 그런 말을 들으면서 살아왔다. 아니 정상인의 이십 퍼센트도 안 들렸으니까 안 듣고도 살 수 있었다. 나쁘게 하는 말은 금방 알아들을 수 있다는 게 문제이긴 하지만. 악의를 가진 사람의 마음을 금방 알아차릴 수 있는 능력을 가지고 있기도 하지만.

네가 누구보다 잘하는 게 있다. 여산이 제일 먼저 그걸 인정해주었다. 여산이 인정하자 강마을 사람들 모두 인정했다. 그러면 나도 당신들처럼 마을을 지킬 수 있다. 강마을에 위험한 사람들이 들어왔다. 그들을 제거하면 된다. 어떻게? 사람들은 준호에게 말했다.

"너는 가만히 숨어 있으면 돼. 그게 도와주는 거야. 너는 아직 어리니까 어른들에게 맡겨."

그러나 그들이 마을에 오도록 문제를 만든 게 자신이라는 걸 준호도 알았다. 원래 문제는 나쁜 인간들에게 있었다. 누나를 해치려고 했다. 그걸 못 하게 막았을 뿐이다. 하지만 그들은 무섭게 힘이 세고 누나와 강마을 사람들을 모두 해칠 수 있다. 준호 자신이 다시 문제를 만들거나 문젯거리가 되어서는 안 되었다. 그래서 사람들이 말한 대로 숲속에 가만히 숨어 있었다. 그런데 집에 놓고 온 게 있었다. 마을이 조용해져서 그걸 가지러 살짝 숲을 빠져나왔다. 바깥 동정을 살피느라 여념이 없는 누나에게는 말을 하지 않았다. 집은 산에서 금방이고 또 잠깐 다녀올 것이니까. 집으로 와서 라이터를 챙겼다. 막 방에서 나오려는 순간 나쁜 인간들이 달려왔다. 제 발로 준호의 집에 왔다. 주인이 있는지 없는지 살펴보지도 않고 인사도 없이 부엌으로 가서는 문을 잠갔다.

한동안 숨을 죽이고 있던 준호는 밖으로 나온다. 붕붕거리던 벌들은 어디론가 가버리고 없다. 아궁이가 있는 부엌 장지문 안에서는 아무런 동정이 없다. 나쁜 인간들은 그리로 기어들어가더니 연기가 나가도록 터놓은 처마 아래의 공간까지 나뭇단으로 틀어막았다. 그러고는 숨을 죽이고 들어앉아 있는 것이다.

준호는 장지문에 빗장을 건다. 이제는 안에서 빠져나오지 못한다.

장지문 앞에 연신 나뭇단을 갖다가 쌓는다. 빙 둘러서 나뭇단으로 부엌을 완전히 포위한다. 이제 불을 붙이면 나쁜 인간들은 그 속에서 연기 때문에 매워서 눈물을 흘릴 것이다. 기침을 할 것이다. 더워서 땀을 흘릴 것이다. 애원을 할 것이다. 그렇지만 준호는 듣지 못한다. 나쁜 인간들의 나쁜 말은 듣지 않는다. 준호에게 듣기 싫은 말은 들리지 않는다.

준호는 라이터를 꺼낸다. 깡패들이 빠진 숲 아래 변소 근처에서 주운 것이다. 묵직한 던힐 라이터다. 준호는 사용법을 금방 배웠다. 바보가 아니니까. 뚜껑을 열고 바퀴를 돌리면 된다. 그러면 불이 붙는다. 절꺽. 준호는 뚜껑을 연다. 쩔꺽. 준호는 닫는다. 쩔꺽. 준호는 뚜껑을 연다. 절거턱. 준호는 닫는다. 절꺼덕. 연다. 준호는 바퀴를 돌린다. 파식, 하고 불꽃이 일어난다. 파아아, 하고 쏟아져나온 가스에 불이 붙는다. 준호의 얼굴에 미소가 번진다. 준호의 손에서 나뭇단으로 불이 옮겨붙는다. 연기가 나기 시작한다. 준호는 귀를 막고 돌아선다. 그때. 준호의 목덜미를 곰발 같은 손이 부여잡는다.

"이 쥐쉐키 같은 스웨키!"

# 문을 열어줘요, 부인

회색 플라스틱 야외화장실은 밧줄로 친친 감겨 서 있는 관처럼 보인다. 용석과 영필이 경계를 하는 사이에 이령과 새미가 일을 맡았다. 어려운 일이 아니었다. 그저 준비한 밧줄로 동여매기만 하면 되었으니까.

안에서는 벙어리가 소리치는 듯 무슨 소리가 새어나온다. 사람들은 들은 척하지도 않고 손부채질을 하며 낮 동안 달아오른 야외화장실 곁을 떠난다. 마을 앞마당은 축제 분위기로 들썩인다.

조직원들은 테이프로 묶어놓았다. 벌침, 복통, 갈증에 시달리느라 묶지 않았어도 제정신들이 아니다. 다른 누가 더 와도 좋다. 우두머리를 잡아두었으니 그들은 어떻게 할 수 없을 것이다. 대세는 기울었다. 그들은 이겼다. 이제 어떻게 처리할 것인지가 문제다. 죽일 수도 없고 곱게 살려 보낼 수도 없다. 지금부터 잘 연구해야 한다. 머리를 써야 하고 중의를 모아야 한다.

소희는 심장에서 머리끝까지 강력한 전류가 치솟아오르는 느낌에 양쪽 관자놀이를 힘껏 누르고 있다. 말이 나오지 않는다. 이상하다. 상황은 끝났다. 마을에 들어온 이후 한 번도 겪지 않았던 위험한 순간을 넘겼다. 소희의 멍한 눈이 마을을 훑는다. 그들이 모여 있는 곳을 제외하면 적막하다. 강도 고요하고 산도 고요하다. 마을 남쪽도 북쪽도 별일 없다. 여느 때와 같다. 그런데 왜 이러는가.

흥분된 얼굴로 모여 있는 남자들이 허깨비처럼 느껴진다. 자신은 귀가 먹은 것 같기도 하다. 무엇 때문인가.

새미와 이령이 손을 잡고 나란히 서 있다. 전에는 한 번도 없던 일이다. 새미는 여산에게 구원받고 이끌려 마을로 들어온 이후, 여산을 아버지로 생각했다. 이제까지처럼 이상한 아버지가 아니라 진짜 아버지. 갑자기 아버지를 알게 된 딸은 강마을에서 공인받은 여산과 이령, 성숙한 남녀 사이의 일에 대해 잘 모르고 그들 사이에 악착같이 끼어들었다. 강마을에 새미가 함께 살게 되면서 언제나 긴장이 흘렀다. 이제 그 긴장이 화학적으로 완전히 해소된 것 같다. 인정했다. 서로가 서로를. 그러면 된 거 아닌가. 나는 왜 이런가.

가장 인정을 많이 받은 사람은 용석이다. 용석은 영필과 여산 사이에 서서 서로를 툭툭 치기도 하고 어깨를 가볍게 안을 정도로 가까워졌다. 그건 알겠다. 그런데 왜 이렇게 불안한가.

땅이 흔들리는 것 같다. 뿌리가 떨린다. 그녀의 존재 자체가 흐려진다. 왜 이래. 왜. 왜? 무엇 때문에? 그녀는 허리가 잘린 나무처럼 주저앉는다.

"할머니! 할머니!"

새미가 뛰어온다. 새미의 얼굴을 올려다본다. 얼굴이 발갛게 익었다. 관자놀이에 흘러내린 머리카락을 치워주고 싶다. 예쁘다. 건강하다. 흥분되어 있을 뿐, 문제없다. 그런데 왜?

"괜찮으세요?"

이 여자. 백이령. 고생을 아주 정말 무척 많이 한 사람. 이제는 자신을 찾았다. 단단하다. 흔들리지 않는다. 문제없다. 그런데 왜?

"여기를 봐!"

망루 위다. 망루 위에 두 사람이 서 있다. 한 사람은 인간 모양을 한 돼지, 한 사람은 준호. 준호는 팔을 뒤로 꺾여 어깻죽지가 올라가 있다. 천사와 씨름하는 야곱의 그림처럼 보인다. 그것을 그린 사람이 렘브란트였던가. 그런데 준호의 상대가 너무도 엄청난 거한이다. 얼굴이 장식품처럼 보일 정도로 몸이 크다. 망루는 두 사람의 몸무게를 감당할 수 없다고 비명을 질러댄다.

"끼유우우우우우웅!"

준호의 입에서 나온 소리다. 그렇다고 믿을 수 없는 소리다.

호흡기는 생명체가 대기와 가스교환을 하는 시스템이다. 호흡기에서 소리를 내는 기능은 덤일 뿐이다. 먼저 호흡근육의 운동으로 음압이 발생하면 그 압력에 의해 공기가 흉곽으로 들어온다. 코를 타고 들어온 공기는 성대를 지나 기관지로 이어지고 가슴속 가장 깊숙한 곳에 있는 폐포에 다다른다. 거기에서 가스교환이 이루어진 뒤에 공기는 다시 흉곽과 폐의 탄성으로 기관지를 타고 밖으로 밀려나간다. 이때 기관지의 말미에 위치한 성대에서 숨길을 좁혀 소리를 낼 수 있게 된다. 성대에서부터 폐포에 이르기까지의 길은 하나의 기다란 울림통이다. 울림통 한쪽 끝은 대기, 한쪽 끝은 폐포에 연결되어 있다. 소리는 각자 몸의 상태에 따라 다 다르다. 특수한 상황에서 나는 소리는 비일상적이면서 주의를 끈다. 이해가 되지 않는 사람들에게는 소음일 뿐이지만.

"준호야!"

새미가 뛴다. 이령이 새미를 붙든다. 망루에서 그들까지의 거리는 이십 미터밖에 되지 않는다. 일거수일투족이 다 보인다.

재두는 준호가 가진 가치를 충분히 확인한다. 한쪽 손만으로 준호의 두 팔을 잡고 위로 꺾어올릴 수 있다. 자신에게 그런 능력이 있는 줄 몰랐다. 급하니까 실력이 나온다, 고 생각한다. 흐뭇하다.

"우리 형님! 형님 어디 있노! 애 살리고 싶으면 형님 내놔! 안 그러면 야를 머리부터 발톱까지 박살낸다. 내가 셋 셀 동안 움직이지 않으면 시작한다."

여산은 황당하다는 얼굴이다. 영필도 마찬가지다. 용석은 절레절레 고개를 젓는다. 멀찌감치 앉거나 누워 있는 경준과 OB, YB 들은 아예 국외자인 것처럼 치부된다.

"하나 둘 셋!"

세는 데 삼 초도 걸리지 않았다.

뻐억! 재두의 솥뚜껑 같은 오른손이 준호의 얼굴에 작렬한다. 멀리서도 얼굴이 휙 돌아가는 게 보인다. 준호의 코와 입술에서 피가 터진다. 핏방울이 공중에서 비산하는 게 보인다.

"준호야! 준호야!"

새미가 울부짖는다. 준호는 온몸에 화살이 박힌 채 죽어간 순교자 스테파노처럼 보인다. 그것도 렘브란트였던가? 소희는 떨고 있다. 그나마 이령이 제정신이다. 새미를 끝까지 붙들고 있다.

"난 두 번 말 안 해. 하나 둘 셋!"

빠욱! 이번에는 준호의 얼굴 오른쪽이 구십 도 가까이 왼쪽으로 돌아간다. 준호의 얼굴이 충분히 부어오를 때까지 재두는 기다린다.

새미가 이령을 뿌리치지 못한 채 "준호야! 준호야! 준호야" 하며 제자리 뜀을 한다. 재두는 알고 있다. 협박을 할 땐 얼굴을 때리는 게 가장 효과가 크다는 것을. 여산과 영필이 망루 아래에 도달한다. 명철이 마주 걸어나와 팔짱을 끼고 선다.

"잠깐만! 네 형님 누구다? 어디다?"

재두는 작고 찢어진 눈을 깜박인다. 여산이나 그나 말을 잘 못하기는 마찬가지지만 두 사람끼리는 충분히 의사소통을 할 수 있다. 평소에 말을 잘한다고 자부하는 영필이나 명철이 할 말이 없어진다.

"내가 형님 어딨는지 어예 아노! 하나 둘 셋!"

이번에는 얼굴 정면을 가격한다. 코뼈가 돌아가고 이가 부러진다. 준호는 입이 부풀어올라 신음소리를 낼 수도 없게 되었다.

"알았다! 알았다! 풀어준다. 다 풀어준다!"

여산이 야외화장실로 향하자 용석이 따라가며 다급하게 소리친다.

"안 돼요! 풀어주면 우리가 다 죽어요!"

"할 수 없다. 하나 죽으나 다 죽으나 똑같다."

"형님, 아니 아저씨, 쟤가 무슨 식굽니까. 언제부터. 피 한 방울 안 섞인 사이에."

여산은 걸음을 재촉하며 말한다.

"나도 예전에 그런 줄 알았니라. 그런데 꼭 그런 거 아니더라. 같이 살면 식구다. 사람은 나이 먹어서도 배운다. 세월한테서 공꼬로. 너는 가자, 빨리. 오래 있다가는 죽는다."

"갈려면 아까 가게 놔두시죠. 지금 가면 몇 발짝이나 간다고요. 오토바이는 어쩌고요."

"어? 그래? 그럼 너 알아서 하자…… 나 바쁘다."

영필보다 한발 앞서 여산이 야외화장실 앞에 가서 선다. 먼저 노크를 하고 나서 헛기침을 한다.

"안에서 혼자 많이 덥겠다. 내가 열어줄까……요?"

정묵은 욕설을 퍼부으려다 난데없는 생소한 말투와 경어에 잠깐 귀를 기울여보기로 한다.

"당연하지. 열어요, 열어. 이거 뭐하는 짓이야."

여산은 머리를 약간 수그린 채 안에서 들려오는 소리의 음색을 가늠하고 있다가 콧수염과 턱수염 사이의 입술을 움직인다.

"문 열 때 조건 있소. 열면 부하님들 데리고 마을 아닌 데 간다. 영영 오지 않는다. 앞으로. 아까 일 없다. 이제 하나도 없다. 약속? 연다."

정묵은 무슨 말인지 알 듯 말 듯해서 최대한 머리를 회전시키고 있다. 그러느라 더 덥다. 사람의 뇌에는 컴퓨터처럼 팬이 없다. 뇌의 열이 올라 죽을 지경이다. 무엇이든 응낙할 준비가 되어 있으나 내용을 제대로 알 수 없어 갑갑해 죽겠다. 죽으라는 법은 없는지 다행스럽게도 통역의 음성이 들려온다.

"문을 열어줄 수 있는데 약속을 하랍니다. 문을 열어주면 즉시 부하들 데리고 이 마을을 나가서 영원히 돌아오지 않겠다. 이때까지 있었던 일은 모두 서로 불문에 부친다 약속하면 문을 열겠답니다."

정묵은 시원시원하게 대답한다. 사실은 더워 죽을 지경이면서.

"말을 하면 입 아프지. 내가 여기 뭐하러 다시 오나. 내 명예를 걸고 맹세하겠소. 나가기만 하면 일 분 안에 총알같이 물러나지요."

"진짜 약속한다. 인간, 사나이, 어른? 맞다?"

여산의 말 뒤에 다시 통역이 붙었지만 이미 정묵은 알아듣고 있었다.

"약속하세요. 인간 대 인간으로서, 사나이 대 사나이로서, 어른으로서 약속에 책임을 지겠다고. 맞습니까?"

"약속하오. 진짜요."

정묵은 오랜만에 진심 어린 말투로 말한다.

"약속 끝."

여산은 굵은 손가락을 빠르게 놀려 밧줄을 푼다. 정묵은 혹시 무슨 함정이라도 있을까 싶어 잠시 기다리다 문을 열고 밖으로 나온다. 텁석부리 여산과 다 늙어빠진 영필, 불만으로 볼이 부어오른 용석을 보고는 어이가 없어 헛웃음을 터뜨린다. 그는 한 조직의 우두머리답게 주변을 살펴본 뒤 한눈에 상황을 파악한다. 재두에게 손짓을 하자 재두가 준호를 놓아준다. 준호는 빨래처럼 허물어져내린다. 새미와 이령이 뛰어간다. 계단에서 새미와 엇갈린 재두는 명철과 함께 거리낌 없는 태도로 용석과 영필, 소희의 앞을 통과해서 정묵에게로 향한다.

"다른 애들은 어디 있소?"

갇혀 있던 동안 굳은 관절을 풀기 위해 팔을 돌리던 정묵이 묻는다. 여산은 턱짓으로 여기저기 널브러져 있는 조직원과 집들을 가리킨다.

아울러 함정 속에 들어 있는 네 명에 대해서는 영필이 언급한다.

"하여간 어떻게 하든지 말도 안 되는 개똥 같은 방법으로 얼기설기 엮어서 사람을 힘들게 했구만. 거 참, 이렇게 당하고는 쪽팔려서 어디가서 말도 못 하겠네."

여산이 껄껄 웃는다. 영필이 에헤헤, 하고 염소 웃음소리를 낸다.

"그런데 저기 있는 거 저거 대마 맞나?"

여산은 황소처럼 눈만 껌벅거리고 대신 영필이 묻는다.

"대마가 뭡니까?"

"이 영감탕구 장난하나. 대마가 대마초 피울 때 쓰는 거지, 뭐긴 뭐야. 정말 몰라? 마리화나, 해시시 이런 말 못 들어봤냐고? 뽕은? 에이, 관두지 관둬."

재두가 다가와서 고개를 숙였다 든다. 명철은 아예 고개를 들지 못하고 있다. 정묵은 보스로서의 위엄을 회복한다.

"오늘은 네가 정말 수고가 많았다. 할 말은 많다만 일단 여기를 뜨기로 했다. 다른 애들은 어떠냐?"

재두는 정묵에게서 칭찬을 받기는 처음이라 말을 더욱 더듬는다.

"아, 아, 아직 잘 못 일어납니다."

정묵은 고개를 끄덕거리더니 여산과 영필을 향해 쏘아붙인다.

"이런 쉬부랄 거, 이러면 얘기가 좀 달라지잖아. 애들이 걷기라도 해야 데리고 나가지. 여기 관광버스 들어와? 아니면 앰뷸런스 불러줄 거야? 처음에 우리 애들이 물 처먹고 왜 쓰러진 건데?"

정묵이 눈초리를 올리자 여산이 진심으로 미안해하는 어조로 말한다.

"토나 똥 싸면 낫소. 괜찮소."

영필이 대변한다.

"별거 아닌데 토하면 된답니다. 설사를 좍 하고 나면 보통 낫습니다. 후유증도 전혀 없어요."

"물에다 뭘 탄 거야, 도대체?"

여산이 손을 덜덜 떨며 담배를 피우고 서 있는 용석을 잠깐 바라보고 나서 대답한다.

"니코찐."

"니코틴? 담배?"

영필이 다시 나설 수밖에 없다.

"나도 잘 모르지만 여러 가지 약초 넣고 버섯도 넣고 나방가루 같은 거 넣어서 끓이고 맨 뒤에 담배꽁초를 좀 집어넣었소. 재는 냄새 나니까 빼고……"

"그런데 왜 애들이 쓰러져?"

"배가 아플 때 참지를 말고 토하고 똥 싸야 하는데 안 토하고 안 싸고 개기니까 계속 그러는 거요. 요새 애들은 쪽팔리니까 그런가."

"아 놔, 그 새끼들."

정묵은 웃어버리고 만다. 여산은 열심히 설명한다.

"해결 가능. 딱 한 방. 먹으면 끝. 준비도 다 해놨소."

"뭔데, 그게."

"닭똥."

영필이 설명을 덧붙인다.

"닭똥을 조금만 먹으면 백 퍼센트 토하게 되거든요. 금방 속이 시원해지고 움직일 수 있어요."

정묵은 하늘을 향해 실소를 터뜨린다.

"이런 촌동네 병신새끼들이 아주 종합세트로 사람을 갖고 노는구만."

여산이 한 걸음 뒤로 물러선다. 정묵이 낮고 느린 목소리로 영필에게 통역을 하라는 듯 또박또박 말한다.

"우리는 말이 법이요. 두말은 안 해. 약속은 지킬 거야. 그런데 이건 우리가 너무 밑지는 계산이거든. 우리 애들이 무슨 죄가 있어서 똥통에 갇히고 설사똥 싸대고 닭똥까지 먹어야 하냐고. 이건 너무 손해나는 장사라고. 좋아. 말을 바꾸겠다는 건 아니야. 우리가 깨끗이 물러가긴 하겠어. 그런데…… 나도 애들 앞에서 가오다시가 있으니까 말이야. 조건이 하나 있어. 아무 장난도 치지 말고 우리 둘이 일대일로 한번 붙어보자고. 각자 좋아하는 연장 가지고."

영필은 얼어붙은 표정으로 여산을 바라볼 뿐이다. 여산은 사방을 둘러본다. 준호를 떠메고 와서 둘러싸고 울고 있는 식구들, 묶인 테이프와 줄은 풀었지만 여전히 기운이 없는 채 그를 노려보고 있는 젊은 조직원들, 가까이서 도끼눈을 뜨고 있는 재두와 명철, 구덩이가 있는 산 아래의 숲에 불어드는 바람과 구경꾼처럼 내려앉는 까치들까지. 여산은 고개를 들었다 숙였다 하며 심사숙고한다. 얼마 뒤 영필이 여산에게 무슨 말인가를 건넨다. 싸울 때 쓸 연장으로 물고기 잡는 도구들, 수고롭고 무겁게 짐을 져야 하는 '빠떼까리'는 아니더라도 작살이나 갈고리 달린 강철봉 등을 쓸 것을 권한 것이다. 여산은 고개를 흔든다. 주먹을 들어올린다. 영필이 애써 권하지만 스모선수처럼 발을 들었다 놓을 뿐, 도구를 쓰지 않겠다는 것을 명확히 한다. 정묵은 미소를 띤 채 참을성 있게 지켜보고 있다. 영필이 헛기침을 한다.

"본인이 맨주먹만 쓰겠답니다."

정묵은 여전히 얼굴 가득 미소를 짓고 있다.

"마음대로 하라고 그래. 안됐네. 나는 오랜만에 연장을 좀 쓸까 싶은데."

"근데 이기든 지든 상관없이 가긴 가시는 거죠?"

정묵은 질문은 영필에게서 받고 대답을 할 때는 여산을 향해 천천히 내뱉는다.

"건달은 뭐든지 담판으로 결정해. 주먹질은 애들이나 하는 거지. 그런데 당신들이 나를 오랜만에 애로 돌아가게 만든 거야. 그쪽이 이기면야 당연히 가주지. 당신들이 이길 확률이 전혀 없기 때문이야. 그런데 다른 애들이 어떨지는 모르겠네. 걔들은 기본이 애들이거든. 일단 구덩이에 갇힌 애들 데리고 오고 마실 물부터 가져와."

# 햇빛이 비치면 집에 간다네 밤새 럼 마시며 일한 뒤

불도저와 포클레인 같은 중장비와 덤프트럭 수백 대가 강변의 흙길을 따라 열을 지어 들어오고 있다. 엔진 소리와 땅을 짓누르는 바퀴 소리가 땅을 진동시킨다. 배기구에서 뿜어내는 연기로 차량 대열 위 공중은 옛날 증기기관차가 지나갈 때처럼 뿌옇게 물들어 있다.

군대처럼 밀고 들어온다. 마을이 생긴 이래, 강이 생긴 이래 이토록 많은 내연기관이 한꺼번에 진주한 적이 없었다. 무엇이든 아랑곳하지 않고 밀고 들어온다. 새들이 울부짖고 곤충들은 달아난다. 뱀과 개구리와 두꺼비와 맹꽁이, 너구리, 토끼, 꿩, 살쾡이, 산고양이, 고라니가 숨을 죽이고 그 무지막지한 행렬이 무엇을 할 것인지 겁에 질려 지켜보고 있다. 군대는 아랑곳하지 않는다.

아무것도 모르고 그 무엇도 알 필요가 없다는 거대한 기계 괴물 집단이 한 덩어리가 되어 밀고 들어온다. 기계의 팔은 나무와 바위를 내리치며 가지를 찢고 균열을 낸다. 파괴와 죽음을 상징하는 날카로운

210

소리가 정적을 깨뜨리고 공기를 휘젓고 아비규환의 지옥을 예고한다. 생명이 있는 것이라면, 생명을 닮은 것이라면 무엇이든 멸절시킬 준비가 되어 있는 죽음의 군대다.

마을에는 거대한 괴물 군대의 진군이 아직 결정적인 영향을 주고 있지 않다. 이제 최후의 결전이 남았다. 터질 듯한 긴장으로 마을을 감싸고 있는 공기가 부풀어 거대한 풍선처럼 마을을 감싸고 있는 것 같다. 오후 여섯시, 어두워지려면 두세 시간은 더 지나야 한다.

강마을 대표, 여산이 천천히 마을과 강 사이 망루 아래 흙마당으로 나선다. 여산은 나오면서 찢어진 티셔츠를 벗어던졌다. 이제 입고 있는 것이라고는 얼룩무늬 반바지 하나뿐이다. 맨몸, 맨주먹, 할퀸 등짝과 가슴에서 흐르는 붉은 피, 타오르는 듯한 눈길, 베토벤 스타일로 가운데가 갈라지고 양쪽으로 늘어진 긴 머리. 그게 여산이 갖춘 무장이다.

마을의 가족 모두는 주막의 마구간 앞에 모여 여산을 지켜보고 있다. 입을 달싹하기라도 하면 그걸 빌미 삼아 조폭들이 도끼며 야구방망이라도 휘두를까 싶어 조심하고 있는 참이다. 준호만은 간간이 신음소리를 내고 있다. 마을 식구들 누구나 다 알고 있다. 여산이 승리하지 못하면 모두에게 죽음보다 더한 고통과 치욕이 올 것임을.

정묵은 명철에게서 건네받은 회칼이 가진 중량감을 음미한다. 직접 회칼을 잡아본 게 벌써 십 년은 넘은 것 같다. 그동안은 사업을 하고 관리를 했다. 식당에 고용한 종업원들이 쓰는 회칼을 만져보긴 했지만 어디까지나 사업 때문이었다. 그럼에도 언젠가는 자신이 직접 회칼을 들고 나설 일이 있을 거라는 예감을 하긴 했었다. 그게 오늘일

줄은 몰랐다. 흰 양복을 입고 온 게 회칼을 싸고 있는 흰 붕대와 어울리는 것 같기도 하다. 왼쪽 안주머니에 든 전기충격기가 상대의 눈에 띄지 않을 수 있는 것도 다 양복을 입은 덕분이다. 하지만 피가 튀면 옷에 묻을까 염려가 된다. 그는 최대한 빨리 끝장을 내리라 생각한다.

등뒤에서 기다리고 있는 조직원들이 부담스럽다. 젊은 조직원들은 살아 있는 사람을 회칼로 찔러본 적이 없다. 말로만 듣는 것과 실전은 전혀 다르다. 주먹이나 야구방망이와도 다르다. 칼은 상대의 몸에 박힐 때 적당한 실감을 주면서 경제적으로 치명상을 입힌다. 일단 상대가 칼침을 맞으면 힘이 빠져나가는 것을 알 수 있다. 그게 칼에서 몸으로, 스스로의 손과 팔과 신경계로 전해지는 것을 느낄 수 있다. 찌르고 십자로 비틀어 치명적인 전류가 상대의 신경계로 퍼져나가는 것을 충분히 지각하면서 몸 밖으로 꺼낸다. 그러면서 동맥이 잘린다. 상대의 심장이 피를 펌프질해 동맥 밖으로 피를 뿜어내게 함으로써 일은 끝난다. 인터넷에서 힘들게 골라 산 이태리제 구두 페라가모의 얇은 바닥으로 흙이 밟히는 느낌이 그대로 전해진다. 기분좋은 긴장이다.

두 대표는 회화나무와 단풍나무, 소나무, 배롱나무가 링의 네 기둥처럼 서 있는 공간에 마주 선다. 아직 아무것도 하지 않았는데도 여산의 불룩 나온 배에서는 땀이 흘러내린다. 거칠한 수염 중에 고양이 수염처럼 솟아 있는 수염 몇 가닥은 색깔이 희다. 그는 충혈된 눈으로 정묵을 노려보는 중이다.

정묵은 선글라스를 낀 채 서 있어서 눈이 보이지 않는다. 덥다. 빨리 끝내고 시원한 맥주나 한 잔, 아니 싱글몰트 위스키를 더블로 얼음잔에 넣어서 한 잔 마셨으면 좋겠다. 중요한 건 이 깡촌에서 지금 내

가 뭐하는 짓이냐, 이런 생각이 들면 안 된다는 거다. 사자는, 아니 호
랑이는 토끼 한 마리를 사냥할 때도 최선을 다한다. 그게 자연스럽게
느껴지게 하는 게 중요하다.

　심판은 하늘과 땅, 대기다. 두 사람을 소개하는 사회자가 있을 리
없다. 국민의례도 없다. 자기소개도 생략, 인사도 생략이다. 두 사람
은 천천히 공격권으로 다가선다.

　여산의 배가 천천히 위아래로 오르내린다. 굵고 검은 장딴지에는
핏줄이 덩굴처럼 올라가고 있다. 여산은 팔을 벌려 어깨를 폈다 좁혔
다 하면서 몸을 푼다. 목을 이쪽저쪽으로 돌려서 상대를 현혹하는 듯
한 자세를 취한다. 춤추듯이 리듬을 타며 발을 옮겨본다. 왼발을 앞으
로 오른발을 앞으로, 스텝을 밟는 동안 한때 그를 매혹했던 싸움 귀신
들의 이름이 머리를 스쳐간다. 캐시어스 클레이의 벌침 펀치, 천규덕
의 당수 춉, 박종팔의 일발필도 어퍼컷…… 여산은 벌쭉 웃는다. 그
위인들의 어깨 위에 서 있는 기분이다.

　정묵으로서는 이런 싸움 자체가 생소하다. 전설의 건달들이 맨주먹
으로 일대일 대결을 벌일 때 그는 어렸다. 그때는 태권도나 유도, 권
투 같은 개인 전투기술에 능한 건달들이 유리했다. 회칼을 들기 시작
하면서 싸움 방식은 전혀 달라졌다.

　짧은 회칼은 기습에 유리하다. 기습적으로 쓸 때에 위력이 배가된
다. 서로 칼을 들고 싸움을 하는 건 총이 나오기 전 전장에서 있을 법
한 일이다. 다행히 상대가 맨손이니 회칼은 팔의 연장으로서 효력이
있다. 이런저런 생각으로 머리가 아파온다. 상대인 여산은 제정신이
아닌 것 같다. 웃기까지 한다. 전기충격기를 한 방 놓는 것으로 해결

해버릴까. 그다음에 회칼로 아킬레스건을 따고…… 그때 여산이 왼쪽으로 덤벼든다. 다리를 노리고 있다. 정묵은 몸을 회전시켜 회칼을 쓰기 좋은 자세를 다시 잡는다.

"탓!"

여산이 기합을 지르면서 오른발을 올려찬다. 붕, 소리가 나며 다리가 지나가자 정묵은 허리가 허전해지는 것을 느낀다. 잘못 걸렸다가는 자빠지면서 흰 양복에 흙칠을 할 뻔했다. 정묵은 방심하고 있던 마음을 다잡고 칼 잡은 손에 힘을 준다.

"아닷, 아닷, 아닷!"

여산이 연속 세 번의 발길질을 가한다. 소금쟁이가 물 위를 뛰어갈 때처럼 가볍게 양발을 놀려 쳐들어온다. 정묵은 시선을 여산에게 고정하고 뒤로 물러선다. 그 순간 배롱나무 가지가 머리에 닿는다. 정묵이 멈칫하는 순간, 여산의 돌려차기가 작렬한다. 정묵이 휘청 하고 쓰러지려다 간신히 나무를 잡는다.

"양귀비 뒷발차기!"

여산의 의기양양한 목소리가 공기를 울린다. 정묵은 칼을 들어 일직선으로 찌른다. 단조롭다. 여산은 몸을 틀어서 피한다. 정묵의 칼질이 연속해서 쉭쉭쉭 소리를 내며 허공을 가른다. 여산은 별 어려움 없이 위험권을 벗어난다. 역시 짧은 회칼은 기습을 할 때 유리하다. 넓은 공간에서 일대일 전투를 벌이는 권투 방식에는 붙잡지 않는 한 무기로서는 큰 이득이 없다.

"아싸싸!"

여산이 연속 돌려차기로 공격해들어온다. 원래 이런 큰 동작에는 허점이 많은 법이지만 정묵은 뒤로 물러서는 것 말고는 반격방법을 찾지 못한다. 혹 회칼이 상대의 살을 베더라도 발길에 얻어걸리면 뼈가 부러지거나 잡힐 수가 있다. 기세가 오른 여산은 두 발을 엇갈리게 하며 고난도의 이중 앞차기까지 시도한다. 무술 시범에나 나올 법한 동작에 마을 식구들은 박수라도 치고 싶은 마음이다. 하지만 냉정하게 계산하면 여산은 소득도 없이 힘만 빼고 있을 뿐이다.

정묵은 자세를 낮추고 상대의 허점을 노리고 있다. 너무 시간을 끌어서도 안 된다. 고작해야 오지 촌동네 무지렁이와의 싸움이다. 평소 같으면 만날 일도 없는 상대다. 노는 물이 다르다. 강물이 우물물을 범하지 않는 것처럼. 그의 눈에 명철이 재두의 어깨를 치며 아첨하는 듯 웃는 모습이 들어온다. 그와 함께 동작이 잠시 느려지는 틈을 타 여산이 예기치 않은 도약에 이어 온몸을 던진 공격을 감행한다.

픽. 여산의 무릎이 정묵의 아랫배에 명중한다. 휘청 뒤로 넘어지려다 자세를 잡는 정묵의 양복 뒷부분을 여산이 잡는다. 정묵이 손을 뿌리치자 부우욱 소리를 내며 양복 뒷부분 실밥이 뜯어진다. 옷에 대한 미련으로 멈칫하는 정묵의 가슴에 여산의 왼발 공격이 제대로 들어간다. 여산의 오른 팔꿈치가 정묵의 등을 내리찍는다.

정묵은 눈을 의심한다. 이대로 가다가는 진흙에다 얼굴을 처박아야 할 판이다. 다른 수는 없는가. 나무를 향해 손을 뻗어보지만 잡을 수가 없다. 손에 있는 칼을 버리지 않는 한은. 정묵은 칼을 버린다. 나무를 잡는다. 그 순간 여산이 가차 없이 정묵의 오른쪽 오금을 걸어차서 무릎을 꿇게 만든다. 이어서 무자비한 발길질이 등에 가해지면서 정묵은 기어이 땅에다 얼굴을 처박고 만다.

생전 처음 맛보는 시골의 흙 맛. 치욕의 맛. 선글라스가 벗겨진 줄도 모른 채 정묵은 혀끝으로 입술을 훑으면서 여러 가지 맛을 보고 있다. 도대체 현실 같지가 않다. 땅속의 벌레 같은 인간에게 자신이 무릎을 꿇고 그 앞의 진창에 머리를 박고 있다는 게 믿어지지 않는다. 쓰러진 채 정묵은 왼손을 양복 안주머니에 넣는다. 뭔가 잡힌다. 그래야 한다. 정묵은 고개를 돌려 여산을 본다. 두 팔을 어깨 위로 치켜들고 춤추듯 하면서 제 식구들을 향해 포즈를 잡고 있다.

"야, 이 숙변 같은 새끼야!"

햇빛 속에서도 전기충격기에서 섬광이 일고 그 섬광에 장딴지가 닿은 여산이 쓰러져 뒹군다. 멀리서는 왜 갑자기 여산이 쓰러졌는지 모를 것이다. 알아도 상관없다. 나는 프로다. 오로지 상대를 쳐서 이기면 된다. 승자의 수단과 방법은 언제나 옳다. 정묵은 옷을 벗어던진다. 눈물 콧물에 땀이 쏟아진다. 이게 무슨 봉변인가. 선글라스도 발로 차버린다. 정묵은 떨어진 곳에서 관전하던 식구들이 뛰어오지 않도록 강력하게 제지한다. 기실 도울 일도 없다.

먹고사는 일에 힘들고 쉬운 게 따로 없다. 땅속의 미생물은 유기물을 먹고 지렁이는 미생물을 먹고 지렁이를 두더지가 먹고 두더지를 뱀이 먹는다. 뱀을 여산이 먹고 민간인 여산을 깡패인 정묵이 싸워 이길 수밖에 없다. 누구의 잘잘못이 아니고 자연의 순리이다. 윤리가 있다면 각자 최선을 다하라는 것 정도이다.

정묵은 기절해 있는 여산에게 다가간다. 여산이 깨어나는 것을 염려하는 게 아니라 아예 영원히 기절해 있도록 하기 위해 벌거벗은 여산의 맨살에 전기충격기를 들이댄다. 일 초만 지져도 구십 초는 기절해 있을 것이다. 일, 이, 삼 초를 세가며 지진다. 여산의 몸이 부들부들 떨린다. 단백질이 타는 듯한 냄새가 난다. 냄새가 그다지 좋지는 않군. 정묵은 야생 멧돼지가 사료를 먹이고 집에서 키운 돼지에 비해 누린내가 더 많이 날 것이라는 생각을 한다. 멧돼지가 먹고 싶은 건 아니다.

여산이 몸을 떠는 것을 지켜보고 있던 가족들의 입에서는 울음소리가 새나온다. 이령은 돌아서서 새미를 껴안고 눈물을 흘리고 있다. 영필이 마구간의 난간을 손으로 친다. 소희는 눈을 가리고 있다. 소희는 여전히 힘이 없다. 현실감각도 없다. 오한을 느끼면서 몸을 떨고 있다.

준호가 깨어난다. 눈을 뜨자마자 몸을 일으킨다. 빛의 차이 때문에 눈을 찡그렸다 뜨면서 밖에서 어떤 일이 일어났는지 분별하려고 애쓴다.

"아우웅 부우우앙……"

뜻을 알 수 없는 외침이 준호의 입에서 터져나온다. 상처입은 야생동물이 울부짖는 소리 같다. 새미가 준호의 등을 친다. 그만하라구우. 그만해! 그만해, 제발. 새미의 눈에서도 눈물이 그칠 줄 모른다. 모두들 울고 있다. 정묵은 양복을 집어들고 툭툭 턴다. 이제 끝났군. 끝.

"우와앙 우와앙 우와앙!"

준호가 목이 터져라 소리를 지른다. 용가리 통뼈를 삶아먹었는지 시끄럽기 짝이 없다. 정묵은 물론 조직원들도 준호를 바라본다. 모두들 어이가 없어한다. 준호, 혼자서 입으로 나팔을 불고 있다. 뿌왕 뿌아앙 부우아앙.

"저 새끼가 아가리는 당나발을 해가지고 코끼리 방귀 소리를 내고 있네. 완전히 동물의 왕국이잖아."

명철이 재두에게 말을 건넬 정도다. 재두는 어깨를 으쓱하고 만다.

여산은 어디선가 "아부지 아부지 아부지" 하고 부르는 소리를 듣는다. 소년이다. 소년인 그가 아버지를 부르고 있다. 아부지, 아부지, 아부지. 이제 일어나요. 잠 그만 자고 일어나요. 아부지. 나 혼자 두고 죽으면 안 돼요. 아부지, 아부지. 여산은 눈꺼풀을 뜬다. 아부지, 아부지, 아부지 하는 소리는 그치지 않고 들려온다. 누가 나를 부를까? 내게는 아버지라고 부를 자식이 없는데. 내가 아버지일까, 죽어가는 아버지를 외쳐 부르던 어린 소년일까. 여산은 운다. 울며 눈을 뜬다.

"우웡 우웡 우워어!"

여산의 시야에 정묵의 허연 엉덩이가 들어온다. 정묵은 준호가 내는 소리가 사람의 몸에서 날 수 있는 소리인가 의구심을 품은 채, 그럼에도 불구하고 마을을 흔들 정도의 굉음에 다소간 질려서 엉거주춤 서 있다. 여산은 고개를 들며 입을 최대한 벌리고는 가장 가까운 곳에 있는 살점을 물어뜯는다. 한입 콱 물었다. 제대로 물었다.

"아아아 악! 악! 악!"

정묵은 급소를 물린 채 여산의 머리를 있는 힘껏 주먹으로 내리친다. 여산은 맞으면서도 입을 벌리지 않는다. 흰 양복으로 땅으로 핏물이 번진다. 여산의 코가 뭉개지며 피가 튄다. 옷 속에 있는 정묵의 신체기관이 떨어져나가며 피가 터진다.

"우와악 이 쉬발탕나구가!"

정묵은 여산의 머리를 구둣발로 차고 나서 사타구니를 움켜쥐고 다시 차고 사타구니를 움켜쥔다. 바지를 벗고 상처를 확인해보고 싶지만 겁이 난다. 잘렸는지, 터졌는지 알 수 없다. 뜨겁고 고통스러울 뿐이다. 앞으로 무슨 낙으로 인생을 살아가나, 하는 생각이 방정맞게 찾아온다. 여산은 눈물 콧물 땀에 피를 흘리면서 이리 차이고 저리 차이며 땅바닥을 구르고 있다. 준호의 외침도 높아진다. 그건 그전처럼 웅웅대는 소리가 아니다. 외침의 주인 자신이 무슨 의미인가를 담으려고 기를 쓰고 있다. 마침내 그 외침이 무슨 뜻인지 밝혀진다.

"아와삐이! 아와빠이!"

여산은 그 와중에서도 아빠를 부르는 소년의 음성을 듣는다. 그건 태어나면서 한 번도 아버지를 아버지로 불러본 적 없던 소년이 제 나름대로 아버지를 애타게 부르는 소리다. 그래그래 아빠 여깄다, 넌 어디냐? 넌 어디야? 여산은 안간힘을 다해 몸을 일으킨다. 넓어진 타격면을 향해 정묵의 발길이 날아든다. 여산이 허헉, 하고 숨을 들이마시며 주저앉는다. 연속해서 발길질이 날아든다. 하지만 정묵의 발길질에는 힘이 실리지 못한다. 다리와 다리 사이에 있는 자신의 물건에 대한 한량없는 걱정 때문에.

"이제 고만!"

여산이 허점을 알아채고 정묵의 발목을 잡는다. 잡고 일어선다. 정묵이 벌러덩 자빠진다. 여산은 정묵을 질질 끌고 뛰기 시작한다.

"야 새꺄, 이거 놔, 놔, 놔!"

정묵의 눈 코 입으로 흙과 모래가 진주한다. 여산의 쇠덫 같은 손에 잡힌 발목이 끊어질 듯 아프다. 의식이 멀어진다.

"와부지 와부지 와부지!"

준호가 소리친다. 오냐, 오냐! 여산이 황소처럼 뛰어간다. 정묵의 다리를 수레 손잡이처럼 들고 뛴다. 눈물 콧물에 흙이 섞여 눈앞이 보이지 않는다. 눈이 잘 보이지 않는 여산은 어림짐작으로 식구들이 있는 곳으로 향하려 하지만 발길은 강변으로 향한다. 내리막길 이십여 미터를 뛰고 나자 아빠를 찾는 소리가 더이상 들리지 않는다. 여산은 귀를 기울인다. 어딨냐, 어딨어? 너, 어디에 있는 거냐?

비로소 여산의 눈에 강 상류의 모습이 보이기 시작한다. 강의 모든 것을 때려엎을 기계 군단이다. 강과 인간이 함께한 역사 수천 년을 하루아침에 바꿔버릴 중장비의 장대한 행렬이다. 여산은 정묵의 발목을 놓아버리고 강물에 뛰어든다. 강을 뒤집어쓴다. 뒤집어쓰고 몸을 담근다. 눈을 비빈다. 웅웅거리는 기계 소리는 그치지 않는다. 저 대지를 할퀴고 긁어대는 괴물의 이빨 같은 소리를 없애야만 아버지를 찾는 아들의 소리를 들을 수 있을 것 같다.

"형님!"

"아저씨!"

"여산씨"

"여산이!"

"아빠!"

"와뿌이!"

소리가 뒤따르며 장외에 있던 사람들이 모두 뛰어들어오고 있다. 그들은 모두 한판의 연극이 끝났음을 깨닫고 있다.

정묵이 정신을 차린다. 그 역시 눈을 쓸 수 있게 되자 곧 엄청난 연기를 뿜으며 행진을 해오고 있는 기계들에 눈을 돌리게 된다.

"아 쉬발, 저것들은 또 뭐냐?"

강을 배경으로 선 여산이 자신과 비슷한 더러운 몰골이 된 정묵을 향해 비시시 웃는다.

"더 떠? 한판 더?"

정묵은 눈살을 찌푸리다가 아이구, 신음을 낸다. 급하다. 세상 그 무엇보다도 급한 일이 있다.

"일단 오늘은 여기서 끝내자."

"나는 또 싸운다. 급하다."

"뭐가?"

여산은 튀어나온 배를 돌리고 겨드랑이 털이 삐죽삐죽한 팔을 들어 맹목적으로 돌진해오는 수백 대의 기계부대를 가리킨다.

"저것들하고 까대기 한판. 저 승악하고 못생기고 개돼지만도 못한 불한당 또라이 쫄따구 빙신 쪼다 늑대 호랑말코들하고."

정묵은 기가 막혀하며 신음을 낸다.

"나는 상관없으니까 빠질란다. 야, 너희는 거기 기다리고 있어! 쉬발 영감! 영감탱이! 당신 일로 와봐!"

구덩이에 갇혀 있다 온 양구 등의 선발대는 뻘에서 구르다 온 돼지 떼처럼 시커멓고 치명적인 똥 냄새를 풍긴다. 풀이 죽어 다가오는 부하들을 향해 정묵이 손을 선풍기처럼 돌린다. 정묵의 제지에 멀찌감치 둘러선 조직원들 사이를 통과하느라 구역질을 하며 영필이 다가온다.

"이 개좆같은 데서 최대한 빨리 밖으로 나가는 방법이 뭐요?"

"차는 없고 오토바이 한 대 있는데 고장이 났고…… 그쪽에서 타고 온 모터보트는 아까 떠내려갔고. 119 부르면 소방헬기 같은 거 보내줄지도 모르겠소."

용석이 한마디 보탠다.

"여기서는 휴대폰 안 터져요. 산 위로 올라가서 산불감시탑까지는 가야지 됐다 안 됐다 하걸랑요."

정묵은 암담한 느낌에 주저앉는다. 아랫도리에서 흘러나오던 피는 멎은 것 같지만 화끈거림은 여전하다. 머리와 얼굴의 타박상 같은 건 아무것도 아니다. 한시라도 빨리 나가야 살릴 수 있다. 그게 없어서는 살 이유가 없는 기능을. 정묵의 속이 시커멓게 타들어간다.

"정말 무슨 수가 없나?"

멀찌감치 있다고는 하지만 명철과 경준, 양구의 표정은 모든 걸 다 알고 있는 듯한 눈치다. 그들 역시 자신의 보스의 특정 기능에 이상이 생겼다면 더이상 보스로 인정하지 않을 게 뻔하다. 그사이에도 기계들은 쉼없이 전진해오고 있다. 모든 걸 알고 있다는 듯 여산이 인심을 쓴다.

"우리 배 빌려줘라."

정묵의 시커멓던 얼굴에 희망이 살아난다.

"그래?"

영필이 반대한다.

"이 사람아, 그 배 이 사람들이 타고 가고 나면 우리는 앞으로 뭐해 먹고살라고? 안 돼."

정묵이 소리친다.

"아, 쓰고 돌려드리면 되죠. 내가 약속할게. 잘 쓰고 깨끗하게 청소까지 해서 돌려드리겠다니까. 알죠? 우린 말이 법이라고."

영필은 못 미더운 듯 미적거리다가 여산의 재촉에 배를 끌고 온다.

222

그 사이에 정묵은 재두를 부른다. 재두 뒤에 명철이 따라붙는다.

"지금부터 너는 내 옆에서 일 미터도 떨어지지 마라. 원칙은 딱 하나다. 말만 하고 나를 따르지 않는 놈, 말 안 듣는 놈, 배신자는 싹 죽여라."

보스의 명령은 절대적이다. 불만이 있어도 발설하면 안 된다. 그 자리에서 불만을 이야기한다면 그건 보스를 보스로 인정하지 못하겠다는 것이나 자신이 부하가 아니라는 이야기가 된다. 아무리 불만이 커도 갑자기 이런 관행을 깰 수는 없다. 혼란 속에서는 간단한 규율이 힘을 발휘한다.

영필이 컴프레서와 고무호스, 살림망 등속을 배에서 꺼내고 난 뒤 정묵은 재두의 부축을 받고 배로 가서 몸을 싣는다. 뒤따라 OB 조직원들이 탄다. 벌에 쏘이고 폭탄 공격을 받았던 조직원과 갇혀 있던 조직원들이 배에 들러붙는다. 서로를 향해 코를 쥐고 있다. 네댓 명이 타도 될까 말까 한 배에 이십여 명 가까운 인원이 서로 타려고 덤벼들자 자칫하면 가라앉을지도 모르는 형세가 된다. 정묵은 눈을 감은 채 앉아 있고 재두가 사정없이 발로 차서 냄새나는 조직원들을 배 밖으로 떨어뜨린다. 수영을 할 줄 아는 조직원들이 뱃전을 잡고 헤엄을 쳐서 가기로 한다. 다행인 것은 여름이고 더워서 수영을 할 만하다는 것이다. 배에 탄 인원들도 모두 긴장한 채 무게를 분산해서 균형을 잡으려고 애쓰고 있다. 여산이 배를 떠밀어서 강 가운데로 밀어넣는다. 배가 강물을 따라 흘러내려가기 시작한다.

"이거 시동이 왜 안 걸리는 거냐……요?"

삽시간에 십여 미터를 떠내려간 배 위에서 명철이 소리친다.

"어, 그거 엔진 기름 떨어졌지. 내가 깜박했네, 이야기해준다는 걸."

영필이 안타깝다는 듯 손뼉을 친다. 그사이에도 배는 점점 멀어져 간다.

"그럼 우리보고 어떻게 하라고! 노라도 챘어야지!"

"유원지 오리배같이 발로 어떻게 해보슈. 아님 손바닥으로 하든지. 사람 많으면 돼! 열심히 하면!"

"시벌 것들, 끝까지 사람을 속이냐!"

"억울하면 다시 오라고! 다시 한번 해보든지."

더 말을 해봐야 여산과 영필을 즐겁게 해줄 뿐이라는 걸 알게 된 정묵이 제지한다.

"나 정말 급하다. 빨리 가기나 하자."

# 인생이여, 고마워요

"우리 이제 어디로 가나요?"

물레방앗간과는 상관없는 아름다운 아가씨가 묻는다. 소희가 느리게 말한다.

"이제 알겠어. 내가 왜 이렇게 기운이 없었는지. 쟤들이 먼저 안 거야. 여기에 결국 어처구니없게 큰 저 못된 괴물놈들이 와서 다 뭉개버릴 거라는 걸. 쟤들이 기운을 잃으니 나에게 들어오는 기운이 끊어졌던 거야."

영필이 나선다.

"여사께서 기운이 없으면 나도 기운이 없소. 기운 차리시오, 제발."

이령이 조심스럽게 묻는다.

"저기 공사판은 아직 먼데 우리 사는 데는 당분간 괜찮지 않을까요?"

소희는 힘겹게 한마디씩 이어간다.

"아니 안 그래. 이번에는 애들이 나보다 먼저 알았어. 애들은 폭풍 우가 올 것을 미리 아는 능력이 있지. 쥐가 아니라서 도망을 못 가는 것뿐이야. 저건 인간이 해서는 안 되는 짓거리야. 저것들은 따로따로 있는 것처럼 보여도 한 덩어리의 엄청난 괴물이야. 뭐든지 집어삼키 고 똥을 싸지르면서 지나가는 자리에는 뼈도 남지 않지. 애들은 그렇 게 느꼈어. 나도 그렇고. 이제 알겠어."

이어서 그녀는 노래하듯 중얼거린다. 소희의 말을 듣고 있던 영필 이 기회를 놓칠세라 운을 뗀다.

"아, 일찍이 들어보지 못한 비통하고 처절한 만가로구나. 우리는 어차피 세상 끝을 떠도는 나그네인데, 하필이면 이곳에서 예전에 만 난 적이 있는지 물어보리오."

겉멋 부리기를 두고 보지 못하는 소희가 쏘아붙인다.

"그건 또 무슨 엉뚱한 소리래요?"

"으하하하, 백낙천의 비파행을 볼작시면……"

"볼작시고 볼따구니고 간에 그런 말은 시간 많고 한가한 사람들 붙 잡고나 하시지."

영필은 전혀 기가 죽지 않고 으흐흐 하고 웃어댄다.

"이제 기운이 돌아오셨구려. 나는 기운 찬 여사께서 가시는 곳이면 세상 끝까지 따라가겠소."

"내가 가긴 어딜 가요? 여기서 죽을 거예요. 저 아이들하고 같이."

여산이 입을 연다.

"어머이, 우리 그냥 예전처럼 살면 되겠소. 누구든지 쳐들어옴까? 보셨소? 우리는 싸운다, 이긴다. 그놈들 잘못, 가르쳐줌다. 자연 잘못

건드리면 어떻게 되는지 자연이 가르침다. 우리는 세금 낸 적 없지만 저쪽은 세금 가지고 맘대로 쓴다? 저기다가 우리 별장이나 좋은 거 하나 짓는다? 우리 가족이 가는 데는 어디나 우리 무대가 됨다."

모두들 이제까지 여산에게서 들은 말 가운데 가장 복잡한 연설을 들은 끝이라 어안이 벙벙한 얼굴인데 맞은편의 이령이 대답한다.

"당신이 있는 곳, 가시는 곳 어디나 낙원이에요. 지상낙원에서 죽을 때까지 다함께 살고 싶어요."

소희가 혀를 찬다.

"자기야, 남자는 여자가 하자는 대로 따라하게 돼 있어. 여자가 마음먹고 덤벼들면 남자는 다 넘어와. 옷 뺏긴 선녀처럼 제발 그러지 말라고."

맨 처음 말을 꺼냈던 아가씨가 톡 쏜다.

"남자는 여자하기 나름이라고요? 그렇게 쉬우면 두 분 지금 당장 식 올리는 거 보겠네요."

누나 옆에서 소년이 "우앙 아응 우와뿌"라고 했다. 누나, 나보다 먼저 결혼하지 마. 소년은 소희의 응급치료로 얼추 얼굴이 제 모양을 찾고 있었다. 입술도 거의 가라앉아 제 나름의 발음에 문제는 없었다.

영필이 심각한 얼굴로 여산을 향해 손을 든다.

"저기 아까 자네 깡패들 두목하고 싸울 때 최후의 결정타로 날린 거 있잖아, 그거 보고 생각이 났는데, 거 전립선 공격 말야."

일이 다 끝난 뒤 스님은 어디서 구했는지 모를 야구배트를 들고 헐레벌떡 왔다. 전말을 알고 나서는 심심해서인지 무안해서인지 배트를 붕붕 휘두르고 있다가 영필에게 반문한다.

"전립선 공격? 그게 뭐야?"

"스님이 그걸 어떻게 아시겠어. 그냥 계슈, 스님."

"뭐라고? 삼라만상이 모두 딱 하나의 진리로 통하는 게여. 내가 그 깟 거 모를까봐."

보다 못해 여산이 나선다.

"아까 내 기술이 먹힌 데는 전립선이 아니고, 알, 알……"

"맞다 맞어, 알 박기."

영필이 손뼉을 치며 호응하자 스님이 아니꼬운 듯 다시 나선다.

"알 박기는 땅 투기하는 놈들이 쓰는 말이여. 그니까 아까 그 입으로 공격한 고차원적인 공격기술은 알 까기가 맞을 것이네."

영필이 숫제 스님은 무시하고 여산에게 호소한다.

"자네가 그쪽을 잘 아는 거 같으니까 그런데 내가 전립선 비대로 오십 줄부터 오줌이 안 나와서 밤마다 잠도 못 자고, 이래 이 나이에 죽고 싶어도 죽을 수 없고 살고 싶어도 사는 게 아닌 것으로 살다보니 세상에 하느님 부처님도 무심하시지, 병을 만들었으면 약을 내리든동 약이 있으면 어디 있다 갈쳐나 주든동……"

여산이 혀를 찬다.

"아자씨, 그건 병 아니다. 나이먹은 남자들한테는 전 세계적인 현상이다."

소희가 이령에게 속삭인다.

"말이야 맞지만 저희 남자들끼리만 이야기한다고 답이 나오는 게 아니지. 왜 나한테는 묻지를 않아?"

새미가 일어선다.

"할머니, 저 배고파요. 라면 먹고 싶어요."

이령이 정답게 소희의 팔짱을 끼고 새미가 소희를 부축한 채 여자 세 사람이 마을 안으로 걸어간다. 남자들은 쉬지 않고 입을 놀리며 놀고 있다.

은사시나무 그림자가 길어지고 있다. 천천히 길어지며 천천히 옅어진다. 곧 원유처럼 짙고 끈끈한 어둠을 데리고 밤이 올 것이다.

강이다.

강. ■

# 싸움의 철학

성석제 장편 읽기

차미령(문학평론가)

## 1. 고수의 귀환

성석제가 돌아왔다. 이렇게 식상한 문장으로 글을 시작하는 것을 용서해주기를 바란다. 이 말만큼『위풍당당』을 마주한 독자의 감회를 압축적으로 보여주는 말도 없다고 생각해서이다. 성석제는 누구인가. 그는 이른바 '내면성'을 중심으로 짜인 1990년대 문학판의 예외적인 일탈자이자, 동시에 '억압과 금기로부터의 자유'라는 그 시대의 정신을 웅변한 핵심적인 증인이 아니던가. 성석제는 우리가 가장 사랑한 작가 중 한 사람이거니와(그의 팬으로 자처하는 이들이 주위에 이다지도 많다니!), 그러한 관심에 걸맞게 성석제 소설의 개성과 매력은 그간 여러 각도에서 조명되었다. 그러나 다양한 관점에도 불구하고 이구동성, 의견의 일치를 이룬 대목이 하나 있으니, 그것은 그의 소설이 탁월한 이야기꾼, 그것도 재미있는 이야기꾼의 소산이라는 점이다.

그 누가 부인할 수 있겠는가. 성석제 소설이 "종횡무진하는 입담의 진면목"(서영채)을 만끽하게 해준 "현대적 해학의 결정판"(신수정)이었다는 사실을.

이와 같은 맥락에서 보면, 최근 몇 년간 발표된 성석제 소설에서 웃음이 사위어가고 있는 징후가 비중 있게 거론되었던 사정 또한 짐작이 간다. 『참말로 좋은 날』(문학동네, 2006)을 읽으며 황호덕이 "작가는 더이상 웃(기)지 않는다. 우리도 웃지 못한다"라고 하거나, 『지금 행복해』(창비, 2008)를 읽으며 이경재가 "시적인 따스함이 엷어진 자리를 채운 것은 건조한 산문성"이라 한 것을 상기해보라. 거기에는 성석제 소설의 애독자들이 예민하게 감지할 수밖에 없는, 2000년대 중반을 전후하여 이 이야기의 장인匠人이 맞닥뜨렸던 곤혹과 곤경이 기록되어 있다.

성석제 소설에서 재담과 익살이 더이상 도드라질 수 없었던 이유는 무엇일까. 아마도 우리 사회의 심성의 변화에 대한 이 이야기꾼의 자각自覺과 자성自省이 있었기 때문이 아닐까. 예컨대, "성석제만큼 정확하게 이야기꾼의 본분을 이해하고, 성석제만큼 성실하게 이야기꾼의 본분을 수호하고 있는 작가는 우리 시대에 그리 많지 않다"(황종연)는 한 헌사에서, '이야기꾼의 본분'이란 이야기를 자재로이 다루는 기술적인 역량을 뜻하는 것이 아니었다. 공동체의 삶의 조건에 대한 예리한 이해와 더 나은 삶을 향한 희구, 이야기꾼을 이야기꾼이게 하는 것은 바로 그것이지 않던가.

당겨 말하건대, 『위풍당당』은 성석제의 소설들 중에서도 그러한 이야기꾼의 본분을 뚜렷하게 실감케 하는 작품이다. 언뜻 보아 성석제가 이 소설을 통해 우리에게 들려주고 있는 이야기는, 한 시골마을에서 빚어진 허무맹랑한 소동극인 것처럼 다가온다. 그러나 이 이야기의 심층에는 지금 우리 사회가 처한 도덕적 파국에 대한 신랄한 비판과, 부정한 권력에 저항하고 새로운 공동체를 구성하고자 하는 충동이 고스란히 녹아 있다. 이야기꾼 속에 있는 유토피아적 충동만 놓고 볼 때, 근래의 소설계에서 성석제의 이번 장편만큼이나 그러한 충동이 이렇듯 여실히 감지되는 소설이 또 있었나 싶다. 그리고 이 소설에서 그것은, 고개 돌려 외면해버리고 싶은 세속의 고통을 뚫고 나와, 해방적인 웃음의 축제 속에서 펼쳐지고 있기도 하다.

웃음의 축제라고 썼거니와, 이 소설 전체의 유쾌한 인상은 독자를 무장해제시키는 작가의 입담에 크게 빚지고 있다. 『위풍당당』을 너무나도 쉽게 '성석제의 귀환'이라고 이름할 수 있는 것은 페이지 곳곳에서 까르르, 킥킥, 염치 불고, 체면 불고, 불가항력적으로 터져나오는 웃음 때문이다. 『위풍당당』은 입담계의 아트이자, 재담계의 클래식이다. 작가 성석제에게는 새삼스러운 말이 되겠지만, 작가의 해학은 '절대고수'의 경지에 이른 듯하다. 대책 없이 웃음이 터졌던 부분들 몇 개를 골라 '우리는 이렇게 웃었다'며 제시하기 위해 밑줄을 긋다가, 얼마 지나지 않아 그어대는 것을 멈추고 말았다. 간단히 말해, 직업정신을 발휘하기에는 너무 많았다. 이 소설의 해학사전에서, 인간의 생리현상을 갖고 노는 유머는 과연 몇 번째쯤에 위치하게 될까. "쿠르르르르" 하는 여산의 방귀소리와 "뾰오오오옥" 하는 이령의 방귀소리가 화음을 이루는 '방귀 협주곡'은 이 소설이 연주하는 웃음 중에서 몇 번째 순서를 차지하게 될까. 헤아릴 수 없다.

하지만 그럼에도, 본격적으로 소설을 복기하기 전에 (그럴 리 만무하지만) 혹여나 놓칠까봐 조바심이 났던 것 하나만은 적어두고 싶다. 이 소설을 이루는 25개 장章의 소제목들을 눈여겨보아주길 바란다. 마침 성석제는 책의 끄트머리에 소제목의 출처를 옮겨두었는데, 그것들 대부분은 잘 알려진 가곡과 서정적인 올드팝 들이다. 하지만 가곡, 오페라, 외국 민요, 팝송의 아름다운 선율과 가사가, 작중의 인물이 처한 상황과 만나면, 웃음(과 눈물)의 강도는 여지없이 증폭된다. '차용과 전유란 이런 것이다'를 체감하게 한다고나 할까. 새미를 찾아나선 세동의 뒤를 좇다, 정묵이 "양으로 봐서 세동의 것이 틀림 없"는 똥을 밟는 것으로 시작하는 5장 '나는 무덤 속에 누워서 기다리리, 대포와 말발굽 소리가 땅을 울릴 때까지'를 예로 들어보자. 결국 그 "쉬발새키"가 "똥 누다가" 도대체 한 "뭔짓"의 사연이 두 사람 중 한 명의 척탄병의 말로가 된다. 그 불운한 척탄병은 프랑스 땅을 밟기를 기원하는 나폴레옹 군대의 척탄병마냥, 보스 정묵의 명을 기다리며 죽음의 공포와 싸우게 되는 것이다.

## 2. 공포와 카니발

여기서 이야기를 계속 이어가보자. 『위풍당당』의 서사를 간단히 정리하면, 궁벽진 마을의 사람들이 그 마을을 "접수"하러 간 "전국구 조폭"들과 일전을 벌이는 이야기라고 할 수 있다. 시골마을을 얕잡아보고 의기양양하게 쳐들어간 도시의 조폭들은 예상치 못한 기습에 속수무책으로 농락당하고, 반대로 마음을 모아 위기를 돌파하는 동안 마을 사람들의 이해와 애정은 더욱 깊어진다. 방금 일별한 대로, 이 소설의 이야기는 어느 정도 관습적인 행로를 밟아가지만, 능수능란한 이야기꾼답게 작가는 서사의 긴장과 이완을 적절히 안배하여, 절묘하게 짜인 이야기판 속으로 독자를 이끌고 간다. 예컨대, 다음과 같은 장면에서,

마을 북쪽 끝 방앗간과 대장간 사이의 골목에서 도망치던 남자들이 사라져버리는 바람에 앞서 그 뒤를 쫓던 세 조직원의 걸음이 느려지는 새 갑자기 "공격!" 하는 소리가 나면서 그들의 머리 위에 불그죽죽한 물이 씌워졌다. 바가지로 퍼부어지기도 하고 양동이로 덮어씌우다시피 한 것도 있다. 그와 동시에 기침과 재채기와 눈물, 콧물로 골목이 바다를 이루었다. 소희가 직접 가꾼 국내 최고 수준의 신랄함을 자랑하는 고추와 잿물로 만든 폭탄을 맞은 조직원들이 제정신을 잃고 골목을 기어다니게 된 건 당연했다. 뿌린 쪽도 온전하지는 못했다. 눈물을 흘리면서 뿌렸고 다음 장소로 이동하면서도 콧물을 줄줄 흘리며 울먹였던 것이다.(187쪽)

우리를 기습하는 것은 무엇인가. '고추 잿물 폭탄'이라는 효과 만점의 천연 무기 앞에서, '쇠똥에 자빠진 범'과 같은 설화를 한번쯤 떠올리게 되는 것도 무리는 아니겠다. 심술궂은 호랑이를 화로에 묻어둔 숯불과, 물통에 풀어놓은 고춧가루와, 행주에 가득 꽂아둔 바늘과, 쇠똥을 깔아놓은 멍석으로 포획한 노파의 지혜는, 몇 세기를 지나 이 마

을 사람들에게서 다시금 활발하게 가동중이다. 『위풍당당』에서 조폭들이 여지없이 당하는 이러한 에피소드들에는 약자들이 꾀와 기지로 강자를 물리치는 민담적 상상력이 바탕에 깔려 있으며, 그러한 상상력이 유발하는 유쾌한 웃음의 중추에는 힘의 위계가 전복되면서 빚어지는 쾌감이 자리하고 있다.

정묵이 그랬고, 양구가 또 그랬거니와, 작중의 조폭들이 자신들의 처지를 쉽게 수리할 수 없었던 이유는 무엇인가. 그들을 제압한 상대가 주로 노인, 여자, 어린이 들로 구성된 시골 사람들, 정묵 그 자신의 말을 빌리면 "촌동네 병신새끼들"에 불과하기 때문이 아닌가. 사자를 자처했던 자가 누가 토끼고 누가 사자인지 헷갈려하는 전도(inversion), 그 것이 『위풍당당』이 구사하는 해학의 근간을 이룬다. 오, 저 불쌍한 우리의 조폭들은 "텁석부리 여산과 다 늙어빠진 영필"에게도 당하고, 동네 야산으로 얕본 "봉래산"에도 당하고, 무엇보다 "똥물"에도 무릎을 꿇고 만다.

아닌 게 아니라, 『위풍당당』에 그려진 조폭 수난기의 첫 자락과 끝 자락에는 모두 '똥'이 자리하고 있다. 세동의 똥을 밟는 것으로 처음으로 황당한 낭패를 맛본 조폭 보스 정묵이, 일련의 좌절 끝에 마을을 뜨려다, '닭똥'을 먹는 것만이 치료책이라는 말에 욱해 기어이 마지막 한 걸음을 내딛는 것처럼. 우여곡절 끝에 마을에 상륙한 조폭 선발대도 그 점에 있어서라면 마찬가지다. 그들은 준호와 영필의 유인에 꾀여 "십여 년 전 자연지형을 최대한 활용해 만든 대형 화장실" 속으로, 그러니까 "십 년 묵은, 분뇨" 속으로 처박혀버린다. 마을을, 그것도 대낮에, 위풍도 당당하게 활보했던 조폭들의 머리 위에서, 마을 사람들이 마치 "신처럼" 그들의 운명에 대해 논하는 장면은 이 소설에서만 맛볼 수 있는 명장면 중 하나다. 구덩이 속의 양구가 제아무리 악을 쓰고 욕설을 해도, "바깥에서는 귀를 기울여야 들릴까 말까 한 모기 소리"로밖에 들리지 않는 것, 그것이 힘의 위계가 전복되는 『위풍당당』 속 세계의 한 단면이다.

그렇다면 이쯤에서 똘질을 한 조폭들의 면면을 그들의 첫 등장의 위용과 견주어보면 어떨까. "검정색 벤츠" "아르마니 넥타이" "연갈색 페라가모 구두" "베르사체 선글라스" "카르티에 시계"와 같은 한 번쯤 들어봄 직한 명품들은, 바야흐로 조폭사회에도 새로운 패션 키워드로 정착되었다(시골 별장을 합숙소로 마련한 것이나, 손두부 식당을 찾아다니는 등 "자연산"을 찾는 것도 신종 유행의 일종이겠다). 인터넷쇼핑몰에서 정묵이 구입한 명품들은, 우리 시대 속물들이 그러하듯이 신분을 포장하고, 연출하고, 과시하기 위한 것, 바꿔 말해 타인들에게 보여주기 위한 것이다. 하지만 그것이 명품이라는 사실을 보아줄 이도, 또 알아줄 이도 없는 마을에서는 상황이 역전된다. 그 무관심한 타자를 대표하는 것은, 다름아닌 흙, 나뭇가지, 가시덤불 등 이 마을의 자연이다. 소설에서 정묵의 구두와 양복에 대한 집착과 그것을 버리기까지의 과정은 몇 차례에 걸쳐 묘사된다. 그는 근심을 가득 담아 구두와 양복을 아끼고 보존하려 하지만, 결국 구두를 망치고, 양복을 망치고야 마는 것이다.

이와 같이 조폭의 소비패턴이 바뀌었으니, 그들의 슬로건도 바뀌었을 법하다. 우리가 정묵들에게 은연중 연민을 품게 되는 것은, 그들이 시골 사람들에게 당해서만은 아니다. 그들의 모습에서 우리는 어쩌면, 우리 자신이 짊어지고 있는 삶의 압박을 느끼고 있는 것인지도 모른다. 자리를 보전하기 위해 매순간 전전긍긍해야만 하는 지친 "보트피플"들의 삶. "끊임없이 변화해야 산다. 안주하면 도태된다. 고착되는 순간 진다." 신자유주의 시대의 경쟁논리는 재벌과 대기업을 경유하여 작중 조폭들의 세계에까지 도달했다. "이제는 관리의 시대이고 사업의 시대이며 경영의 시대"라며 마음을 다지는 정묵의 철학은 그 나름의 형태로 실현된다. 이를테면, 이제 정묵의 조직은, "면접"과 "수습", "관찰"과 "평가"를 거친 "키 백팔십 센티미터 이상, 전문대 이상의 학력"을 갖춘 젊은이들만이 구성원으로서 수용되는 것이다.

"저 개새끼가."
조직의 건강성을 유지하려면 평균능력에 미달하는 조직원은 도태시키거나 평균에 도달할 때까지 혹독하게 훈련을 시켜야 한다. 훈련을 하는 데는 시간과 비용이 들므로 그럴 만한 가치가 있는지 잘 생각해야 한다. 도태시키기는 쉽다. 조직원 한가운데 던져놓기만 하면 된다. 이지메가 시작된다. 둥지 속에서 좀 모자란 형제를 죽이든가 둥지 바깥으로 떠밀어내버리는 어린 새들처럼 조직에는 강한 자만 살아남는다. 세동은 원래 강한 새끼였지만 지금은 아니다.
"형님, 저 좀 살려주십시오! 형님, 저 버리지 마십시오!"(64쪽)

그러나 어느 정도 세련성을 가미한 듯한 이들의 조직논리가 실은 얼마나 섬뜩한 것인지는 위의 장면만 보아도 금방 확인된다. "조직의 건강성"을 해치는 "평균능력에 미달하는 조직원"을 정묵이 처리하는

240

방법은 두 가지다. 도태시키거나, 적응시키거나. 순식간에 '능력 미달'의 범주로 묶이게 된 세동은 지금 공포에 떨고 있거니와, 그가 호소하는 공포야말로 이 조직의 숨은 논리이다. 예컨대, "침묵은 금"이라며 정묵이 역정을 자제하고 인내를 갖고자 하는 것도, 그것이 그의 조직원들에게 권력의 공포를 심어주고, 서로의 차이를 각인시키며, 위계를 확인케 하는 가장 손쉬운 방편이기 때문이다.

그렇게 볼 때, 또다른 인물인 재두의 조직 내 위치 변화를 살펴보는 것도 무익한 일만은 아니겠다. 명철, 양구 등이, 조직 보스 혹은 그 바로 아랫자리를 노리며 벌이는 신경전은 수컷들의 순위 다툼처럼 그려진다. 그러나 소설 말미에서 그들을 제치고 정묵의 옆자리를 꿰차는 인물은 "인간 돼지"이자, "소모품"쯤으로 취급되었던 재두이다. 재두의 이러한 위치 바꿈을 이 소설을 관통하는 전복적 상상력의 일부로 이해할 수도 있을 것이다. 하지만 재두의 조직 내 신분상승이 남기는 씁쓸한 뒷맛은, 정묵이 말하는 "식구"가 실상 전혀 평등하지 않고, 폭력적인 방식으로 힘을 증명하는 자만이 살아남을 수 있다는 사실을 다시금 누설해준다.

그러니 이쯤에서 마을 사람들의 이야기로 돌아가보기로 하자. 우리는 방금, 정묵으로 대표되는 조폭의 조직논리를 '관리' '경영' '경쟁' '공포' '위계' '폭력'과 같은 어휘들로 간단히 살펴보았다. 만약 그렇게 접근한다면, 조폭과 마을 사람들의 일전에는 어떤 의미가 함축되어 있는가. 우리가 마을 사람들로부터 얻어야 할 지혜와 교훈은 무엇인가. 『위풍당당』은 '위계'를 강요하고, '공포'를 조성하며, '폭력'을 용인하는 '권력'과 어떻게 싸워야 하는지를 유쾌하게 보여주고 있지

않은가. 마을 사람들은 우리에게 전한다, '싸우는 것은 이런 것이다'
라고.

음악이 더 빠른 곡으로 바뀌었다. 역시 가사는 없었지만 전자오르간
의 높은 음이 끼어들어서 변화를 주었다. 춤판이 커졌다. 소희가 잔을
비우고 뛰쳐들어 두 팔을 앞으로 길게 뻗고 몸을 좌우로 움직이는 춤
을 추고 영필은 두 손의 검지를 세워 귀 옆으로 하늘을 찌르다가 과격
하게 다리를 찢는 러시아식 춤을 선보였다. 여산이 손짓을 하자 이령이
환성을 지르며 뛰쳐나가고 담뱃갑을 만지작거리고 있던 용석이 에라
모르겠다, 하는 식으로 마당에 뛰어들었다. 또 음악이 바뀌었다. 준호
가 제 머리와 몸을 손으로 쳐서 소리를 내고 까마귀 울음소리를 내가며
몸이 움직이는 대로 춤을 추었다. 마지막까지 앉아 있던 새미도 일어섰
다.(148쪽)

양구가 이끄는 선발대를 생포한 후 마을 사람들이 맞는 여름 한낮
의 오찬은 라블레적 향연이다. 그들은 공포에 맞서는 해방의 감각을
노래와 춤으로 표현한다. 그 순간만큼은, 그들 모두는 전투가 아니라
놀이를 즐기는 호모 루덴스들이다. "그런 난리가 없었다. 난리도 아
니었다." 이 춤판에는 용석도, 심지어 스님도 예외가 아니다. 손님도
없으며, 방관자도 없다. 그들은 모두 평등하다. 모든 사람들이 노래와
춤으로 이루어진 흥겨운 축제의 주인, 곧 마을의 주인이 된다. 작가가
마을 사람들의 이 작은 카니발을, 정묵 등 조폭들의 시선에서 다시 한
번 포착한 것은 그래서 흥미롭다. 조폭들은 도저히 이해할 수 없는 그

춤판. 눈앞에 있다고 예상되는 적들 앞에서 웃으며 축제를 즐기는 것, 그럼으로써 적의 존재 자체를 무의미하게 만드는 것. 그 광경에는 지난 몇 년간 우리 사회에서 새롭게 형성된 저항의 문화가 투영되어 있지는 않은가.

그러한 저항의 정신을 다른 각도에서 성찰하게끔 하는 것도, 다름 아닌 '똥'이다. 대저 "전국구 꽃미남 조폭 수준"이란 무엇인가. 명품 브랜드 스포츠 의류를 입고, 외모와 신체를 정성껏 관리하는 것이 아니던가. 그러나 조폭들의 세심한 신체 관리는 똥물의 위력에 미치지 못한다. 작가-서술자가 똥폭탄이 투하되는 장면에서 용역 깡패들에 대항하는 철거민의 대소변 공격을 환기해준 연유로, 우리가 작중의 상황을 부당한 침탈에 대항하는 유구한 민중의 서사의 연속선에서 이해할 여지는 조금 더 넓어졌다. 더군다나 똥물의 효과에는 조폭들이 '나는 누구인가'를 반성케 하는 심리적 효과까지 수반되어 있으니 일거양득이랄까.

하지만 그럼에도, 여기서 더 주의깊게 살펴야 할 것은 따로 있다. 이 '축복의 땅'에서는, 똥이 골칫덩어리 폐기물이 아니다. "천연비료"를 아끼는 여산과 소희의 눈으로 본다면, 인분은 폐기되는 것이 아니라 생산되는 것이고, 또 순환되는 것이다. 강마을의 모든 장소를 화장실로 애용하기도 했던 여산의 화장실 설계가 보여주는 철학은, 자연에 폐기물은 존재하지 않는다는 사실이다. 그리고 그러한 철학은, 모든 버려진 존재들의 공동체인 이 마을의 내력이 증언하고 있기도 하다.

## 3. 가짜 아버지, 그 나쁜 이름

저 조폭들의 면면은 낭만적 건달의 시대가 완전히 저물었음을 말해준다. 세월의 흐름에 따라 변한 것은 건달과 같이 시대가 사랑한 탕아들뿐만은 아닐 터이다. 소설의 도입부에서 진술된 것처럼, 지천벽 아래 용소의 전설을 이제 아이들도 믿지 않는다는 것은 암시적이다. 말하자면, 이 소설에 구축된 세계는 '장풍'을 날리고 '권법' 하나쯤은 할 수 있으리라 기대되었던 스님이 '국군도수체조'로 응답하는 곳이다. 일견 이 소설에서는 옛 드라마 세트장을 무대로 하여 순전히 허구적인 연극이 종횡무진 펼쳐지고 있는 듯하지만, 인물들 각각의 사연은 지난하기 이를 데 없다.

작가는 마을 사람들의 내력을 한 사람씩 차근차근 소개해나간다. 가령, 3장에서는 스님이, 4장에서는 소희가, 5장에서는 영필이, 8장에서는 이령이, 그 장의 어엿한 중심인물로 부상한다. 성석제가 한 사람의 일생을 집약해놓는 데 능수라는 사실을, 『위풍당당』에서는 장 단위로 확인하게 된다고나 할까. 소설이 캐릭터의 잔치가 될 것이라는 점은 1장에서부터 짐작된다. 도입부에 제시된 박영필과 김여산의 기묘한 행색과 행동들을 보라. 끓는 듯한 한여름에 삿갓을 쓰고 "스바니 뻬르 셈쁘레 일 쏘뇨 미오 다모레!"를 열창하는 노인도, 잠수복, 물안경, 살림망, 오리발, 플래시를 구비한 요란한 행색으로 헤엄을 치는 말더듬이 사내도, 어딘가 심상치 않다. 다행히도 작가-서술자는 우리가 이들의 행동에서 주목해야 될 점을 다음과 같이 꼬집어주고 있다. 간단히 말해 "아침부터 그들이 한 모든 일이 불법"인 것이다.

영필은 "음주가무, 고성방가를 금"하는 팻말에 아랑곳하지 않고 노래를 하며, 여산 역시 "합법이나 관청하고는 담을 쌓고 살 수밖에 없는 처지"이다. 법의 형식적 준수 여부로만 따지자면, 영필과 여산은 물론이고 마을 사람들도 조폭에 못지않은 일탈자들이다. 오히려 조폭들이 자신의 조직을 건사하기 위해 경매, 건설, 부동산, 용역, 사채 등 짐짓 '합법'의 테두리로 진입하려 애쓰는 반면에, 여산들은 외부에 의해 강제된 법이 아니라 그들 스스로가 합의하여 만들어낸 삶의 원칙들을 수호하고자 애쓴다. 그 모든 행동들은 그들에게는 이익이나 필요, 의무에 의해서가 아니라 "좋아서 하는 일"인 것이다.

그러나 이 소설에서는 '위법'과 관련해 좀더 짚어두어야 할 것들이 있다. 소설의 어느 대목에서 영필은 마을 사람들을 일컬어 다음과 같이 말한다. "경찰한테 갈 처지도 아닌 건 피차 마찬가지다만도." 영필의 고성방가와 여산의 수렵쯤은 읽는 이의 마음을 불편하게 하지는 않는다. 하지만 영필을 비롯한 마을 사람들의 과거 내력 앞에서는 태연하기 힘들다. 영필의 말을 빌리면, 이 마을 사람들은 "제1회 박영필 컵 쟁탈 과거를 묻지 마세요 세계선수권대회"에 나갈 법한 사람들이며, 어딘가 '살아오면서 험한 꼴을 당했을 것 같은 사람'들이기 때문이다. 마을 사람들에게는 서로에게 터놓건, 그렇지 않건, 어떤 비밀이 있다.

인생의 하향곡선으로 치자면, 영필의 경사가 가장 가파르다고 해야 할지 모르겠다. 부잣집 적장자로 태어난 그의 유년기가 얼마나 화려했는지는, 노인이 된 그가 아직도 '배고픔의 감각'이 신기하다는 대목에서 인상적으로 유추된다. 그러나 부모와 조부모가 연달아 죽은 후

그의 인생은 "퇴역 상이군인의 행색"으로 추락해버렸고, 그의 삶에 옹이져 있던 분노는 간신히 가정을 꾸린 뒤 뒤늦게 폭발한다. 소설에 서술된 영필의 인생 편력을 우리는 애잔하게 바라볼 수 있다. 하지만 그의 이력에서 시선을 한동안 멈추게 하는 또다른 존재는, 오십대 중반에 홀로 죽어야 했던 그의 아내, 그 시신이 "아무도 없는 집에서 일주일가량 방치"되었던 그 아내이다. 아내의 죽음은 영필의 삶의 변화에 중요한 계기가 되었거니와, 자기 삶의 고통에 들려 정신병원과 감옥을 오가는 동안 그는 무책임한 가장이지 않았을까.

> "너 뭐야, 벙어리새꺄. 자빠져 자지 않고. 꺼져, 멍청한 바보 병신새끼."
> 준호는 남자를 노려보았다. 어둠 속에서, 어둠 속에서.
> "에이 재수 없는 것들. 한 똥통의 구더기 같은 것들."
> 남자는 대문에 달린 쪽문을 열고는 밖으로 나가버렸다. 준호는 누나의 방문을 열었다. 누나는 울고 있었다. 게임머니가 충전된 컴퓨터 화면만 빛났다. 어둠 속에서, 어둠 속에서.
> "그 자식 죽여버려."(162~163쪽)

이렇게 짐작해보는 연유는 다른 데 있지 않다. 소설의 다른 인물들, 소희, 이령, 새미, 준호 등의 과거를 떠올려볼 때, 가족의 붕괴와 연루된 소위 '나쁜 아버지'는 이 소설의 주제선의 한 축을 형성하고 있기 때문이다. 예컨대, 남편이 죽고 나서야 자신이 "남편 인생의 조화造花"에 불과했음을 깨닫게 된 소희는 고독과 분노 속에서 집을 불태우거니와, 그것이 소희가 "현주건조물방화"의 혐의로 쫓기는 된 연유다. 그뿐인가. 이령과 새미에게 남편과 양부라는 자들이 저지르는 만행들은 차마 입에 담을 수 없을 정도여서, 새미 남매는 새미를 추행하는 자를 피해(아마도 그를 응징하고) 도망쳐나왔으며, 이령은 딸 분희를 칼로 살해하기까지 한 자를 더이상 피할 길이 없어 스스로 몸을 던진다.

이들이 마을 바깥에서 경험했던 가족, 보다 간단히 말해 아버지/남편은 정서적인 유대감을 주기는커녕, 오히려 그들을 송두리째 파괴하려 한다. 불을 지르거나, 비명을 토하거나, 게임에 중독되거나, 가출을 하거나, 누군가를 죽이려 하거나, 아니면 스스로 죽는 행위들은 이들에게 있어서는 자신의 실존을 지키기 위해 해야만 하는 최소한의 것들이다. 그럼에도 읽기에 따라서는, 이들의 사연이 소설의 다른 부분들이 희극적으로 과장된 것처럼 마치 비극적으로 과장된, 다시 말해 통속적인 스토리로 다가올지도 모르겠다. 하지만 가족이 파탄에 이르렀고, 그 파탄의 주요한 원인으로 가장이 지목되며, 그로 인해 가족 안의 가장 약한 구성원들에게 씻을 수 없는 상흔이 남는다는 사실, 나아가 그 구성원들이 그들을 옭아맨 사슬로부터 자살적인 탈주를 감행한다는 사실은 외면하기 힘든 사회 심리적인 상징이 될 수 있다.

"운명은 나를 선택했지만 나는 운명을 선택하지 않았다. 그래서 나는 운명이 정한 길을 따르지 않을 것이다"라고 적으며 아버지를 찾아나서는 새미 남매의 이야기는 그러므로 주목될 필요가 있다. 프로이트에게서 움텄으며 린 헌트에 의해 발전적으로 계승된 '가족 로망스'의 프리즘으로 본다면(『프랑스 혁명의 가족 로망스』), 새미 남매의 아버지 찾기는 이 소설의 가족 이야기 속에 새로운 정치체를 향한 상상과 열망이 녹아 있지 않은가를 곱씹게 한다.

헌트가 그러했듯이, 소설 속의 가족을 문자 그대로의 '가족'에 그치지 않고, 권력관계의 상상적인 구조로서의 가족으로 넓혀 사유한다면 어떨까. 애초에 소희, 이령, 새미 들이 각각의 '가족'으로 묶였을 때, 그 구심점에는 사랑이 있지 않았다. 무관심과 몰이해, 그리고 폭력이 그들이 경험한 가장의 권력에 한결 더 어울리는 수식어일 터이다. 『위풍당당』이 우리 시대의 정치적 알레고리가 될 수 있다면, 그것은 무엇보다 무능하고, 무책임하며, 포악하기까지 한 옛 아버지의 질서가, 새로운 가족의 그것으로 재편되고 있기 때문이다.


### 4. 가족, 그리고 생명

물론 이 마을 사람들이 서로를 가족으로 받아들이는 데 아무런 진통이 없었던 것은 아니다. 이 모든 이야기가 새미가 자신을 먹잇감으로 노리는 조폭들을 피하려다 그중 한 사람에게 상해를 입힌 것으로 시작된바, 그 첫번째 고비는 다음과 같은 영필의 의문의 형태로 제기되었다. 새미 남매를 은근히 비난한 후에 영필은 "그애들도 생각이 있으면 알아서 조용히 떠나줄 수도 있잖나"라며 여산을 설득하려 한다.

"그애들도 생각이 있으면 알아서 조용히 떠나줄 수도 있잖나, 뭐 이런 거지. 조용해진 뒤에 와도 되고. 그런데 그애들이 여기 있다가 전체가 피해를 입으면 나중에 돌아오고 싶어도 못 돌아와. 그애들이 지금처럼 몸이 성할 거라는 보장도 없고. 누이 좋고 매부 좋은 거라고."

영필은 자신이 이제까지 몇 사람의 친인척을 설득했는지 생각해본다. 당신들이 훔쳐간 땅의 십분의 일만 돌려주면 괴롭히지 않겠다. 당신들은 그 십분의 일이 없더라도 살아가는 데 전혀 지장이 없다. 그 십분의 일을 줌으로써 양심의 가책에서 벗어나고 법적으로도 완벽해진다. 누이 좋고 매부 좋다. 당신은 진짜 매부 아니냐. 그때도 이렇게 열심이었는가. 아니다. 생각을 하느라 잠시 영필의 말이 끊기자 여산은 팔짱을 끼며 강마을을 향해 돌아선다. 오랜만에 그의 입에서 심각한 말이 흘러나온다.

"가족이 뭐냐요, 아자씨?"(75~76쪽)


흡사 합리적인 해결책처럼 보이는 영필의 논리는 우리에게 친숙한 것이고, 정묵이 폭력적으로 관철하려 하는 것이기도 하다. 전체에서 가장 약한 고리를 솎아내고, 그들을 '배제된 자'로 만듦으로써, 전체의 안위를 구하는 방식, 그리고 그것이 오히려 약자들을 대변하는 것이라 호도하는 방식, 그것 말이다. 작가는 6장을 위와 같은 여산의 반문으로 닫은 후 이어지는 7장을 "김양구, 너 식구가 뭔지 아나?"라는 정묵의 질문으로 열고 있다.

여산과 정묵, 그들은 모두 가족과 식구를 말한다. 공통점이 없지는 않겠다. 마을도 조직도, 바깥세계에서 제외된 자들이 모여 일구어낸 집합체이니까. 하지만 '기강'과 '충성심'을 강조하는 정묵의 속내를 들여다보면 어떤가. 어린 민수를 폭행한 양구를 정묵은 식구의 도리를 모른다며 꾸짖는다. 하지만 바로 그다음 정묵은, 양구, 경준, 재두, 세동, 명철 등 그 자신이 '식구'라 일컬은 이들의 장점과 약점을 따져보는데, 그러한 사고가 가능한 것은 그가 그의 식구들을 이익과 용도로 분별하고 있기 때문이다. 정묵에게 누군가는 "조직생활의 건강성"을 위해서, 누군가는 "누가 봐도 겁을 먹을 덩치"가 필요해서, 누군가는 "적당한 싸움 능력" 때문에 필요한 사람들일 따름이다. 그렇다면 그 쓸모를 증명하기 위한 경쟁에서 도태된 자는 과연 어떻게 되겠는가.

조폭의 보스가 정묵인 것처럼, 여산 역시 소설에서는 "강마을 인간 둥지의 수컷 가장"으로, 또 "모든 것을 결정하고 주재할 수 있는 사람"으로 규정된다. 그는 스님이 만든 가짜 길에 속지 않고 강으로부터 종소리를 역추적해낸 마을의 기원이며, 삶의 마지막을 생각하며 강가에 이른 자들을 인도한 마을의 산파이다. 마을의 기원이며 산파인 그는 어떤 존재인가. 일단 한눈에 들어오는 여산의 개성은 바로 그의 먹성이다. 그가 야생의 동식물을 마다하지 않는, 지칠 줄 모르는 먹성의 소유자라는 사실은 반복적으로 강조된다. 여산의 몸은 자신이 좋아하는 돼지고기는 물론이고, 산토끼, 가재, 개구리, 고사리, 머루, 두릅까지, 수륙의 산물 모두를 가리지 않는다. 토종 땅벌의 벌집, 애벌레볶음, 뱀닭도 그는 불사한다.

그런 그가 "백 프로 자연산 장어"를 찾아다니는 정묵들과 무엇이 다른가. 여산의 경우에, 음식을 먹는 행위는 그가 바로 자연의 일부라는 증거이다. '내가 먹는 것이 바로 나'라면, 여산이 곧 자연이다. 또한 많은 경우 여산의 먹는 행위는 그 자신의 노동과 결부되어 있다. 『위풍당당』에서 여산을 비롯한 마을 사람들이 먹는 장면들은, 한낮의 오찬이 그러했듯이 은연중 바흐친의 라블레론을 떠올리게 한다. 바흐

250

친은 라블레의 작품에 나타난 먹는 행위(특히 같이 먹는 행위)에서 성장과 재탄생을 읽어내며, 이를 유토피아적 풍요와 연관시킨다.(『프랑수아 라블레의 작품과 중세 및 르네상스의 민중문화』) 바흐친의 저작에 따르면, 세상과 인간은 먹는 행위를 통해 소통한다. 세상의 일부를 죽여 자신의 몸에서 다시 탄생케 하는 그것은, 인간의 본능과 생산력에 대한 유쾌한 찬양이자, 세계와 맞서 싸울 수 있다는 의지의 표방이다.

이쯤에 이르면 여산의 먹성이, 왜 "가족이 뭐냐요, 아자씨?"라는 질문에 대한 우회적인 답변이 될 수 있는지 다소 의아할 법도 하다. 강에서 주로 먹을 것을 얻는 그는 줄기차게 먹되, "씨를 말리는 법"이 없다. 또한 그에게 먹기란, 혼자 먹기가 아니라 나눠먹기이다. 가령, 그가 스님에게 한 첫마디는 밥을 나누고자 건넨 말이 아니던가. 다시 말해, 마을 사람들의 먹는 행위에서 포착되는 생명에 대한 찬미는, 그 어떤 사람도 고귀한 생명으로서 수용하는 민중적 도덕과 불가분의 관계를 맺고 있다. 그리고 바로 그것이, 여산이 생각하는 가족의 출발점이자 도달점이다. 삶의 막다른 골목에 선 소희가 "나도 여기서 살아도 되겠소?"라고 물을 때 그저 웃어 보이는 것, 목숨을 버리려 한 이령이 깨어났을 때 "이제 됐군"이라고 무심히 말하는 것, 그리고 보듬어주는 것, 그것이 그가 생각하는 가족이다. 『위풍당당』에서는, 특히 준호와 여산이 나누는 교감이 공들여 묘사되고 있거니와, 두 사람의 관계에서도 중요한 것은 군림하고 제압하는 '부권'이 아니라 인정하고 보살피는 '부성'이다.

이 소설에서 작가는 '나쁜 아버지'에 대항하여 '아버지'라는 질문 자체를 타파하려 하지는 않는다. "와부지 와부지 와부지!"라는 준호의 애타는 외침을 향한 필사의 응답이 없었다면, 이 마을은 절멸의 운명을 맞았을지도 모른다. 그러나 소설이 제시하고 있는 부성이, 그것을 보완하고 제어하는 모성과 나란히 하고 있다는 점을 아울러 기억해두려 한다. 작중의 인물 중 소희에게 마을 사람들을 감화시키는 언변이 집중적으로 할애되어 있는 것은 우연이 아니다. 그녀는 "피는 섞이지 않았어도 우리는 서로를 가족으로 선택했다"며 새미와 준호를 포용한다. 그리고 정묵이 들이닥치기 직전, 마을을 떠나 피신하자는 제의에는 아래와 같이 호소한다.

"난 그렇게 할 수 없어요. 여기 척박한 곳을 일궈서 밭 만드느라고 얼마나 고생한 줄 아세요? 거름 얻으려고 물고기 뼈, 내장 하나 안 버리고, 똥오줌 다 받고 아궁이의 재 다 긁어서 밭에 수도 없이 가져다 부었어요. 산에서 부엽토 긁어다가 수천 번 뿌렸어요. 내가 고생했다고 자랑하는 거 아녜요. 그렇게 하면서 나는 여기서 살고 있는 나무와 풀, 꽃하고 숲하고 영혼이 연결되었어요. 애들이 떠나지 못하는데 내가 어떻게 떠날 수 있어요. 애들이 죽으면 나도 죽는 거예요. 내가 여기를 떠나서 어디로 가봤자 죽은 껍데기뿐이에요."(174쪽)

마을의 어머니인 소희에게 가족을 하나로 묶는 힘은 혈연이 아니라 "버림받고 무시당하고 상처입은 사람들"이라는 사실이다. 그리고 그녀를 비롯한 마을 사람들 서로간의 돌봄은 "집착이나 의무, 조건에 따르는 것이 아닌 자발적인 것"으로 형상화된다. 나아가 그녀에게 더불어 살아가야 할 가족은 인간에 국한되지 않는다. 소희에게는 "상처입고 병들고 시들어가는 생명을 되살려내는 남다른 능력"이, "불후不朽의 폐허"였던 공간을 보살펴 활기를 찾게 하려는 의지가, 그 자신 속에 육화되어 있다. 여기서 주목해야 할 점은, 그러한 보살핌이 소희에게는 자신이 살아 있다는 증거이자, 그 자신을 살게 하는 원동력이라는 사실이다. "나무와 풀, 꽃하고 숲"이 죽으면 "나도 죽는 거예요"라는 그녀의 말은 진실이리라. 소희는, 설령 마을 사람들 모두가 함께 떠날 수 있다 해도, 자신의 영혼이나 다름없는 마을에서 떠나기를 거부한다.

소희의 신념에 마을 사람들이 공감함으로써, 최후의 일전이 시작된다. 그러나 그 싸움은 비단 마을 사람들만의 싸움도, 또 조폭들과의 싸움만도 아니다. 작가는 이 싸움을 우리가 다른 각도에서 바라보기를, 또다른 싸움의 전주곡으로 상상하기를 권하고 있다.


## 5. 강의 법도


도시에서 나고 자란 젊은이들이 대부분인 조폭들에게 자연은 그 자체로 불가해한 대상이다. "이렇게 알 수 없는 게 많았던 적은 없었다." 그들의 반응을 종합하는 말은 '짜증'이며, 궁벽한 시골에서 찌는 듯한 더위에 물도 없이 있어야 할 일은 "미치고 환장할 일"이다. 이런 조폭과 맞서기 위해 마을 사람들이 활용하는 모든 덫들은 대부분 자연물인데, 때로는 자연 스스로가 마을을 침해하는 자들과 맞서기도 한다. 가령, 새미와 준호가 곤경에 처했을 때, 그들 대신 세동과 싸운 "누군가"는 사람이 아니라 야생딸기덤불이 아니었던가. 조폭들은 굶주려 "참새만해진 모기"들의 공격을 받고, "집단지성"으로 산불의 기억이 떠오른 "말벌의 정예 전투원"에게 속수무책 당하기도 한다.

조폭들과 마을 사람들의 싸움이 본격적인 궤도에 오르면서 작가는 자연의 움직임을 여러 장의 서두에 세심하게 배치해놓았다. 9장을 여는 것은 참매의 이야기이고, 12장은 물총새, 15장은 장어, 18장은 딱따구리의 생리가 앞서 서술되며, 작가-서술자는 그 동물들로 하여금 인간들의 수상쩍은 움직임을 포착하게 한다. 예컨대, 마을의 메신저인 용석이 마을 사람들에게 조폭들이 별장에 집합했다는 사실을 알려주는 9장의 도입부에서는 참매가 꿩 사냥을 하는 장면이 제시된다. 그뿐인가. 12장에서 어미 물총새가 새끼를 보호하기 위해 경고음을 내는 것은, 조폭들이 탄 배가 마을에 다가왔기 때문이다. 무엇보다 단적으로 작가는 이렇게 전하고 있다. "생명을 가진 존재들은 안다. 정적 속에 긴장이 숨어 있다는 것을." 이와 같은 여러 장의 서두는 이 마을의 주인이 마을 사람들뿐 아니라 마을의 자연이기도 하다는 사실을 묵시하고 있을 뿐 아니라, 인간의 온갖 희로애락에도 불구하고 변함없는 자연의 순환적 질서를 되새기게 하기도 한다.

그러므로 이제 우리는 이 소설 전체의 서두에, '강'이라는 단 한 단어가 놓여 있었다는 사실을 기억해야 한다. 소설은 '강'이라는 단어로 시작하여, "강이다"라는 둔중한 여운을 남기는 한 문장으로 끝이 난다. 『위풍당당』을 성석제는 우리 시대 강의 이야기로 읽히게 해두었다.

마을로 밀고 들어오고 있는 저 위풍당당한 기계군단의 모습으로부터 우리가 떠올리게 되는 것은 과연 무엇인가.

군대처럼 밀고 들어온다. 마을이 생긴 이래, 강이 생긴 이래 이토록 많은 내연기관이 한꺼번에 진주한 적이 없었다. 무엇이든 아랑곳하지 않고 밀고 들어온다. 새들이 울부짖고 곤충들은 달아난다. 뱀과 개구리와 두꺼비와 맹꽁이, 너구리, 토끼, 꿩, 살쾡이, 산고양이, 고라니가 숨을 죽이고 그 무지막지한 행렬이 무엇을 할 것인지 겁에 질려 지켜보고 있다. 군대는 아랑곳하지 않는다.

아무것도 모르고 그 무엇도 알 필요가 없다는 거대한 기계 괴물 집단이 한 덩어리가 되어 밀고 들어온다. 기계의 팔은 나무와 바위를 내리치며 가지를 찢고 균열을 낸다. 파괴와 죽음을 상징하는 날카로운 소리가 정적을 깨뜨리고 공기를 휘젓고 아비규환의 지옥을 예고한다. 생명이 있는 것이라면, 생명을 닮은 것이라면 무엇이든 멸절시킬 준비가 되어 있는 죽음의 군대다.(210~211쪽)


영필, 소희, 이령, 새미, 준호와 같이, 가족들이 준 상처로 마음이 병들고 영혼이 죽어가야 했던 사람들이 없지 않을 것이다. 아니, 많을 것이다. 그런 이들의 상흔이 한순간의 기적처럼 치유될 수 있을까. 그것은 지난한 일이다. 하지만 작가는 소설 속 마을 사람들을 통하여, 우리가 서로를 치유할 수 있다고, 그런 능력이 우리에게 있다고 넌지시 전한다. 우리는 여산도 아니고, 소희도 아니다(우리와 더 닮은 사람들은 어리석은 조폭들이 아닌가!). 자연을 되살리고, 그것과 벗하며 살아가는 힘 또한 경험해보지 못했다.

하지만, 그 힘은 어쩌면 우리가 가져보지 못한 것이 아니라, 이미

주어져 있는데 망각한 것인지도, 또 가지기도 전에 빼앗긴 것인지도 모른다. 생명을 멸절시키는 저 죽음의 군대는, 강보다 우리의 마음속에 먼저 진주했을지도 모른다. 아니, 저 군대의 행렬에, 이미 무관심이라는 허울로 변장한 그 마음의 일부가 함께하고 있을 것이다. 아니, 우리가 바로 저 기계군단이다. 그렇지 않다면, 바로 이 순간 우리의 강에서 "파괴와 죽음을 상징하는 날카로운 소리"가 메아리치지는 않았으리니.

　"더 떠? 한판 더?"
　정묵은 눈살을 찌푸리다가 아이구, 신음을 낸다. 급하다. 세상 그 무엇보다도 급한 일이 있다.
　"일단 오늘은 여기서 끝내자."
　"나는 또 싸운다. 급하다."
　"뭐가?"
　여산은 튀어나온 배를 돌리고 겨드랑이 털이 삐죽삐죽한 팔을 들어 맹목적으로 돌진해오는 수백 대의 기계부대를 가리킨다.
　"저것들하고 까대기 한판. 저 숭악하고 못생기고 개돼지만도 못한 불한당 또라이 쫄따구 빙신 쪼다 늑대 호랑말코들하고."(221쪽)

　마을 가장 여산이 조폭 보스 정묵과 싸우는 소설의 클라이맥스는 기계군단의 등장과 함께한다. 그리고 지금, 두 사람 다, 급하다. 정묵은 정말로 급하겠다. 자신의 "신체기관"의 안부를 확인하는 일보다 급한 일은 그에게 없다. 그러나 정묵의 최후는, (그에게는 대단히 미안한 노릇이지만) 흥미롭기도 하다. "월경"중이던 새미를 노리던 그의 마지막 순간은, 그의 "물건"에 대한 한량없는 걱정으로 매듭지어진다. 그러니 이 소설은 결국 견고해 보이는 것이 흐르는 것에 굴복하는 이야기가 아닌가. 만약 그렇다면, 바라는 것은 오직 하나, "거대한 기계 괴물"이 "강의 법도"에 굴복하는 것. 하지만, 무작정 기다릴 수는 없다. 소설이 우리에게 되새기게 한 교훈 중 하나는, 자연은 그것을 해하려 하는 자를 스스로 공격한다는 것이었으니, 그때 그 복수의 넓이와 깊이는 인간이 상상할 수도, 감당할 수도, 돌이킬 수도 없으리라.

그러니, 급하다. "저 숭악하고 못생기고 개돼지만도 못한 불한당 또라이 쫄따구 빙신 쪼다 늑대 호랑말코들"을 향하여 돈키호테의 뚝심으로 저들보다 더 위풍당당하게 돌격하는 일, 그것보다 급한 일은 여산에게는 없다. 용소의 검푸른 물이, 천 리 길 강이 만들어낸 최고의 승경이, 강 속의 메기와 빠가사리와 누치가, 여산이 좋아하는 가재와 개구리가, 소희가 정성들여 키운 모든 식물들이, 다음 세대인 새미와 준호의 평화로운 벗들일 수 있기를. 그러나 그러기 위해서는 먼저, 나쁜 아비들의 친애하는 벗들인 불도저, 포클레인, 덤프트럭과 싸워야만 한다.

그런데, 어쩐다. 정묵들이 떠난 후, 소설 속 마을 사람들은 정답게 도란도란 이야기를 나누며 마을 안으로 들어가버렸다. 마을 사람들이 사라진 자리에는, 곧 밤이 올 것이라는 여운만이 강과 함께 남았다. 우리는 애석하다. 그리고 궁금하다. 대저, 속편은 조폭영화만이 아니라, 『위풍당당』과 같은 소설에 기약되어야 하는 것을. 마을 사람들의 후일이, 강의 앞날이, 궁금하기에, 염치 불고, 체면 불고, 작가에게 속편을 써달라고 조르고 싶다. 하지만, 『위풍당당』의 마지막 페이지는 우리에게 다음과 같이 말하고 있는지도 모른다. 이 이야기의 속편은, 우리가 우리의 강에서 다시 써내려가야만 한다고.

# 작가의 말

어린 시절 밥상을 덮던 식탁보는 모자이크처럼 여러 가지 색깔의 천으로 만들어져 있었다. 식탁보를 들추면 밥과 반찬이 다양한 재료, 시간과 조리방식을 품은 채 한자리에 모여 있곤 했다. 그걸 나눠먹는 사람들을 '식구'라고 했다. 밥을 잘 먹고 난 뒤 소화를 시키려고 그러는지 식구들끼리 서로를 가리키며 '너는 다리 밑에서 주워온 아이'라고 놀리기도 했다. 그 손가락질과 놀림이 돌림노래처럼 돌고 돌다 나를 향하고 기정사실로 굳어질 듯한 순간에 나는 이런 생각을 하곤 했다. 그거 재미있겠네, 지금보다는.

서로 전혀 어울리지 않을 것처럼 보이는 이질적인 요소들이 시간과 우연, 고통과 기쁨의 실과 바늘에 엮여 모자이크와 같은 삶을 이루는 소설을 생각해온 지는 이미 오래되었다. 또 그런 삶이 여럿 모여 하나의 모자이크를 이룬 것을 목격하기도 했다. 그들을 가족으로 묶은 것은 우연이 아니라 선택이었다.

이 소설은 주어진 운명으로서의 식구가 아닌, 자신이 선택해서 한 식구가 된 사람들의 이야기이다. 외부의 부당한 간섭과 편견에 맞서 싸우며 가까이서 부대끼다 어느 결에 서로의 세포가 닿고 혈액이 섞이며 연리지처럼 한 몸이 된 사람들, 그들에게 강 같은 평화가 함께하기를.

2012년 봄
성석제

## 소제목의 출전

1. 모래를 스치는 발소리 : 푸치니, 오페라 〈라 토스카〉, 아리아 〈별은 빛나건만〉.

2. 머리에는 꽃을 : 스콧 메켄지, 〈San Fransico〉.

3. 사랑은 꿀보다 달콤하고 쓸개보다 쓴 것 : 영화 〈로미오와 줄리엣〉 삽입곡, 〈What is a youth?〉.

4. 따뜻하고 사랑스러운 마법의 빛에 둘러싸여 : L. V. 베토벤의 가곡, 〈Adeleide〉.

5. 나는 무덤 속에 누워서 기다리리, 대포와 말발굽 소리가 땅을 울릴 때까지 : R. 슈만의 가곡(하이네 작사), 〈두 사람의 척탄병Die beiden Grenadiere〉.

6. 내 얼굴은 내가 쓴 문장으로 가득하니, 시간은 나의 펜 : 포스터 앤 알렌, 〈when you and I were young, Maggie〉.

7. 내가 진실하지 못했다면 네게 그러려고 한 건 아니란 걸 알아줘 : 레너드 코헨, 〈Bird on the Wire〉.

8. 난 당신에게 상처를 입히고 당신은 내게 상처를 입혔네, 우리 모두 너무 쉽게 서로에게 상처를 주었어 : 아트 가펑클, 〈All I Know〉.

9. 그 사람에게 알려줘, 내가 여기서 기다린다고 : 안토닌 드보르자크, 오페라 〈루살카〉, 아리아 〈은빛 달에 부치는 노래〉.

10. 즐겁게 즐겁게 흔들리는 배 저어 검고 푸른 바다 너머로 : 미국 민요, 〈Good Night Ladies〉.

11. 그러나 사랑이여 당신은 언제나 내게 젊고 아름다우리니 : 포스터 앤 알렌, 〈Silver threads among the gold〉.

12. 지금은 사라진 동무들 모여 옥 같은 시냇물 개천을 넘어 : 안토닌 드보르자크, 신세계 교향곡 2악장, 〈꿈속의 고향〉.

13. 즐거웠던 나날을 다시 돌려주소서 : W. A. 모차르트, 오페라 〈피가로의 결혼〉에서 〈사랑을 주소서Porgi amor〉.

14. 정다워라 그 음성 내 마음속에 파도치네요 : G. A. 로시니, 오페라 〈세빌리아의 이발사〉에서 〈방금 들린 그대 음성Una voce poco fa〉.

15. 이게 내 노래예요 : 폴 사이먼, 〈Duncan〉.

16. 장벽은 무너지고 강물은 풀려 : 나애심, 〈과거를 묻지 마세요〉.

17. 슬프고도 오랜 바람의 노래를 들어요 : 데미스 루소스, 〈Goodbye My Love Goodbye〉.

18. 아니 난 후회하지 않아요 사람들이 내게 줬던 행복이건 불행이건 나와는 상관없어요: 에디트 피아프, 〈Non, Je Ne Regrette Rien〉.

19. 나는 가난한 소년일 따름이나 내 이야기는 흔치 않은 것 : 사이먼 앤 가펑클, 〈The Boxer〉.

20. 나는 슬픔이 출렁이는 세상을 떠도는 가난한 방랑자 : 에밀루 해리스, 〈I am a poor wayfaring stranger〉.

21. 난 농담을 시작했어요 세상이 모두 울기 시작했을 때 : 비지스, 〈I started a Joke〉.

22. 쇼는 계속해야 해, 그래야지 : 쓰리 도그 나이트, 〈The show must go on〉.

23. 문을 열어줘요, 부인 : 인티 이이마니, 〈El Canelazo〉.

24. 햇빛이 비치면 집에 간다네 밤새 럼 마시며 일한 뒤 : 자메이카 민요, 〈Banana Boat song〉.

25. 인생이여, 고마워요 : 비올레타 파라, 〈Gracias a la Vida〉.

문학동네 장편소설
위풍당당
ⓒ 성석제 2012

1판 1쇄 2012년 4월 9일
1판 13쇄 2021년 5월 7일

지은이 성석제
책임편집 백다흠 | 편집 조연주 박지영 | 독자모니터 김경범
디자인 김현우 유현아
마케팅 정민호 이숙재 우상욱 정경주
홍보 김희숙 김상만 함유지 김현지 이소정 이미희 박지원
제작 강신은 김동욱 임현식 | 제작처 영신사

펴낸곳 (주)문학동네 | 펴낸이 염현숙
출판등록 1993년 10월 22일 제406-2003-000045호
주소 10881 경기도 파주시 회동길 210
전자우편 editor@munhak.com | 대표전화 031) 955-8888 | 팩스 031) 955-8855
문의전화 031) 955-3578(마케팅) 031) 955-8864(편집)
문학동네카페 http://cafe.naver.com/mhdn

ISBN 978-89-546-1791-8 03810
* 이 책의 판권은 지은이와 문학동네에 있습니다.
  이 책 내용의 전부 또는 일부를 재사용하려면 반드시 양측의 서면 동의를 받아야 합니다.
* 이 도서의 국립중앙도서관 출판예정도서목록(CIP)은 서지정보유통지원시스템 홈페이지
  (http://seoji.nl.go.kr)와 국가자료공동목록시스템(http://www.nl.go.kr/kolisnet)에서
  이용하실 수 있습니다.(CIP 제어번호 : CIP2012001399)

잘못된 책은 구입하신 서점에서 교환해드립니다.
기타 교환 문의 031) 955-2661, 3580

www.munhak.com